박물관
행성

II

보이지 않는 달

차례

박물관 행성 아프로디테 조직도

[사랑과 미美의 신]*

종합 관리 부서

아폴론
[태양과 예술의 신]

⋮

종합 데이터베이스

므네모시네
[기억의 신]

소속 직원

다시로 다카히로

나오미 샤함

주요 부서

음악과 무대예술·문예 전담 부서	회화와 공예 전담 부서	동식물 전담 부서
뮤즈[시와 음악의 신들]	아테나[지혜와 기예의 신]	데메테르 [대지와 자연의 신]
	⋮	
	부서별 데이터베이스**	
아글라이아[광채의 신]	에우프로시네[기쁨의 신]	탈리아[활기의 신]
소속 직원	**소속 직원**	**소속 직원**
올리버 덴햄	네네 샌더스	타냐 술라니
후 하오유	브루노 마르키아니	
키와나 에부에	칼 오펜바흐(분석실 실장)	
	치요 즈하오	

I
검은
사각형

중규모 미술관 '페이디아스°'는 전시 준비로 분주했다.

농구장만 한 크기에 천장이 높은 제2전시실에서 '아테나' 소속 학예사°° 다섯 명이 바지런히 움직이고 있다. 걸레를 손에 들고 우왕좌왕하고, 수평기로 수평을 재고 또 재고, 커다란 해설판을 끌어안고 낑낑대고……. 가만히 있으면 숨이라도 넘어가는 걸까. 가끔 다른 방의 전시물을 싣고 유유히 이곳을 가로질러 지나가는 카트의 언밸런스한 움직임이 마치 희극 같다.

° 고대 그리스 최고의 조각가이자 건축가의 이름.
°° 박물관, 미술관, 화랑 등에서 소장품에 대한 관리, 전시 기획, 학술 연구 등의 업무를 수행하는 직업. 한국에서는 일반적으로 학위와 일정 이상의 실무 경력을 모두 갖추어야 학예사 자격증이 발급된다.

바쁘게 일하는 학예사들을 도와주고 싶지만 자신은 외부인이라 어쩔 수 없다. 초짜가 괜히 나서면 더 정신없을 테고, 또 미술품에 흠집이라도 내면 큰일이다.

그런데 미술품이라고 말하기엔 좀…….

효도 겐은 고개를 갸웃 기울여봤다.

눈앞에 걸려 있는 그림은 아무리 봐도 그저 검은 정사각형이었다.

설명에 따르면, 유리가 끼워진 가로세로 1.5미터의 알루미늄 액자 중앙에 정확히 사방 1미터의 검은 사각형이 있다. 재료는 비공개. 매끄럽지만 광택이 없고…… 도무지 질감을 파악할 수가 없다.

시커먼 사각형. 미美의 여신은 도대체 어디를 보고 이것을 예술이라고 판단한 걸까.

학예사도 미술 애호가도 아닌 겐은 이번에는 반대쪽으로 고개를 기울여본다.

이 시대의 푸른 지구는 양손에 아름다운 것을 거느리고 있었다.

하나는 태곳적부터 빛나고 있는 은반銀盤, 달.

또 하나는 달의 반대편 중력 균형점인 제3라그랑주점

에 소행성을 끌어와 만든 박물관 행성 '아프로디테'다.

미의 여신의 이름을 가진 이곳은 오스트레일리아 대륙 만 한 면적에 우주의 온갖 아름다움을 모아놓은 유토피아다. 그림과 조각은 물론이고 동물과 식물, 자연의 조화, 떠돌아다니는 음악이며 시가詩歌도 연구하고 있다. 지구의 내로라하는 전시 시설과 연계한 기획전이 수시로 열리고, 인기 아티스트의 음악과 퍼포먼스가 쉴 새 없이 극장을 들썩이며, '데메테르'의 광활한 정원에는 사시사철 꽃이 만발한다.

미는 보는 이의 마음이 얼마나 섬세한가에 따라서 어디에도 깃들 수 있다고 한다. '아름답지 않은 것은 없다'라고 말한 이는 누구였을까. 우주의 모든 것을 수집하고 분석하는 일은 과학기술적으로 불가능하지만, 그래도 아프로디테의 학예사들은 뇌외과 수술을 포함한 선진적인 장치를 이용해 미와 관련된 온갖 현상을 탐구하는 데 전념하고 있다.

이들 대다수는 뇌와 데이터베이스가 직접 연결돼 있다. 회화와 공예를 전담하는 부서 아테나(지혜와 기예의 신)는 '에우프로시네', 음악과 무대예술, 문예 전반을 전담하는 부서 '뮤즈(시와 음악의 신들)'는 '아글라이아', 동식물 전담 부서인 '데메테르(대지와 자연의 신)'는 '탈리아'. 각각의 데이터베이스는 제 분야에 대한 방대한 정보를 가지고 있으며, 학예사들은 모호한 기억의 조각을 그 삼미신三美神[*]에게 건네는 것만으로도 원하는 정보를 얻을 수 있다. 일반적인 검색과는 달리 언어화하기 어려운 막연한 이미지를 그대로 전달할 수 있어서 어렴풋이 떠오르는 회화의 구도로 작가가 누구인지 찾아내고, 귀에 맴도는 몇 소절의 멜로디만으로 곡명을 알아내며, 날개 각도의 미묘한 차이를 보고 곤충 채집지를 특정할 수 있다.

그리고 세 부서를 총괄하는 곳이 종합 관리 부서인 '아폴론(태양과 예술의 신)'이다. 전용 데이터베이스인 '므네모시네(기억의 신)'도 다른 부서보다 상위에 있다. 하지만 모든 부서의 데이터베이스에 접근할 수 있다고 해서 결코 좋은 것만은 아니다. 부서 간의 분쟁 조정부터 온갖 성가신 일들이 끊임없이 밀려들기 때문이다.

예를 들면, 겐 자신이라든가.

겐에게는 배속 부서의 상사인 스콧 은구에모 말고도 상담역이 한 명 붙어 있는데, 바로 아폴론의 다시로 다카히

---

[*] 그리스신화에서 아프로디테를 따르는 세 여신으로 아글라이아(광채의 신), 에우프로시네(기쁨의 신), 탈리아(활기의 신)를 이른다.

로다. 그는 온화한 로맨티시스트라 알려져 있지만, 학예사도 아닌 애송이 신입을 관리하는 일은 큰 골칫거리일 것이다. 짐이 되고 싶지는 않은데 그게 좀처럼 잘…….

—저기, 다이크.

젠은 뇌 속에서 확실하게 말을 엮어 소리 내지 않고 불렀다.

—저것도 예술품이야?

귓속에서 차분한 남자의 음성이 대답한다.

—찾아보겠습니다. 완료. 네, 그렇게 평가되고 있습니다.

—전시 테마는?

—'인터랙티브 아트의 세계'입니다.

—인터랙, 뭐? 그게 무슨 뜻이야?

—관객과 예술 작품이 상호 교감하는 예술입니다.

그 말을 듣고 다시 앞을 바라봤다. 상호 교감? 어떻게 하는 거지?

검은 사각형 다음은 대형 정글 그림이었다. 색감은 컬러풀한데 전체적인 분위기는 밋밋해서 회화라기보다는 포장지 디자인처럼 보인다. 저런 그림을 2미터나 되는 크기로 그릴 만한 가치가…….

빌어먹을, 하고 젠은 혼자 욕을 했다. 미술을 운운하려면 캔버스가 몇 호인지도 외워야 한다.

—다이크.

—네, 감지했습니다.

뇌에 직접 접속된 데이터베이스는 설정에 따라 말이 되기 직전의 감정도 감지할 수 있다.

—바로 앞에 있는 양 웨이의 〈검은 사각형〉과 안쪽에 있는 숀 루스의 〈자, 낙원으로〉 모두 일본 규격에도 프랑스 규격에도 맞지 않는 사이즈입니다.

—그리고 비슷한…….

—네, 감지했습니다. 〈자, 낙원으로〉를 보고 당신이 떠올린 그림은 앙리 루소°의 밀림을 그린 작품, 또는 다나카 잇손°°의 작품일 거라고 추측됩니다.

입꼬리가 멋대로 일그러졌다.

—똑똑하군.

—과찬입니다.

—비꼬는 거야.

° 프랑스의 화가. 원시적 화풍으로 정글의 야생 동물과 울창한 수풀로 가득 찬 이국적인 자연을 상상으로 그려냈다.
°° 일본의 화가. 일본 오마미섬의 풍광에 매료돼 오마미섬의 자연을 그린 그림을 여럿 남겼다.

표출된 감정을 다이크도 알아차렸을 텐데, 녀석은 이렇게 대꾸했다.

—지나친 칭찬은 야유를 의미하는군요. 알겠습니다.

겐은 미간을 찡그렸다. 하지만 대거리를 해봤자 다이크에게 무의미한 문답거리만 던져줄 뿐이다. 사실은 이런 사소한 인간의 감정을 하나하나 가르쳐야 하지만, 제 앞가림도 못하는 신출내기로서는 아직 그럴 여유가 없다.

정신을 가다듬고 부릅뜬 눈으로 다음 작품을 바라본다. 밀림 옆에는 끈적끈적한 액체로 된 폭포 그림. 출구 근처에는 마치 길을 가로막듯 받침대 위에 놓여 있는 지름 30센티미터 정도의 투명한 구체 조각. 직원 세 명이 고개를 젖혀 처다보고 있는 천장 주변의 물체는 은색의 성게……아니, 저건 별인가?

—관람객들도 참여한다던데, 저 정글이나 사각형에 어떤 식으로 관여하지? 폭포는 물보라라도 일으키나?

—아레나에 문의해볼까요?

—아니, 됐어. 나는 학예사가 아니야. 최대한 관람객과 비슷한 시각을 유지하라고 들었어. 그냥 네 생각을 듣고 싶어. 어때? 저 네모난 걸로 상호 교감을 한다면, 다 같이 학이라도 접는 건가?

─액자에 들어 있어서 종이접기는 아닐 것으로 예측합니다. 설령 그렇다고 해도 검은 학은 재수가 없다는 말이 있다고 합니다.

"허, 진지하네."

얼결에 소리 내어 말한 젠은 놀라서 주변을 둘러봤다.

누가 들었으면 어쩌지. 접속 중에 주고받는 대화를 입 밖으로 발설한 사실이 상사인 스콧의 귀에 들어가면 그 늘어진 배를 출렁거리며 넘어갈 듯 박장대소할 게 틀림없다.

─지금의 반응을 진지하다고 느꼈다면 종이학에 대한 발언은 '있을 수 없는 일을 전제로 한 재미', 즉 농담이었군요. 이해했습니다.

젠은 바닥을 보며 크게 한숨을 내쉬었다.

뇌외과 수술 이후 다이크와 계속 대화를 해왔지만 녀석은 조금도 숙련되지 않았다. 이래서는 단순한 데이터베이스에 직접 접속한 상태와 다를 게 없다.

"어이, 거기 루키!"

카랑카랑한 목소리에 젠은 놀라서 펄쩍 뛸 뻔했다.

그러나 은색 올인원을 입은 원숙한 흑인 학예사가 가리킨 사람은 자신이 아니라 입관 동기인 아테나 배속 학예사 브루노 마르키아니였다.

"머릿속으로 뭘 검색하고 있는지는 모르겠지만, 손은 멈추지 마. 지시는 이미 다 내려져 있어. 모르는 게 있으면 나한테 직접 구두로 물어봐. 일과 관계없는 조사면 나중에 하고."

주의를 준 베테랑 학예사는 아테나의 실력자 네네 샌더스다. 폭포 그림 앞에 잠자코 서 있던 브루노는 라틴계의 또렷한 눈을 깜박이며 머쓱하게 "네" 하고 대답했다.

겐은 위안이 됐다. 상대가 정서적 소통을 하지 않는 에우프로시네여도 신입은 직접 접속된 데이터베이스를 다루는 데 애를 먹고 있었다. 한동안은 자신도 신입 신세를 면치 못할 것이다. 실제로 직속 상사에게 '루키' 소리를 몇 번이나 들었다.

'빨리 적응해야 해.'

겐은 조용히 한숨을 쉬었다.

그러나 예술에 문외한인 자신이 과연 이곳에서 살아남을 수 있을까. 검은 사각형을 노려보면서 그는 연거푸 한숨을 쉬었지만 곧 아니야, 아니야, 하고 다시 마음을 다잡고 가슴을 편다.

이런 나약한 모습을 그 아폴론 신입이 보면 짐짝이 아니라 아예 쓰레기 취급을 하겠지…….

"야, 네가 왜 여기 있어?"

들려온 목소리에 겐은 헉 소리를 질렀다.

호랑이도 제 말 하면 온다더니, 아폴론 배속 신입인 나오미 샤함이 큰 눈을 치뜨고 겐을 노려보고 있었다. 키는 작지만 일본계 이스라엘인이라 이목구비가 큼직큼직하고, 항상 딱딱한 정장을 갑옷처럼 입고 있어서 유난히 씩씩해 보인다.

부임식에서 잠깐 봤을 때부터 그녀는 눈에 띄었다. 줄을 선 직접 접속 신입 12명 가운데 한 명이 학예사가 아니라 경비원임을 안 순간 노골적으로 경멸의 빛을 드러냈기 때문에, 그녀에 대한 첫인상은 정말이지 최악이었다.

"아니, 왜라니……."

순간 말문이 막힌 겐에게 나오미는 나무라듯 말했다.

"짐꾼 하러 온 거면 얼른 움직여."

"저기, 아무리 신입이라도 말이야." 겐은 간신히 반론에 나선다. "VWA Vigilante With Authority(행성 자치 경찰) 직원이 전시실에 있으면 보통은 경비를 서고 있다고 생각하는 게 상식적이지 않아?"

겐은 미묘하게 빛을 내는 짙은 남색 제복의 가슴 부위를 툭툭 쳐 보였다. 하지만…….

"전혀!"

대차게 까였다.

"VWA가 너 같은 숙맥을 단독으로 보낼 리가 없어."

"뭐? 숙맥?"

"끽해야 청소 담당이나 짐꾼 역할이겠지."

쩔쩔매는 겐의 가슴에 나오미의 검지가 꽂힌다.

"아니면 산책 중인가? VWA가 한가하다는 건 평화롭다는 뜻이니까 좋은 거지만, 아무리 그래도 신입이 이렇게 농땡이 부리면 안 되지."

"너야말로 병아리가 보호자 없이 혼자 돌아다녀도 돼?"

나오미는 흥, 하고 콧방귀를 뀌었다.

"어미 닭이 여기 있으라고 했는데?"

"다시로 씨가? 나도 그런데."

반짝 하고 긴 속눈썹이 한 번 오르내렸다.

"말도 안 돼. 왜 경비원이 아폴론으로부터 직접 명령을 받는 거지?"

"무슨 소리야. 다시로 씨는 나한테도 상사야."

"너무 과분한 거 아니야?"

나오미가 입에서 불길을 뿜어낼 듯 으르렁댄 순간, 머릿속에서 다르르 착신음이 울렸다.

―자, 전체 공지입니다. 여러분, 오래 기다리셨죠? 손님
이 오셨습니다. 쇼를 시작할까요?

자포자기한 어조로 네네는 그렇게 알려줬다.

지구에서 미술상을 한다는 마리오 리초의 목소리가 제2
전시실까지 쩌렁쩌렁 울려왔다.

"작가님, 이쪽으로 오시죠. 자, 어서. 다음 방입니다, 작
가님."

그 뒤로 웅얼웅얼하는 목소리가 이어진다.

"아니, 저는…… 먼저……."

"천하의 숀 루스 선생이 뭘 사양하십니까. 이건 작가님
을 위한 전시회인걸요. 자, 이쪽으로."

중년으로 보이는 빨간 곱슬머리 남자에게 이끌려 들어
온 사람은 금발의 잘생긴 청년이었다. 훤칠한 키에 부드
러운 인상. 그 자리에 있던 여자들이 침을 꿀꺽 삼킬 만큼
출중한 외모다. 그는 자꾸 등 뒤를 살피며 뭐라고 중얼거
렸다.

"그러니까 저보다는 양 선생님을……."

"아유, 왜 자꾸 이러실까. 괜찮으니까 가슴 펴요. 자, 당
당하게."

마리오는 한 마리의 파리 같았다. 잘 차린 밥상 위를 붕붕 날아다니며 수선을 떨고 있다.

두 사람 뒤로 머리가 벗어진 노인이 보였다. 온화한 얼굴의 아시아계 노인은 아폴론의 다시로 다카히로와 환담을 나누며 유유히 걸어 들어왔다.

"다시로 씨."

겐과 나오미가 서로 경쟁하듯 상사에게 달려간다.

"아, 두 사람 다 고생이 많아."

다카히로는 그렇게 말하고서 옆에 있는 인물을 소개했다.

"이분이 〈검은 사각형〉의 작가 양 웨이 선생님이셔. 양선생님, 이쪽은 아폴론의 신예 나오미 샤함, 이쪽은 VWA의 효도 겐입니다. 겐은 직접 접속자로 현재 저와 함께 일하고 있습니다."

양은 후후후, 하고 산타클로스처럼 웃었다.

"든든하겠군. 태양신이 수호신과 팀을 이뤘으니."

다카히로는 살며시 고개를 저었다.

"아니요, 겐이 접속하고 있는 데이터베이스는 국제경찰기구의 '가디언 갓'이 아니라 새로운 시스템입니다. 지구 규모의 혼돈에 적용하기 전에 비교적 평온한 아프로디테에서 시범적으로 운용해보고 있습니다."

"오오." 양이 감탄했다. 반면에 나오미는 눈을 동그랗게 뜨고 당장이라도 따져 물을 기세였다. 발아래로 봤던 상대에게 새로운 시스템이 탑재돼 있고 심지어 존경하는 상사에게 가르침을 받고 있다니, 절대로 인정할 수 없다는 얼굴이었다.

겐이 어깨를 슬쩍 으쓱해 보이자, 나오미는 더욱더 무서운 표정으로 노려봤다.

"자세한 얘기는 차차 나누도록 하고, 일단……."

다카히로가 그렇게 말한 순간, 마리오의 날카로운 목소리가 날아들었다.

"내가 지구에 있을 때부터 누누이 부탁했을 텐데요!"

팔을 한껏 펼치고 위압적인 자세를 취한 그는 금방이라도 네네에게 덤벼들 것 같았다.

"왜 이런 아무것도 아닌 투명한 볼을 출구에 놓는 거냐고!"

마리오는 빨간 머리를 휙 돌리며 받침대 위에 놓인 투명한 구체를 가리켰다.

네네는 미소를 유지한 채 고개를 갸웃해 보였다.

"당신이 지구에 있을 때부터 제가 누누이 설명했을 텐

데요. 양 선생님의 〈glob+eal〉은 〈검은 사각형〉과의 상승효과를 위해 여기에 배치한 겁니다. 검은 사각형으로 시작해서 투명한 구로 끝난다, 이게 양 선생님의 콘셉트입니다."

하, 하고 마리오는 불쾌한 웃음을 지었다.

"여기가 저 사람 개인 전시회장이오? 우리 작가님 그림도 있다고."

"누차 말씀드렸듯이 숀 씨도 충분히 수긍했습니다."

"당연하지, 우리 작가님은 양 선생에게 감화를 받았으니까. 존경하는 스승의 뜻을 어떻게 거역하겠어. 그렇지만 천하의 숀 루스가 언제까지 제자 취급을 받아야 하지? 이 방에서 가장 큰 그림도 우리 작가님 그림이야. 숀 루스가 메인이라고! 양 선생의 작품이 시작과 마지막을 장식하는 건 이상해. 숀 루스의 인기가 이미 스승을 능가했다는 사실은 아테나도 모르지 않을 텐데?"

네네는 소름 끼칠 만큼 더 멋지게 미소를 지었다. 과연, 이것이 아까 그녀가 말한 쇼인가?

숀은 새파랗게 질린 얼굴로 양과 미술상을 번갈아 보며 어쩔 줄 몰라 했다.

"다카히로." 양은 아폴론의 학예사를 친근하게 불렀다.

"내가 어떻게 하는 게 슌을 위한 걸까?"

"가만히 계시는 게 최선이라고 생각합니다."

양은 유쾌하게 허허 웃었다.

"그럼 감사히 물러가도록 하지. 슬슬 약 먹을 시간이야."

양을 호텔까지 바래다준 뒤 겐과 나오미는 다카히로와 함께 아폴론 청사에 있는 그의 사무실로 이동했다. 자료가 쌓여 있는 책상과 소파밖에 없는 소박한 공간이다.

"더 넓을 줄 알았는데. 제 방이랑 비슷하네요."

커다란 눈으로 방을 둘러보면서 나오미가 말한다.

다카히로는 창가에 서서 팔짱을 낀 채 쓴웃음을 지었다.

"심부름꾼에겐 이 정도 방이면 충분하지. 아폴론은 다른 부서의 하인이나 다름없어. 근무시간 중 대부분은 불려 나가 있으니까 여기서는 잠깐 눈을 붙이고, 커피를 마시고, 누군가와 비밀 이야기를 하고…… 이 세 가지만 할 수 있으면 돼."

"지금은 비밀 이야기를 하려고 모인 거군요."

겐이 말하자 다카히로는 고개를 끄덕였다.

"므네모시네를 통해서 전달해도 되지만, 이왕이면 직접 얼굴을 보고 얘기하는 편이 좋을 것 같아서. 두 사람도 앞으로 친해져야 하고."

"왜 그래야 하죠?" 나오미가 노골적으로 눈살을 찌푸리며 묻자, 겐 역시 "저도 이유가 궁금합니다"라고 말하며 턱을 바짝 당기고 맞선다.

다카히로는 팔짱을 바꿔 꼈다.

"일단은 설명이 필요하겠군."

신입에 대한 배려인지, 다카히로는 직접 접속 데이터베이스에 일부러 소리 내어 명령했다.

"므네모시네, 접속 개시. 효도 겐과 그의 접속 데이터베이스에 관한 기밀도 2에 해당하는 정보를 보여줘. 각자 한 번 쭉 읽어봐. F(필름형) 모니터든 CL(콘택트렌즈) 투영이든 편한 걸로."

물론 겐은 F 모니터를 골랐다. 콘택트렌즈가 시야에 정보를 생성하는 CL 투영은 비상시에만 사용하기로 정해놓고 있었다. 눈앞에 창을 띄우면 맨눈으로 관찰해야 할 중요한 것들을 놓칠 것만 같았고, 무엇보다 초점을 맞추는 방법이나 실재적 거리감에 아직 익숙하지 않았다.

나오미는 눈동자를 바쁘게 움직이고 있었다. CL 방식을 사용해 방 풍경 위에 겹친 문자를 스크롤하는 것이다. 3초 정도 가만히 있던 그녀는 눈썹을 실룩 일그러뜨리더니 중얼거렸다.

"접속처가 가디언 갓이 아니라는 건 아까 들었고, '디케'…… 디케가 뭐지? 처음 들어보는데."

나오미의 움츠러든 목소리에 겐은 흥, 하고 가볍게 코웃음을 쳤다.

"그렇겠지. 그게 내가 복수의 상사를 둔 이유야."

통상 국제경찰기구에 속한 직접 접속자는 가디언 갓이라는 데이터베이스를 이용한다. 거기에는 지하조직의 복잡한 상관관계나 과거 판례, 각종 트랩의 해제 매뉴얼 등 치안에 도움이 되는 정보가 담겨 있다.

가디언 갓은 경찰과 인물 데이터베이스 '롤콜'을 연결하기 위해 처음 운용되기 시작했다. 직접 접속자는 퍼지 검색°이 가능한 가디언 갓을 통해 얼굴 생김새나 몸짓 등 언어화하기 어려운 이미지를 인물 데이터베이스에서 검색해 신원이나 전과를 단시간에 알아낸다. 막연한 위화감을 바로 데이터로 제시해주는 이 시스템은 지명수배된 인물을 찾아내거나 동일범에 의한 사건인지 모방범죄인지를

° 검색을 위한 정확한 키워드를 제공하지 않아도 원하는 정보를 찾을 수 있는 지능형 검색 방법.

식별해내는 등 뚜렷한 근거가 없는 '경찰의 직감'을 강력하게 보좌해왔다.

그런데 젠은 국제경찰기구의 지서 격인 VWA 소속인데도 가디언 갓에 직접 액세스하지 않고 그 사이에 정의의 여신 디케를 끼고 있다.

눈치가 빠른 나오미가 얼떨떨한 목소리로 묻는다.

"디케를 키운다는 건…… 그럼 이거, 정동情動 학습형이야? 가이아 같은?"

머잖아 범지구적으로 사용될 정동 획득 시스템의 이름이 거론돼서 젠은 실소했다.

"그렇게 거창한 거 아니야. 물론 가이아에게 도움이 되고 싶은 마음은 굴뚝같지만, 다이크*에게는 아직 농담 하나도 통하지 않아."

"다이크? 디케를 그런 식으로 발음하면 남자 이름이 되잖아. 일부러?"

"대화 상대가 멍청하든 똑똑하든 남자인 게 덜 피곤해."

흥, 하고 이번에는 나오미가 거침없이 코웃음을 쳤다.

"초딩 같은 소리를 하고 있네."

● 디케Dyke는 영어로는 다이크로 발음된다.

"그런 말도 남자 목소리로 들으면 그나마 참을 만하다고."

다카히로는 두 사람의 대화를 한 귀로 흘려들으면서 창밖의 푸르스름한 하늘을 바라보고 있었다.

"자연현상 이외의 재난은 전부 사람이 만들어내. 과실이든 고의든. 가디언 갓은 '누가', '언제', '어디서', '무엇을', '어떻게', '왜'에 대한 답을 대부분 분석과 예측으로 처리해. 하지만 사람의 마음을 모르는 기계로서는 '왜'에 대해서만은 잘 이해할 수 없고, 이해할 수 없는 이상 무엇보다 범죄를 미연에 방지할 수도 없어."

"그럼 얘가 디케라는 녀석을 동기도 읽어내는 인간미 넘치는 형사로 키우고 있다는 건가요?"

"인공지능이 관직을 얻을 수 있을지는 모르겠지만, 최소한 경찰 업무를 보좌할 수 있을 정도로만 성장해줘도 좋겠지."

나오미는 겐을 또 한 번 노려보고 나서 나직한 목소리로 물었다.

"그런데 왜 얘랑 제가 친하게 지내야 하죠?"

다카히로는 빙긋 웃었다.

"사람의 마음을 파악하는 데 있어서 서로 얻는 게 있을 것 같아서. 나오미는 아폴론 직원으로서 절충하는 기술을 배우고, 젠은 디케에게 사교성을 가르치고."

"그런 거라면 전 필요 없습니다. 아폴론의 업무 내용은 전부 머리에⋯⋯."

"젠이 범죄를 미연에 방지하기 위해서는 때로는 상세한 미술 정보와 학예사로서의 현장 판단력이 필요해질 거야. 아, 그래서 나오미의 권한을 B-에서 B로 격상하려고 하는데. 젠과 대등하게."

대들려고 하던 나오미가 입을 꾹 다물었다.

다카히로는 이쪽으로 완전히 돌아서며 가볍게 탁 손뼉을 쳤다.

"그럼 바로 양 웨이와 숀 루스, 미술상 마리오 리초에 관한 내용을 전달할게. 네네 샌더스에게 받은 정보에 따르면, 이번 전시에서 마리오가 무슨 일을 저지를 우려가 있어."

다카히로가 전송한 자료에 의하면 마리오 리초는 화가의 외모를 이용해 그림을 파는 듯했다. 일단 외모가 뛰어나면 카탈로그에 그림보다는 작가의 인물 사진을 잔뜩 실어서 마치 연예인처럼 홍보하는 것이다. 얼마 전에 세상을 떠난 추상화가 우르바노 블랑카포르트는 그 방법으로

광고에도 출연할 만큼 명성을 얻었고 그림도 불티나게 팔렸다고 한다.

우르바노의 후임 중에서도 금발에 푸른 눈을 가진 숀은 마리오가 가장 아끼는 화가였다. 그는 숀에게 더 화려한 작품을, 사람들이 더 흥분할 수 있도록, 하고 부추겨 이번 대작을 만들게 했다. 제작비는 신경 쓰지 마라, 네가 스타가 되면 출연료로 얼마든지 메울 수 있다, 유명해지면 작품의 가치도 올라간다, 하면서.

마리오의 장단에 놀아나는 예술가도 있겠지만 숀은 달랐다. 그는 동양 사상에 심취해 단순함과 절제에 담긴 심오함을 이해하려고 노력해왔다. 원래 서예가였던 양을 마음의 스승으로 삼은 것도 먹 하나로 무한의 존재를 그려내려고 하는 점이 숀의 심금을 울렸기 때문이다. 그는 특히 이번에 출품된 〈검은 사각형〉에 대해서는 경외심을 가지고 평가했다.

사각형은 사실 미세한 알갱이들의 집합으로, 감상자들이 걸음을 옮기면 그 진동에 의해 유체의 미묘한 균형이 흐트러지면서 와르르 무너져 내리도록 설계됐다. 버젓이 있던 사각형이 눈앞에서 한순간에 사라지는 일은 아무것도 모르는 감상자에게 상당한 충격을 준다. 게다가 그 붕괴가 의식조차 하지 못한 자신의 발걸음에서 비롯됐음을 알게 되면 생명체로서의 자신의 존재와 자신이 세계에 미치는 영향력에 대해 진지하게 생각하게 된다.

"상실감이 아니라 자책의 마음이 솟아오릅니다." 슌은 3년 전에 어느 미술 잡지와의 인터뷰에서 이렇게 말했다. "저 무너지는 검은 사각형은 인간이 흐트러뜨리는 공간의 상징이자, 인간이 흐트러뜨리는 규율의 표상이며, 인간이 흐트러뜨리는 모든 것을 내포한 우주 공간의 깊이를 함축하고 있습니다. 저는 양 선생님을 흉내 내 무너지는 그림을 그리려고 했습니다. 하지만 그분 같은 고매함과 순결함이 없어서 단색의 기하학적 디자인으로는 삼라만상을 표현해낼 수가 없었습니다. 결과적으로 제 작품은 색이 넘치고 이해하기 쉬운 구상으로 흘렀습니다. 양 선생님이 무너뜨림으로써 무를 표현해낸 반면, 저는 무너진 그림 밑에서 다른 그림이 생겨난다는 스토리를 담는 것이 고작이었습니다."

선禪의 세계에서는 붓으로 그린 단순한 동그라미를 '원상圓相'이라고 하여 중요시한다. 원은 가득 차 있고, 모든 것을 감싸며, 완전한 형태로서 우주의 상징이라고도 여겨진다.

그 잡지에 따르면 신비한 동양 사상에 푹 빠져 있던 십대 시절의 숀은 하루에 원을 100장씩 그리는 걸 일과로 삼았다고 한다. 동경하는 서예가였던 양의 사인회에서 그 이야기를 하자, 마음의 스승은 눈을 빛내며 껄껄 웃었다고 한다.

"좋지, 좋은 일이야."

상기됐던 젊은 숀의 얼굴이 곧 진지해졌다. 양은 이어서 이렇게 말했다.

"그걸 꾸준히 계속해온 자신에게 믿음이 생길 거야."

그러고서 양은 서예전 도록 뒷면에 서명이 아니라 크게 원을 그렸다. 원 아래쪽에 마른 붓질과 함께 약간의 공극空隙이 생겼다.

말없이 웃는 양에게 도록을 건네받은 숀은 그 후 깊은 고민에 빠졌다.

양은 일부러 원을 닫지 않았던 것일까? 아직 가득 차지 않았기 때문에. 자신이? 양이? 어쩌면 양은 가득 차고 싶지 않다고 말하고 싶었는지도 모른다. 젊을 때는 가득 채우지 마라, 달아날 곳도 필요하다, 하고 공극을 통해 가르쳐주고 싶었던 건 아닐까.

숀은 자신이 그린 원상을 그때처럼 찬찬히 바라본 적이

없었다고 회고했다. 당시의 그는 원상이 뜻하는 진리를 동경해 오로지 그것을 많이, 예쁘게 그리는 것을 수행이라고 믿었다. 자신은 누굴 위해 원상을 그리려고 했을까. 무엇을 위해 돌아보지도 않을 동그라미를 계속 그렸던 것일까.

도록 뒷면에 그려진 원은 숀에게 무한한 물음을 던졌다. 단 하나의 단순한 원상이 가진 광대무변廣大無邊함에 그는 기진맥진해졌다.

바라보고 고찰하지 않는 한 그것은 예술도 사상도 아닌 단순한 낙서일 뿐인데.

은색의 올인원을 입은 네네는 우아하게 다리를 꼬고 장난스럽게 웃었다.

"어머, 간발의 차이로 왔네. 둘이 사이가 좋은가 봐."

젠은 네네의 사무실에 있는 나오미를 힐끗 쳐다봤다. 제2전시실에서 네네가 "구두로" 하고 말했기 때문에 직접 만나서 이야기하려고 아테나 청사를 방문했는데, 나오미가 먼저 와 있었던 것이다.

젠은 근소한 차이를 역전하려고 단단히 별렀다.

"늦은 시간에 불쑥 찾아와서 죄송합니다. 마리오 리초와 관련해 드릴 말씀이 있습니다."

"무슨 얘기라도 들었어?"

"네. 다시로 씨에게 감시가 필요한 인물이라고 들었습니다. 이유는 직접 찾으라고 해서 아테나에서 배포한 자료를 대충 살펴봤는데요, 마리오가 뭔가 저지를지도 모른다는 다시로 씨의 예측은 혹시 양 웨이의 은퇴와 관련된 건가요?"

"왜 그렇게 생각하지?"

"페이디아스에서 나올 때 양 선생님이 약을 먹어야 한다고 말씀하시는 걸 들었습니다. 건강에 이상이 있으신 게 아닐까요."

젠이 대답하자 나오미가 조롱하듯이 말했다.

"그렇게 단순한 문제라기보다는, 양 웨이가 은퇴를 염두에 둘 이유를 〈glob+eal〉에서 찾아야 하지 않을까요? 그 투명한 구체는 그의 도달점, 완전한 원으로 해석할 수 있습니다."

네네는 빙긋이 웃었다. 하지만 그녀의 소리 없는 미소는 대개 부정을 의미한다.

"그럴까? 양 선생님의 성격을 봤을 때 그런 데 연연할 것 같지는 않은데. 그리고 예술에 종착점 같은 건 없다고 보는 게 좋아. 그에게 완전함이란 희구하는 것이지 획득

할 대상이 아니야."

"그렇다면 더욱더 그럴듯한데요?" 나오미도 지지 않고 미소 짓는다. "그 구체는 투명함으로써 실체를 부정하고 있어요. 하지만 불가시 유리를 사용해 전혀 보이지 않게 한 게 아니라서 투명하지만 '거기에 있다'는 걸 보여줘요. 여기서 어떤 메시지를 전하겠다는 의지가 엿보입니다. 양 웨이는 입체 조형을 만들어본 적이 없습니다. 평면에 검은 사각형을 표현해온 작가가 이번에는 삼차원 공간의 존재와 비존재 사이에 완전한 원상을 둔 겁니다. 그러니까 그 투명한 구체는 완전함을 희구하는 차원을 뛰어넘어 비로소 마음이 충만해졌다는 메시지, 즉 은퇴 선언으로 받아들일 수 있습니다."

네네는 미소를 지은 채 자리에서 일어나 나오미의 어깨를 가볍게 두드렸다.

"그 견해는 꽤 흥미로웠으니 꼭 데이터베이스에 입력해둬. 일단 양 선생의 거취에 관한 지적은 두 사람 모두 정확했어. 양 웨이는 나이가 나이인지라 은퇴를 생각하는 것 같아. 궁극의 색인 검은색과 싸우기에는 너무 늙었다고. 그런데 그 얘기를 우연히 듣게 된 숀이 마리오에게 고민 상담을 했던 모양이야. 마리오는 완전히 신바람이 났지. 양 웨이는 아프로디테에서의 영예로운 전시회를 끝으로 은퇴할 생각이다, 숀 루스는 이제 그 이상야릇한 불상의 미소를 신경 쓰지 않아도 된다, 이런 얘기를 미팅 중에 희희낙락하며 떠들어대더라고."

"숀 루스도 안됐네요. 스승은 은퇴해버리고 마리오는 그걸 요란하게 떠들고 다니고."

나오미가 말하자, 많은 화가들의 퇴장을 지켜봤을 네네가 작은 목소리로 수긍했다.

"그렇지. 그래도 이제 받아들인 것 같아. 떠나는 사람은 잡지 않는 게 동양 사상이래. 모든 것은 무로 돌아간다고."

"양 웨이가 은퇴를 결심했고 숀도 불만이 없다면 마리오는 그냥 은퇴할 때만 기다리면 되는 거 아닌가요?"

젠이 말했다.

"그게 그렇게 간단하지가 않은 것 같아." 네네는 노골적으로 쓴웃음을 지었다. "여기서부턴 우리 신입이 알아낸 정보야. 브루노가 양 웨이의 동료 서예가에게 들은 바에 따르면, 은퇴 소식이 알려진 직후 마리오가 〈검은 사각형〉을 매입하려 했다고 해."

"숀 루스를 위해서요?"

"공식 석상에서 양 웨이의 존재를 깨끗이 지우려고?"

겐의 온건한 말과 나오미의 살벌한 말이 허공에서 맞부딪쳤다.

눈으로 기싸움을 하는 두 사람을 네네는 재미있다는 듯이 바라본다.

"이유는 몰라. 다만 양 웨이가 팔지 않은 이유는 들었어. 양 웨이는 쑨이 자신에게 의존한다는 걸 알고 있어. 〈검은 사각형〉을 마리오에게 넘기면 쑨의 집착이 더욱더 심해질 거라고 생각한 거야. 안 보이면 내놓으라고 할 테고, 작품이 눈앞에 있으면 창작 따위는 내팽개치고 예찬만 할 거라고."

"한시漢詩의 마음일까요. 고향을 떠나고 나서야 비로소 가슴을 울리는 명시가 탄생하는……."

뮤즈도 다스리는 아폴론다운 감상이다. 나오미는 그렇게 말하고서 끙 앓는 소리를 냈다.

"거절당한 마리오는 얌전히 물러났나요?"

"그런 것 같아. 쑨에게 충격을 주지 말라고 으름장을 놓은 모양이지만."

"은퇴하지 말라는 건가? 그럼 작품을 매입하려고 했던 것도 경제적으로 지원하기 위해서?"

"양 웨이는 원래 부유해."

나오미는 겐을 보지도 않고 딱 잘라 말한 뒤 네네에게
물었다.

"양 웨이의 반응은요?"

"여유 있게 웃으면서 이렇게 말했다고 해. 인생을 걸어
가는 데는 늘 풍파가 따르고, 그게 자연의 섭리라는 걸 쑨
도 배워야 한다고."

이번에는 겐이 끙 앓는 소리를 냈다. 걸음이 불러오는
충격. 그것은 〈검은 사각형〉의 주제 그 자체가 아닌가.

쑨은 스승이 은퇴하는 걸 이미 받아들였다고 하는데,
그렇다면 양은 무엇을 일깨우려고 그렇게 말했을까…….

네네는 길게 한숨을 내쉬었다.

"자연의 섭리, 좋지. 하지만 마리오는 양 웨이의 은퇴라
는 빅뉴스에 쑨의 존재가 가려지는 걸 이대로 손 놓고 지
켜보진 않을 거야. 나와 다카히로 둘 다 그렇게 생각해."

"그러니까 관심이 한쪽으로 쏠리는 것을 막기 위해 다
시로 씨 말처럼 뭔가 일을 꾸며 쑨과 관련된 빅뉴스를 만
들려고 할 수도 있다, 이 말이군요."

나오미는 매서운 눈초리로 겐을 노려봤다.

"답답하네. 좀 알고 말해. 아쉽게도 쑨 루스는 지극히 평
범한 인물이야. 사생활이 문란했던 우르바노 블랑카포르

트처럼 자극적인 뉴스거리가 없다고. 혹시 모르지. 손을 앞세워 은퇴 발표를 저지하는 테러라도 획책하고 있을지도."

"너, 왠지 기대하는 거 같다?"

"어머, 둘을 바꿔야 하나? 나오미가 VWA에 더 잘 맞을지도 모르겠네."

즐거워하는 네네에게 어떻게 맞대응할까 주저한 그때, 머릿속에서 다이크의 목소리가 울렸다.

─마리오 리초의 수상한 행동이 페이디아스의 방범 카메라에 포착됐습니다.

"흠, 맞는 말인지도 모르겠군."

젠은 자신이 반쯤 지고 있음을 인정하며 사무실 모니터에 영상을 띄웠다.

예술의 낙원에서 사람들의 안전을 지키는 일은 아주 간단하고도 아주 어렵다.

성선설에 따라 관광객들이 모두 아름다움의 은혜를 받으러 오는 것이라고 믿고 싶지만, 개중에는 선량한 미술 애호가를 가장한 악인도 물론 섞여 있어서 작품의 값을 가늠하거나 느긋하게 감상하는 관람객의 반지에 눈독을 들이거나 한다.

낙원을 낙원으로 유지하기 위해서 VWA가 희미하게 발광하는 짙은 남색 제복을 입고 순찰을 돌며, 나무 그늘, 거리, 술집 구석엔 방범 카메라도 설치돼 있다. 단, 휴가를 보내러 온 손님이 크게 하품하며 편하게 쉬는 모습을 다른 사람에게 보이고 싶지 않은 마음도 헤아려 영상은 가디언 갓의 필터에 걸린 것만 보고된다.

다이크가 발견한 것은 곱슬머리 미술상이 인기척 없는 제2전시실 벽에 붙어 있는 모습이었다. 마리오 바로 코앞에 양의 〈검은 사각형〉이 있었다. 그는 두 손과 한쪽 뺨을 벽에 바짝 붙이고서 손바닥과 얼굴을 상하좌우로 움직이고 있었다.

"왜 저런 도마뱀 춤을 추고 있지?"

다이크는 음성 출력처로 지정된 천장 스피커를 통해 겐의 질문에 냉정하게 대답했다.

"도마뱀과의 동물은 구애나 전투 시 춤을 추지 않습니다."

"알고 있어! 좋아, 다시 물어볼게. 왜, 저런, 도마뱀이, 춤추는 것 같은, 행동을, 하고 있지? 이러면 되겠어?"

"알겠습니다. 직유법이군요. 조금 전에 한 말은 매우 독특한 종류의 은유였다는 것도 이해했습니다. 제 추측으로는 아마도 액자 뒤를 보려고 하는 것 같습니다."

젠은 한숨을 쉬었다. 뜻하지 않게 다이크의 고지식함을 나오미에게 들키고 말았다. 비웃고 있을 그 얼굴을 보고 싶지 않아서 그는 모니터에 시선을 고정했다.

"액자 뒤에 뭐가 있나?" 네네도 모니터를 바라본다. "이상이 있으면 경보가 울릴 텐데."

그때 젠을 제치고 모니터 앞으로 나온 나오미가 단호한 목소리로 말했다.

"아폴론 소속 학예사 나오미 샤함. 권한 B. 디케, 마리오 리초가 오기 전에 〈검은 사각형〉을 만진 사람이 누군지 알려줘."

"어이, 뭐 하는 거야? 다이크는 내 파트너야."

나오미는 흥 하며 턱을 치켜들었다.

"바보와 가위는 쓰기 나름이라는 말, 몰라? 무능한 VWA가 한심한 소리나 하고 있으니까 내가 좀 잘 써보려고 하는 것뿐이야."

젠이 맞받아치려고 하는데 다이크가 사무적인 목소리로 대답했다.

"나오미 샤함, 권한 B, 확인했습니다. 요청하신 정보를 확인합니다. 마리오 리초가 오기 전에 〈검은 사각형〉을 만진 사람은 양 웨이, 지금으로부터 23분 전입니다. 그는 그림의 위치를 조정했습니다. 이 사실을 제가 보고했어야 했을까요?"

"아니, 그는 작가 본인이기 때문에 수상한 사람에 해당되지 않아."

"멋대로 단언하지 마. 교육 담당은 나야."

문득 네네의 미간에 주름이 잡힌다.

"이상하네. 이미 아무도 없을 시간인데. 호텔에서 일부러 되돌아왔단 말이지. 행거가 제대로 설치돼 있는지 확인하고 싶었나?"

"행거요?"

겐이 물었다.

"전시용 고리 말이야. 그림은 천장 레일에서 와이어를 내리고 그 끝에 고리를 매달아 액자 뒤에 있는 철사에 거는 방식으로 설치해. 〈검은 사각형〉은 진동을 감지하는 특수한 작품이라서 미리 설치한 다음 작가에게 영상을 보내 확인까지 받았거든. 굳이 재확인할 필요가 없단 말이지."

"마리오도 비슷한 의문이 들어서 저러고 있는 거 아닐까요? 양 웨이가 뭘 했는지 확인하고 싶은 거죠. 경보가 울리면 안 되니까 그림에 손을 대지는 않을 것 같아요."

나오미는 조금 안심한 모습이었다.

"그렇지."

젠은 순순히 동의했다. 일이 번거로워지는 걸 피하려면 그러는 편이 낫다고 생각했다. 당사자의 인권 문제도 걸려 있으니 명확한 근거가 없는 한 VWA는 선뜻 움직일 수 없다.

"일단 마리오에게 말해줘, 다이크."

"알겠습니다."

다이크는 즉각 제2전시실에 여성의 음성으로 안내 방송을 내보냈다.

"아프로디테의 VWA입니다. 제2전시실의 전시 준비는 종료됐습니다. 신속히 퇴실해주십시오."

모니터 속의 마리오는 흠칫 놀라며 벽에서 떨어지더니 사방을 두리번두리번 둘러보며 자신은 아무 짓도 하지 않았다는 듯 과장되게 손을 내저었다.

페이디아스는 별로 주목받지 못하는 미술관이다.

관광지에서 조금 떨어져 있는 데다 규모도 그리 크지 않다. 언덕 위에 있는 건물은 그리스풍으로 지어져 있지만 어느 각도에서도 멀리 주택지가 보여 운치가 없다.

그래도 전시 첫날은 그럭저럭 북적이게 마련이다. 이번에는 여자 손님들이 많았다. 셔틀버스에서 내린 사람들은 화려한 옷차림에 간드러진 웃음소리로 주변 공기까지 화사하게 물들였다.

　"숀 루스의 인기 때문일까요?"

　미술관 입구 기둥 아래서 여성들의 무리를 둘러보며 겐이 중얼거리자 옆에 있던 남자가 대답했다.

　"마리오가 대대적으로 홍보했겠지."

　VWA 선배는 용의주도했다. 타라브자빈 하스바토르는 겐과 함께 페이디아스 경비에 투입되면서 이번 일의 인과관계를 철저하게 조사해 온 것 같다. 그는 직접 접속자는 아니지만 아프로디테에 있는 수많은 시설의 도면을 머릿속에 넣어두고 있다고 한다. VWA로서의 임무를 수행할 때 겐은 그와 함께 행동해야 하므로, 앞으로도 타라브자빈에게 여러 가지를 배우게 될 터였다.

　타라브자빈은 고향 몽골 땅의 색을 한 얼굴을 커다란 손바닥으로 쓱 문지르며 말했다.

　"양 웨이에게 서예를 배우는 여학생들도 지구에서 왔어. 서예 작품은 수업에서 볼 수 있겠지만 그림이나 조형물은 볼 기회가 자주 있는 게 아니니까."

"이번에 출품한 작가는 14명이니, 팬들이 첫날에 몰리면 인원 정리하는 것만도 일이겠는데요."

"전속 경비원들이 열심히 하는 수밖에. 그래도 보는 눈이 많다는 건 다행스러운 일이야. 마리오도 섣불리 움직이진 못하겠지."

겐은 잠깐 뜸을 들이다 입을 열었다.

"선배님."

"그냥 이름으로 불러. 그게 편해."

"고맙습니다. 그럼 타라브자빈 씨, 마리오가 정말 뭔가 일을 벌일까요?"

왁자지껄한 여자들을 바라보며 타라브자빈은 작은 목소리로 말했다.

"마리오도 알고 있어, 숀은 어차피 양 웨이의 재탕이라는 거. 양 웨이가 은퇴해버리면 덤으로 끼워 팔 기회도 없어지겠지. 세대교체라고 좋아하는 것 같아도 속으로는 숀의 존재도 덩달아 지워질까 봐 전전긍긍하고 있을 거야. 은퇴와 동시에 숀을 단독으로 강력하게 팔지 않으면 앞이 보이지 않는 상황인 거지. 이상은 다카히로의 생각이야."

"아, 역시 경험이 풍부한 아프로디테의 중재자는 다르군요."

"응, 충분히 일리 있는 얘기지."

"네."

"아닌 게 아니라 아까 마리오가 네네에게 옐로카드를 받는 걸 봤어. 〈자, 낙원으로〉 앞에서 숀의 도록을 나눠주려고 했던 것 같아."

작품을 감상하는 관람객을 방해하다니 언어도단이 아닐 수 없다.

"어, 나왔다. 저기 차려입은 부인들은 숀의 손님인가 보군. 개장 전 물밑 작업인가."

건물 아래쪽에서 자못 부유해 보이는 부인 여섯 명이 마리오가 내민 도록을 받고 있었다.

"내가 마리오를 지켜볼 테니까, 넌 가서 제2전시실 상태를 체크해."

"네, 알겠습니다."

마리오가 획책한 뭔가가 도록 배포 계획이라면 좋을 텐데, 하고 겐은 무겁게 한숨을 쉰다.

타라브자빈은 멀리 주택가를 바라보며 조금 슬픈 얼굴을 했다.

"아무 일도 없었으면 좋겠군. 이곳은 이렇게 아름다운데……."

'인터랙티브 아트의 세계'는 어린이 체험 박람회가 될 거라는 비난을 듣고 있었다.

그러나 개장도 전에 약 200여 명의 관람객이 입구에 모였다. 여학생들과 잘 차려입은 부인들을 제외하면 손님들은 대개 오래된 미술 애호가라기보다는 기발한 옷이나 소품을 선호하는 개성 있는 부류가 많았다. 방학이 시작되면 개구쟁이 남자아이들에게도 인기가 있을 것 같다.

주제가 '인터랙티브'인 만큼 눈으로만 보고 지나갈 수는 없다. 작품 앞에서 머무는 시간이 어느 정도 필요한 까닭에 개장 직후부터 장내는 꽤 혼잡했다.

젠은 〈검은 사각형〉과 〈자, 낙원으로〉가 한눈에 들어오는 제2전시실 구석진 곳에 진을 치고 있었다. 푸르스름하게 발광하는 제복을 흘끗거리는 시선들에 고개가 절로 수그러들려는 걸 꾹 참고서.

오오, 하고 환호성이 들렸다.

숀의 〈자, 낙원으로〉가 무너진 것이다. 그의 작품은 인원수를 감지하는 센서가 내장돼 있어서 일정한 수의 관람객이 그림 앞에 모인 시점에 정글이 붕괴된다.

울창한 밀림 아래에는 미묘하게 농담이 들어간 연갈색

사막이 그려져 있었다. 지평선 근처에는 폐허가 된 오리엔탈 사원이 보였다. 이게 손이 표현하고자 하는 동양적 소멸의 미학이라면 너무나 직접적이고 얄팍하다. 젠은 오히려 안쓰러워졌다.

사람들은 주제는 차치하고 그 장치에 정신을 빼앗긴 듯 보였다. 액자 아래쪽에 쌓인 가루 상태의 채색 재료가 스멀스멀 위로 기어오르고 있다.

아테나로부터 받은 자료에 따르면, 가루는 전자기적 마킹이 돼 있어서 원래의 위치를 향해 되돌아간다고 한다. 풍요로운 자연을 파괴한 문명도 시간이 지나면 다시 푸른 기운으로 뒤덮인다는 너무나 뻔한 스토리다.

되살아나는 정글 옆에서는 그림 속 폭포가 졸졸 흘러내리며 이따금 서비스로 물방울을 튀기고 있었다. 머리 위에선 거대한 가시벌레가 특정 인물을 골라 제2전시실 출구까지 따라다닌다. 과연 어린이 체험 박람회라는 비난을 들을 만한 유치한 전시다.

〈검은 사각형〉 앞에는 관람객이 거의 없었다. 여학생들은 선생님과 인사를 나눈 뒤 바로 사라져버렸다. 남아 있는 사람은 양과 나오미, 그리고 뮤즈의 서도 담당자 후 하오유뿐이다. 후가 아테나가 기획한 전시회에 찾아와 화선

지를 펼쳐 들고 양에게 다가가는 데서부터 아폴론의 일이 시작되는 것이리라. 나오미는 도움이 될 것 같지 않았다. 신작을 요구하는 후를 말리고 있었는데, 겐을 대할 때의 기세는 온데간데없고 덩치 큰 두 사람 사이에 끼여 완전히 주눅이 들어 있었다.

귓속에서 다르르 하고 다이크의 호출음이 울렸다.

─타라브자빈으로부터 음성이 도착했습니다.

다이크를 통해 선배의 목소리가 도달한다.

─"겐, 안쪽 상황은 어때?"

겐은 머릿속에서 명확하게 문장을 만든다.

─현재까지는 아무 문제 없습니다.

─"마리오가 사람들을 데리고 들어가고 있어. 손의 팬뿐만 아니라 주위 사람들도 끌어모아서 인원이 상당해. 소방법을 위반할 정도는 아니지만 전부 들어가면 전시실이 혼잡해질 거야."

겐은 즉시 페이디아스 전속 경비원에게 통신해 관람객이 늘어날 경우를 대비해 순찰로 확보를 위한 벨트 파티션을 준비하도록 지시했다.

그때 앗 하는 소리가 겹쳐 들렸다. 소리가 난 쪽으로 시선을 돌리자, 마침 양의 〈검은 사각형〉이 사람들이 일으키는 진동에 의해 무너지는 중이었다.

입자들이 검은 물처럼 흘러내려 프레임과 유리 틈바구니에 쌓이고, 떨어지지 않은 입자들은 사각형 아랫변에 아스라하게 남아 있다.

양은 10명쯤 되는 관람객이 지켜보는 가운데 그림을 천천히 벽에서 떼어내 바닥에 내려놨다. 젠은 벨트 파티션이 도착하기를 기다리면서 양을 볼 수 있는 자리로 이동했다.

사람들에게 둘러싸여 바닥에 정좌한 양은 유리판을 떼어낸 뒤 주머니 안에서 긴 젓가락을 꺼냈다. 자세히 보니 젓가락이 아니라 하나는 미니어처 빗자루이고 다른 하나는 끝을 비스듬히 깎은 주걱이었다.

굵은 손가락이 앙증맞은 도구들을 다룬다. 검은 입자를 빗자루로 쓸어 모으고 주걱으로 정리하면서 무너진 사각형을 되살린다. 화폭 위에 보이지 않는 테두리라도 있는지 좌우 변과 윗변이 자연스럽게 직선이 됐다.

이어서 액자 위쪽을 바닥에 대고 툭툭 쳐서 입자를 모으더니 주걱으로 다시 한 번 편편하게 고르고, 천천히 빗자루의 위아래를 거꾸로 잡았다. 그러고서 손잡이 끝을 검은 사각형 아랫변 한복판에 조심스럽게 꽂는다.

다도의 예법을 연상케 하는 의식을 마친 뒤 양은 빗자루에서 손을 뗐다. 솔 끝은 부드럽게 알루미늄 프레임을 딛고 있다. 빗자루가 버팀목이 돼 검은 사각형을 떠받치고 있는 형상이다. 양은 그대로 액자를 들더니 조심스럽게 다시 벽으로 가져갔다.

고리에 액자를 건 뒤 양은 진중한 얼굴로 빗자루를 제거했다. 분체粉體는 버팀목이 없어도 흘러내리지 않고 그대로 사각형을 유지하고 있었다. 마지막으로 그는 보호용 유리판을 액자에 끼웠다.

겐이 사전에 조사한 바에 따르면 빗자루 끝은 엄밀하게 계산된 곡선을 이루고 있다고 한다. 분체에 밀어 넣으면 그 곡선을 따라 파인 부분이 완벽한 아치 모양을 이루면서 검은 입자가 흘러내리는 걸 막는다. 사방 1미터에 이르는 분체를 새끼손가락 정도의 파임으로 지탱하다니, 양이 궁리 끝에 찾아낸 정체불명의 재료와 그 재료의 마찰계수가 이를 가능하게 했으리라.

"지금 본 건 영혼을 다루는 몸짓이었습니다."

갑작스러운 목소리에 겐은 바로 뒤에 숀 루스가 서 있다는 걸 알았다.

그는 깊고 푸른 눈으로 스승의 뒷모습을 똑바로 응시하

고 있었다.

"일본에서는 고대 제사에 빗자루가 쓰였다고 하더군요. 불결함을 털어내고 영혼을 정화한다는 의미에서. 그 제구로 만든 경건한 틀이 인간의 무심한 걸음으로 인해 무너져 내린다…… 굉장히 심오하죠."

젠은 정신을 다잡고 손을 돌아보며 물었다.

"그런 얘기를 왜 저한테 해주십니까?"

"당신은……." 손은 희미하게 발광하는 제복에 눈길을 주며 말한다. "VWA니까요."

"작품 배경을 모르는 놈에게는 경비를 맡길 수 없다는 뜻입니까?"

손이 고개를 흔들자 머리카락이 금색 빛을 발산했다.

"제가 바라는 건 고요함입니다. 양 선생님의 작품을 음미할 수 있는 평온함이요. 당신은 그걸 지켜주는 사람이 잖습니까? 선생님이 은퇴하신다는 소문은 들으셨겠죠. 그게 선생님이 원하시는 거라면 받아들여야죠. 단지 저는 좋은 분위기에서 선생님을 보내드리고 싶습니다."

그런 부탁은 당신을 애지중지하는 미술상에게 가서 하라고 말해주고 싶었지만, 젠은 목구멍까지 올라온 말을 꾹 눌러 삼켰다.

숀은 슬픈 얼굴로 힘없이 웃었다.

"설령 그림이 없어지더라도."

겐은 등줄기가 쭈뼛 섰다.

"뭐라고요?"

그때 제2전시실 입구가 소란스러워졌다. 마리오가 숀의 그림을 보여주려고 20여 명의 관람객을 이끌고 들어온 것이다.

"숀 씨."

그러나 숀은 이미 인파 속으로 사라진 후였다.

방 넓이와 관람객 수를 대충 둘러본 겐은 어떻게든 될 것 같다고 생각했다. 타임세일 수준으로 붐비긴 했지만 〈자, 낙원으로〉와 〈검은 사각형〉의 복원 이벤트가 끝났기 때문에 사람들은 천천히 제3전시실로 나아갔다. 세 명의 전속 경비원도 벨트 파티션을 치며 제3전시실 쪽에서 접근해 오고 있었다. 이 약간의 혼잡은 곧 잠잠해질 터였다. 다만 출구의 〈glob+eal〉이 좀 신경 쓰였다.

뇌내 통신의 착신음이 울렸다. 나오미다.

—파티션, 이쪽으로 가지고 와.

—왜? 관람객 이동로를 만들어야 해.

—그림을 지키는 게 먼저야. 이대로 두면 사람들이 액

자에 가슴을 딱 붙이고 관람하게 돼. 양 선생님이 작업할
공간도 없어지고.

둥 하고 공기가 흔들렸다. 센서형인 손의 그림과 진동
감지형인 양의 그림이 동시에 무너진 것이다. 작업할 공
간은 둘째 치고 사람들을 조금이라도 벽에서 떼어내 진동
을 줄이지 않으면 사각형을 작품으로서 벽에 걸어두는 시
간이 거의 없어지게 된다.

젠은 인파를 헤치고 전속 경비원들 쪽으로 향하면서 음
성 통신을 보낸다.

"계획을 변경합니다. 파티션은 〈검은 사각형〉 앞으로.
볶은 깨처럼 작고 까무잡잡한 아폴론 직원이 있으니 그
사람 지시에 따라주십시오."

그대로 뇌내 통신으로 전환.

원하는 상대와는 연결되지 않았다. 아테나의 에우프로
시네가 부재중 응답을 할 뿐.

어쩔 수 없이 동기를 호출한다.

—브루노, 어디야?

머릿속에서 어리둥절한 목소리가 돌아왔다.

—제5전시실인데?

—네네 씨에게 연락하고 싶어.

—지금 다카히로 씨와 회의 중이야.

A급 회의면 웬만한 긴급 상황이 아니고서는 권한 B나 B-가 방해할 수 없다.

—그럼 사후승인으로 가야겠군. 제3전시실로 가는 길을 막고 있는 유리 구체를 옮겨야겠어. 네네 씨에게 전해줘. VWA의 권한 B가 전시물을 보호하기 위해 긴급 이동시켰다고.

브루노가 눈물로 애원하기 전에 젠은 다시 음성 통신으로 전환했다.

"파티션 설치는 한 분이 하시고, 나머지 두 분은 바로 제3전시실 앞으로 와주십시오. ⟨glob+eal⟩을 이동시키겠습니다."

공기 조절 시스템의 강도가 자동으로 올라가고, 사람들로 가득한 제2전시실이 금방 시원해졌다.

괜찮아, 이 정도 혼잡이면. 아직 걸음도 뗄 수 있고 사람들도 서로 밀지 않고 제3전시실로 순조롭게 이동하고 있다.

젠의 머릿속에 숀의 말이 떠올랐다. 그림이 없어지다니, 무슨 뜻일까. 생각을 감지한 다이크가 숀은 폭포 그림과 ⟨자, 낙원으로⟩ 사이에 있습니다, 하며 CL 레이어로 위치 정보를 알려줬지만 사람들을 헤치고 거기까지 갈 엄두가 나지 않았다.

파티션이 설치되자 벽과 사람들 사이에 2미터 정도의 공간이 생겼다. 대좌臺座에 자리 잡고 있던 유리 구체는 전시실 한쪽 구석으로 옮긴 뒤 만약을 대비해 벨트 파티션을 둘러쳤다.

어린아이의 환호성이 들렸다. 폭포가 흩뿌리는 물방울을 맞고 소란을 떨자 부모가 서둘러 "쉿" 하고 주의를 준다. 웅성웅성하는 사람들의 소음이 제2전시실을 가득 메우고 있었다.

양과 쑨의 작품이 발하고 있을 고요한 동양 사상은 웅성거림과 발소리에 유린당해 더 이상 찾아볼 수 없었다. 나중에 네네와 이야기를 해보자고 겐은 생각한다. 이런 경우 작가는 이 인파를 인기의 증거라고 여기며 기뻐할까, 아니면 작품의 의도가 제대로 전달되지 않는다고 화를 낼까.

착신음과 함께 다이크가 질문을 했다.

―제2전시실의 인구 밀도가 분당 3.4포인트씩 올라가고 있습니다. 전체적으로는 아직 소방법에 저촉되지 않지만, 이 전시실만 놓고 봤을 때는 2분 후에 위험 수치에 도달합니다. 방송을 내보낼까요, 아니면 입장 제한을 할까요?

이상하다. 어째서 사람이 계속 늘어나는 걸까?

겐은 황급히 주위를 둘러봤다.

제3전시실로 가는 출구 부근에 사람들이 모여 있었다. ⟨glob+eal⟩은 옆으로 치워졌는데…….

"이봐요."

다이크에게 원인을 물어보려는데 오래된 영화에나 나올 법한 꽃이 달린 모자를 쓴 노부인이 말을 걸어 왔다.

"언제 시작해요?"

"네?"

"숀 말이에요. 숀이 나와서 얘기한다면서요. 사람이 이렇게 많아서야 원."

마리오다, 하고 겐은 하마터면 혀를 찰 뻔했다. 그자는 애지중지하는 작가를 화젯거리로 만들기 위해 밖에서 사람들을 모아놓고 그런 이야기를 멋대로 떠벌린 건가. 마리오가 문제를 일으키는 걸 경계했지만 설마 손님들을 끌어들일 줄은 몰랐다. 말썽까지 관객 참여형으로 할 셈인가?

겐은 VWA다운 친절함으로 노부인을 대하려고 애썼다.

"저희 쪽에는 전달되지 않은 내용이라 잘 모르겠습니다. 그것보다 사람이 많아서 위험할 수 있으니 제3전시실 방향으로 이동해주십시오."

"아유, 하지만 우리는……." 젠은 따져 물으려는 부인의 등을 부드럽게 출구 방향으로 밀었다.

—나오미 샤함이 므네모시네를 통해 안내 방송을 내보내려고 합니다.

—잘됐군. 그럼 이쪽은 입장 제한을 지시해야겠어. 관 전체 인원수로 판단하지 마. 제2전시실은 곱슬머리 악마 때문에 통조림 상태라고 전해줘.

—은유군요. 알겠습니다.

공기 조절 시스템이 더 세게 돌아갔다. 페이디아스의 자동 관리 시스템은 사람들과 작품을 지키기 위해 안간힘을 쓰고 있었다.

차분한 알토 톤의 미성이 울려 퍼졌다. 므네모시네다.

"장내가 매우 혼잡합니다. 신속하게 다음 공간으로 이동해주십시오. 재입장이 가능하오니 잠시 후 천천히 관람해주시기 바랍니다. 다시 한번 전해드립니다."

젠은 머릿속으로 물었다.

—다이크, 마리오는 어디에 있지?

—〈자, 낙원으로〉에 접근 중입니다.

—타라브자빈 씨는?

—관외에서 입장 제한 안내를 하고 있습니다.

—입장 제한 중인데도 이렇다고? 다들 손을 보러 온 건
가?

　명령하지 않았는데 다이크가 CL 레이어에 제2전시실
폐쇄회로 영상을 출력한다.

　—레이어를 겹치진 말아줘. 적어도 창 분할로 부탁해.

　그 말을 듣고 다이크는 시야 오른쪽에 윈도를 열었다.
가상 윈도와의 거리감을 파악하기가 힘들어 속이 울렁거
렸지만 그렇다고 F 모니터를 펼치기엔 주변에 공간이 없
었다.

　제3전시실로 통하는 출구 부근은 관람객으로 꽉 차서
이제 송곳조차 세울 여지가 없었다. 겐은 사람들을 밀지
않으려고 조심하면서 벽 쪽으로 향했다.

　소매치기가 아닌 이상 사람은 누구나 붐비는 걸 싫어한
다. 사람들은 일단 그림 감상은 포기하고 안내 방송에 따라
제3전시실 방향으로 떠밀리듯 이동하고 있었는데, 출구 부
근에서 병목현상이 일어나 움직임이 정체되고 있었다.

　뭔가 조치를 취해야겠다고 생각한 순간이었다.

　"여러분, 밀지 말고 천천히, 천천히. 지금부터 유일무이
한 미의 남신 숀 루스가 중요한 얘기를 한 후에 작품 해설
을 하려고 합니다. 이 혼잡함이 숀 루스의 인기를 실감케

하는군요. 자, 미의 남신을 감상하십시오. 거기, 조금만 더 좁혀서 그림 앞으로 오세요. 여러분, 얼른 오세요, 얼른."

"무슨 생각인 거야?"

젠이 중얼거리는 것과 거의 동시에 나오미의 날카로운 목소리가 울려 퍼졌다.

"뭐 하는 겁니까? 그만두세요! 이 상태에서 사람들을 멈춰 세우면 위험합니다."

나오미가 마리오에게 달려가는 모습이 폐쇄회로 영상으로 보였다. 벨트 파티션 덕분에 벽 쪽으로 좁은 길이 나 있었다.

―다이크.

―감지했습니다.

젠이 머릿속에서 내린 명령을 다이크는 정의의 여신의 목소리로 실행한다.

"아프로디테의 VWA입니다. 〈자, 낙원으로〉에 대한 작품 해설 이벤트는 사전에 접수되지 않은 사항입니다. 즉시 중단해주십시오. 관람객분들께서는 신속하게 다음 전시실로 이동해주십시오."

방범 카메라가 〈자, 낙원으로〉 앞에 있는 마리오를 확대했다.

한발 늦었다. 마리오는 언제 준비했는지 알 수 없는 발판에 손을 밀어 올리고 있었다.

와, 하고 여자들의 억눌린 함성이 터져 나왔다. 이곳이 공연장이었다면 그녀들은 마음껏 꺅꺅 소리를 질렀을 것이다. 실물이 훨씬 잘생겼다고 흥분해서 말하는 사람, 저런 미남이 작가라니 믿을 수 없다고 친구와 재잘거리는 사람, 멋있다는 말만 마냥 되뇌는 사람. 안내 방송이 다시 한 번 나왔지만 아무도 듣고 있지 않은 것 같았다.

고요함을 원한다고 말했던 젊은 예술가는 소란의 한가운데에 우뚝 서 있었다. 입을 꾹 다물고 의연한 얼굴로. 그는 제지하러 온 나오미를 살며시 밀어낸 뒤 깊이 숨을 들이마셨다.

"장내가 혼잡하니 짧게 말하겠습니다. 여러분이 보셔야 할 것은 제가 아닙니다. 저 숀 루스가 이 자리에 있는 건 전부 양 웨이 선생님 덕분입니다. 그러니 제가 아니라 저 그림을……."

숀이, 마리오가, 나오미가, 관람객 전원이 일제히 〈검은 사각형〉으로 눈을 돌렸다. 한 사람 한 사람의 움직임은 미미했지만 그 순간 검은 사각형이 와르르 무너졌다. 무너지는 그림인 줄은 알고 있었지만 타이밍이 기가 막혔다.

짧게 경탄하는 소리가 여기저기서 났다.

불쑥 소개된 노사는 수줍은 미소를 숀에게 보낸 뒤 액자를 벽에서 떼어내려고 했다.

그때 숀의 눈이 휘둥그레졌다. 얼굴에는 명백한 두려움이 깃들어 있었다.

"아…… 안 돼!"

날카로운 목소리와 함께 금빛 머리카락이 흩날렸다. 숀은 벽과 파티션 사이로 난 좁은 길을 달려 순식간에 양의 손에서 〈검은 사각형〉을 빼앗더니 그대로 제1전시실 방향으로 달아났다.

겐은 무슨 일이 일어난 건지 알 수 없었다.

왜 갑자기. 안 된다니? 왜 그림을?

"숀!"

마리오의 고함에 정신을 차린 겐은 급히 명령을 내렸다.

"다이크! 출입구 긴급 폐쇄!"

―일반 관람객이 혼재돼 있어 강제 폐쇄는 어렵습니다.

빌어먹을, 지금 한가하게 그런 소리 할 때냐고!

쫓아가려는 양을 나오미가 앞질렀다.

"숀 씨, 돌려줘요."

숀이 가로세로 1.5미터의 액자를 양손으로 들고 있다고는 해도, 타이트스커트를 입은 작은 나오미가 그를 쉽게 따라잡을 수 있을지.

젠은 제복 뒷주머니에 손을 쑤셔 넣었다.

"다이크!"

─감지했습니다.

힘차게 던져 올린 것은 동전만 한 크기의 '곤충'이었다. 추적 기록용으로 개발된 머신은 날개를 펴고 빠르게 비상해 순식간에 제1전시실로 날아갔다.

─곤충, 목표물 포착. 추적을 계속합니다.

"타라브자빈 씨!"

─"미안, 사람이 많아서 놓쳤어. 곤충은 따라붙었어?"

"네."

─"재빠르게 잘했어. 바로 쫓아갈게."

칭찬을 들어도 기뻐할 겨를이 없었다.

갑작스러운 소동에 장내가 술렁거렸다. 사람들이 발하는 땅울림 같은 소리가 점점 커지고 있었다. 젠은 어떻게든 벽 쪽으로 가려고 했다.

하지만 강탈극에 공포를 느낀 사람들이 한 발 한 발 뒷걸음질을 쳤다. 게다가 제3전시실로 피신하려는 군중이 밀고 떠밀리다 기어이 넘어지는 지경에 이르렀다. 무슨 일이 일어났는지 궁금해진 사람들이 제1전시실과 제3전시실에서 몰려드는 게 틀림없었다. 장내는 이미 몸을 움직일 수 없을 정도로 혼잡한 상태였다. 공기 조절 시스템도 효과가 없어서 다들 땀을 삘삘 흘리고 있었다.

아야, 하고 누군가 비명을 질렀다. 연이어 들리는 또 다른 비명.

사람이, 사람이, 하고 아우성치는 소리.

그림을 도둑맞다니. 어떻게 이런 일이. 숨을 쉴 수가 없어. 누가 좀 도와줘.

"……위험한데."

무심결에 목소리가 나왔다. 다수의 여성, 압박, 공포. 패닉을 일으키는 요소들이 다 갖춰졌다.

—다이크.

—감지했습니다.

제복에서 뿜어져 나오는 빛이 순간 강해졌다. VWA가 자신을 드러내는 건 곧 긴급사태임을 의미한다.

"진정하십시오!"

겐의 커다란 목소리를 다이크가 실내 스피커를 통해 내보냈다.

"일단 출구에서 벗어나주십시오. 출구로 몰려들면 위험

합니다. 전시실 가운데로 돌아가주세요."

효과가 있었는지는 알 수 없다. 그나마 아직 마음에 여유가 있는 후미에서는 자리를 조금씩 양보했다. 그러나 사이에 낀 사람들은 어떻게든 압박에서 벗어나려고 더 심하게 몸부림을 쳤다.

"뒤로 물러나십시오. VWA입니다. 모두 뒤로 물러나십시오!"

직원 몇 명과 마리오가 쓰러지려는 벨트 파티션을 몸으로 막아내고 있었다.

"어떻게 이런 일이! 숀은 스승에게 고마움을 전하고 싶다고 했을 뿐인데, 단지 그뿐이었는데! 나도 예를 차려 떠나보내는 건 좋은 일이라고 말해줬는데! 이럴 리가 없어!"

누구에게랄 것도 없이 마리오가 큰 소리로 변명했다.

출구는 부상자가 나오지 않을까 우려될 정도로 혼잡했다. 사람들의 목소리도 점점 거칠어지고 있었다. 전시실 가운데로 돌아온 사람들도 여기저기서 울음을 터뜨리는 형편이었다.

"괜찮습니다. 위험한 것은 없으니 돌아오십시오. 밀지마십시오. 앞으로 가시면 위험합니다. 더 이상 가시면 안 됩니다! 위험하다고요!"

이리 치이고 저리 치이는 와중에 겐은 자신이 무슨 말을 하는지도 알 수 없게 됐다.

압사라는 단어가 머릿속을 맴돌았다. 만약 눈앞에서 누군가가 죽는다면 평생 자신을 용서할 수 없을 것 같았다. 어떻게 하면 좋을까. 그리고 작품은. 만약 눈앞에서 무언가가 부서져버린다면……

그때였다.

"엎드려요! 머리 조심!"

입구 쪽에서 남자의 커다란 목소리가 들려왔다. 그 서슬에 놀라 비교적 여유 있는 곳에 있던 사람들은 반사적으로 쪼그려 앉았고, 그러지 못하는 사람들은 선 채로 머리를 감싸 안았다.

전시실이 조용해졌다.

1초, 2초…….

"머리 위를 보세요. 은빛으로, 빛나는, 별이 보입니다."

급하게 달려왔는지 타라브자빈이 제2전시실 입구에 서서 숨을 헐떡이며 외쳤다. 난데없이 들려온 별이라는 말에 사람들이 의아한 얼굴로 천장을 올려다봤다.

거기에는 은빛 성게가 있었다. 많은 사람들 앞에서 갈 길을 잃고 그저 한가롭게 둥둥 떠다니고 있었다.

"저 별은 스웨덴 조각가 닐스 라르센의 〈빛은 뒤에〉입니다. 임의의 인물을 정해서 따라다니죠. 마치 강아지처럼."

부유하는 은색 별이 마법이라도 부린 듯 사람들 사이 간격이 조금 느슨해졌다.

"자, 보세요. 단단해 보이는 커다란 가시벌레는 도대체 어떻게 떠 있을까요? 찬찬히 관찰하면 알 수 있을지도 모릅니다. 제목과 디자인에서 주제를 유추해보는 것도 재미있을 겁니다."

정체가 서서히 풀렸다. 웅크리고 앉아 있던 사람도 일어나 머리 위의 별을 바라보기 시작했다. 가장 혼잡했던 출구 쪽으로 직원들이 달려가 사람들의 안부를 확인한다.

겐은 비로소 안도의 한숨을 내쉬었지만, 곧 손을 뒤쫓아 가야 한다는 사실을 떠올렸다. 그는 제복의 빛을 증폭시킨 뒤 인파를 헤치고 나아갔다. 입구에서 타라브자빈에게 가볍게 인사하고 곁을 지나가려 했을 때였다.

"아까 한 칭찬은 철회다. 무조건 작품을 사수해."

선배의 매서운 목소리가 가시보다 날카롭게 날아와 박혔다.

다이크가 자율 주행으로 불러온 긴급 차량은 3인승 소

형 자동차였다. 보통은 제복과 마찬가지로 청색으로 발광하지만, 지금은 한시라도 빨리 〈검은 사각형〉을 보호해야 하므로 적색과 황색으로 요란하게 깜박이고 있었다.

─숀 루스와 〈검은 사각형〉은 이제 안전합니다.

'에게해 제도'라고 불리는 방갈로 단지에 들어섰을 때 다이크가 말했다. 겐은 경보 발광을 해제하고 이동속도를 늦추면서 상세하게 보고하라고 재촉했다.

앞 유리 오른쪽에 화상이 투영됐다. 곤충으로부터 전송된 저해상도 영상이다. 모래밭에 주저앉은 숀이 화면에 비쳤다.

─나오미 샤함의 요청에 따라 인근에 있던 아프로디테 관계자 여덟 명이 숀을 제압했습니다. 그는 아무런 저항도 하지 않고 그대로 붙잡혔습니다.

숀은 에게해 제도 동쪽 끝에 있는 작은 공원에서 〈검은 사각형〉을 끌어안고 유리에 얼굴을 묻은 채 어린아이처럼 흑흑 흐느껴 울고 있었다.

겐이 현장에 도착했을 때 나오미는 이미 다른 직원들을 돌려보낸 후 숀 옆에 혼자 서 있었다.

"도무지 영문을 모르겠어." 나오미가 분연히 팔짱을 낀다. "왜 그랬냐니까 얀 웨이로부터 작품을 지키려고 했대."

검은 사각형은 이미 무너져 내려 먹물처럼 액자 아래쪽에 쌓여 있었다.

"숀 씨, 양 선생님은 작품을 소중히 다루고 있었습니다. 빼앗으면서까지 지키려고 했다니, 도대체 그게 무슨 소리예요?"

"……안 돼."

가냘픈 목소리로 말한 숀은 일렁이는 호수 같은 눈동자로 겐을 보았다.

겐은 숀 옆에 가만히 쭈그리고 앉았다.

"안 되다니요?"

숀은 억지로 미소를 지었다. 그 반응이 무척 동양적이라는 생각이 들었다.

"선생님은 작품을 파괴하실 거예요."

"뭐라고요?"

"이게 물리적으로 부서지지 않는 한 제가 앞으로 나아갈 수 없다고 생각하시는 거예요. 그래서 이번 전시를 기회로……. 하지만 스스로 파괴하는 건 양 선생님의 스타일이 아닙니다. 운명은 재천이라 생각하시니 생명을 앗아가는 행위는 하시지 않으니까요. 당신 손으로 작품을 부수면 팬들도 실망할 겁니다. 그런데 나를 위해서 선생님은……."

말끝이 흐려지고 눈동자가 흔들린다. 숀은 〈검은 사각형〉을 끌어안고 눈물을 흘렸다.

젠은 전혀 납득이 가지 않았다.

"백번 양보해서 양 선생님이 당신을 위해 그림을 부술 생각이었다고 합시다. 그런데 어떻게 손을 대지 않고 부순다는 겁니까?"

"자연스럽게 떨어지도록. 아니, 자연스럽게 떨어졌다고 생각하게끔."

나오미가 놀라며 앞으로 나섰다.

"뭔가 장치가 돼 있는 건가요?"

"선생님은 〈검은 사각형〉을 전시할 때 진동을 감지하는 특별한 고리를 사용하십니다. 이번에 준비한 고리는 평소에 쓰던 것과 달리 반복적인 진동에 쉽게 파괴되는 금속이라서, 입자가 무너질 정도의 진동을 몇 차례 받으면 부러져버립니다. 아무도 건드리지 않았는데 사각형이 무너지는 것과 동시에 탁 하고……."

그다음 상황은 간단하게 상상할 수 있었다. 바닥으로 떨어지는 액자. 사방으로 튀는 파편. 폭연처럼 날아오르는 검은 입자. 놀라서 비명을 지르는 사람들.

양은 응석받이 제자를 내치기 위해서는 그만한 충격이 필요하다고 생각했던 걸까.

네네가 말한 특수한 전시용 고리. 이번에는 그중에서도 남달리 특별한 고리였다. 양은 동영상만으로는 안심이 되지 않아 밤에 일부러 발길을 되돌려 작품을 설치한 모습을 직접 확인하러 갔다. 마리오가 이를 발견하고선 양이 자리를 뜬 후 그림 뒤에 뭐가 있는지 몰래 살펴봤다.

"당신은 고리의 비밀을 마리오에게 들었군요."

푸른 눈이 휘둥그레졌다.

"마리오? 그 사람이 어떻게 알고요?"

이번에는 두 사람이 눈을 크게 뜰 차례였다.

"어, 그러니까…… 아, 잠깐. 혹시 누락된 정보가 있었나, 다이크?"

음성 출력으로 부탁하자 손목 밴드형 통신 단말기를 통해 다이크가 응답했다.

"죄송합니다. 어젯밤 질문은 '마리오 리초가 오기 전에 〈검은 사각형〉을 만진 사람은 누구인가'였습니다. 저는 양 웨이라고 대답했습니다. 지금 얘기의 흐름으로 추측해보면, 저는 양 웨이로부터 약 3미터 떨어진 곳에 숀 루스가 있었고 두 사람이 대화를 하고 있었다는 사실을 말했어야

했던 듯합니다."

"내가 질문하는 방법이⋯⋯."

나오미는 손으로 이마를 짚고 하늘을 우러러봤다.

"너 정말 바보도 가위도 다룰 줄 모르는구나."

"시끄러워."

"숀 씨, 그럼 당신은 작품을 부순다는 계획을 양 선생님에게서 직접 들었다는 거군요. 그런데 이건 앞뒤가 안 맞지 않나요? 양 선생님은 왜 당신에게 그 사실을 미리 알렸으며, 당신은 왜 그때 바로 행동을 취하지 않았나요? 스승을 설득하든 그림을 보호하든 뭐라도 할 수 있었을 텐데."

숀이 슬쩍 고개를 들었다가 다시 떨군다.

"선생님은 저를 곤란하게 하려던 게 아닙니다. 숀 루스가 홀로서기를 시작하기 위한 의식이라고 생각하셨어요. 저는 그걸로 납득했습니다. 선생님이 그림을 희생하면서까지 저를 생각해주신다면 모든 걸 하늘의 뜻에 맡기겠다고. 그랬는데, 그렇게 마음먹었는데⋯⋯."

"그 뒤에 마리오가 왔군요."

고개를 끄덕이면서 숀은 무너져버린 그림을 애처롭게 쓰다듬었다.

"제가 한 짓은 범죄일까요? 미의 여신은 저를 용서해주실까요? 저는 스승의 뜻을 저버렸어요. 손님들이 최대한 실망하지 않는 방법으로 그림을 파괴해 저를 바로 세우고 후련하게 은퇴하시려고 했는데, 저는 그런 선생님의 계획을 망쳐버렸어요. 결과적으로 손님들에게 폐를 끼쳤고 전시 자체도 저 때문에 엉망이 됐어요."

겐은 조용하게 물었다.

"왜 그렇게 갑자기 작품을 강탈하는 강경한 수단을 선택했죠? 납득했다고 말씀하셨잖아요?"

숀이 쓱 고개를 들었다.

"우주가…… 무너졌으니까."

"네?"

"제가 바라본 순간, 사각형이 붕괴했어요. 그때 제 이성의 틀도 붕괴해버렸습니다. 무너지는 그림인 건 알았지만 그 순간 이 그림이, 선생님이, 세계가 전부 와해되는 것처럼 느껴졌어요. 정신을 차리고 보니 몸이……."

숀은 하염없이 그림을 어루만지면서 혼잣말처럼 중얼거렸다.

"검은 사각형은 많은 생각을 하게 해줍니다. 마리오에게는 단지 도형으로밖에 보이지 않더라도 칠흑의 사각형은 내 영혼을 흡수해요. 나는 그 어둠 속에서 발버둥 치고,

그러다 튕겨 나가 우주 끝까지 날아가버립니다. 이 그림은 보는 사람의 감수성을 시험하는 심오한 작품이에요. 저에게, 그리고 인류에게 매우 귀중한 기념비적인 작품이죠."

손은 눈을 가늘게 뜨고 하늘을 바라봤다.

"이 그림은 발표된 시점에서 이미 선생님 개인의 것이 아니라 문화가 됐습니다. 제게 영향을 줬고, 또 모르는 누군가의 무언가도 틀림없이 바꿔놨을 거예요. 예술 작품은 인류의 문화입니다. 난봉꾼 우르바노의 풍자화조차 분명 누군가에게 힘을 줬을 겁니다. 그런데 그런 작품을 단지 나 한 사람만을 위해 파괴하다니, 그런 일은 절대로 있을 수 없다고 생각했어요. 인간의 마음을 흔드는 고귀한 미술품이 미의 여신의 품에서 소실돼서는 결코 안 된다고……."

시간이 한참 흐른 것 같은데 아직 정오 전이었다. 공원에는 눈부신 빛이 쏟아지고 하늘은 여느 때처럼 푸르렀다. 하릴없이 허공을 바라보는 손의 눈동자는 그 푸른빛으로 아프로디테의 하늘과 대화하는 것처럼 보였다. 미의 여신과 예술가의 들리지 않는 대화.

그때 파란 하늘이 쩍 하고 갈라진 것 같았다. 물론 상상이다.

"그래."

젠은 작게 중얼거렸다.

사람들이 이곳을 낙원이라고 여기는 까닭은 안전 외에 또 하나 보장되는 것이 있기 때문이다. 이곳에는 전하려 하는 아름다움이 있다. 그걸 누리려고 일부러 찾아오는 사람들이 있다. 이 훌륭한 수요와 공급의 모습 또한 아프로디테가 제공하는 인터랙티브한 하나의 미학이다.

평화롭게. 아무 일 없이 평온하게. 이 행복감을 유지하지 않으면 눈에 보이지 않는 향기처럼 이곳을 감싸고 있는 가장 큰 아름다움이 사라져버린다.

타라브자빈이 거리 풍경을 바라보며 아름다운 곳이라고 말한 것도, 숀이 여신의 품이라고 생각하는 것도, 그저 무너져 내릴 뿐인 검은 사각형이나 둥그런 구체를 심오한 사상덩어리로 여기는 노력이 이곳 아프로디테에 가득하기 때문이다.

다카히로는 비교적 평온한 곳에서 디케를 시험 사용해 보는 게 어떨까 하며 첫 부임지로 아프로디테를 권했지만, 자신은 어쩌면 엉뚱한 곳에 와버린 것일지도 모른다.

젠은 그렇게 투덜거리면서도 아프로디테의 공기를 가슴 가득 마시며 엷은 미소를 지었다.

"정말 대책 없이 순수한 청년이네. 바보 같을 정도로 솔직하고, 쉽게 영향을 받고."

네네는 그렇게 말하며 흑표범처럼 몸을 젖히고 후후 웃었다.

셋이 들어가도 비좁은 다카히로의 사무실에 방 주인, 네네, 겐, 나오미 네 사람이 모였다. 소파만으로는 모자라 접이식 의자까지 꺼낸 이 상황이 페이디아스에서의 소동을 떠올리게 한다.

창밖으로는 붉은 저녁놀이 보이고, 아프로디테는 아무 일도 없었던 것처럼 평온하다.

숀과 작품을 보호한 후 겐과 나오미는 일차로 타라브자빈에게 깨지고, 이어서 셋이 함께 VWA 책임자인 스콧 은구에모에게 혼이 나고, 겨우 해방됐다고 생각했더니 다카히로에게 불려 오고, 왔더니 멋진 불상의 미소를 지으며 네네가 기다리고 있었다.

"숀은 좀 더 자기 주관을 가져야 해. 동양 사상을 따라가는 것만으로는 재탕에서 벗어날 수 없어. 동양 사상을 추구하는 서양인인 나, 이걸로는 부족해. 더 깊이 영혼의 우물을 들여다보고 자신에게 솔직해져야 하겠지."

다카히로는 커피를 한 손에 들고 느긋하게 말한다.

"맞아. 예술가라면 누군가에게 영향을 받고 또 동등한 가치를 지닌 오리지널리티로 누군가에게 영향을 줘야 한다고 생각해. 이게 진정한 상호작용, 양방향이고 인터랙티브지. 쑨이 발소리만 내는 손님으로 끝나지 않았으면 좋겠어."

소파에 걸터앉은 네네는 긴 다리를 바꿔 꼬았다.

"의외였던 건 마리오의 진의야. 〈검은 사각형〉을 사들이려던 것도, 양 웨이에게 감사의 마음을 전하길 권유한 것도, 쑨이 예술가로서 단호하게 결단을 내릴 수 있도록 돕기 위해서였을 줄은……."

"글쎄. 〈검은 사각형〉을 매입해서 이것이 쑨의 원점입니다, 하고 관심몰이를 하는 데 이용하려고 했다거나, 스승에게 사의를 표하면 예술가로서 호감도가 올라간다거나 하는 타산은 있었던 것 같은데?"

"장사치니까 그 정도는 눈감아주자고요. 그리고 양 웨이도 반성하고 있었어. 그림을 파괴하려던 계획도, 〈glob+eal〉의 존재 의의도 사전에 우리에게 알렸어야 했다고."

"〈glob+eal〉의 존재 의의?"

의아해하는 나오미에게 네네는 고개를 끄덕이며 말했다.

"물론 그 조형물에는 심오한 주제가 담겨 있어. 하지만 중요한 건 위치였지."

양은 마리오가 사람들을 끌어모을 것을 예상하고 있었다. 손을 보러 온 사람들이 일으키는 진동으로 〈검은 사각형〉이 최후를 맞이하는 것도 우화로서 괜찮겠다고 생각했다.

그는 액자가 떨어졌을 때 벌어질 소동을 예측하고 그에 대한 대응책을 마련했다. 바로 유리 구체를 출구에 두는 거였다.

양은 물리학을 예술에 응용한다. 작은 파임을 만들어 입자를 지탱하고, 무너질 때 한 번에 좍 떨어지는 움직임도 유체역학에 기반을 두고 있다. 그리고 유체역학은 사람의 움직임에도 응용할 수 있다. 행동학 연구에 따르면 출구 중앙에 기둥이 있으면 집단의 이동을 원활하게 한다고 한다. 출구의 폭, 〈glob+eal〉이 놓인 받침대의 크기, 출구로부터의 거리. 이 조건들을 면밀하게 검토한 결과가 길을 막고 있다고 생각되던 그 위치였다.

"그런데 그걸 제가 옮겨버렸군요. 통행에 방해가 된다고 생각해서. 그리고 부서지면 안 되니까."

"괜찮아, 우리도 전혀 몰랐어. 타라브자빈이나 스콧도 그 일에 대해선 나무라지 않았지?"

다카히로의 위로에도 젠은 선뜻 고개를 들 수 없었다. 두 상사는 소란을 수습하는 방법이 미흡했다는 점만을 지적했지만 VWA로서는 매우 부끄러운 일이었다.

조금 전 타라브자빈은 매섭게 질책했다.

"잘 들어. 아프로디테를 여행하는 사람들은 지구에 비하면 점잖아. 이 평온한 분위기에 동화되거든. 하지만 소동이 일어나면 얘기는 별개야. 방송을 해도 거의 듣지 않아. 절반이 들었어도 안내를 따르는 건 그 절반의 절반이야."

타라브자빈은 조금 불편하게 들릴 수 있는데, 하고 운을 띄운 뒤 이렇게 말했다.

"특히 너희 직접 접속자들의 여신이 내는 아름다운 목소리는 효과가 미미해. 초반에 여러 차례 방송을 한 것도 좋지 않았어. 그렇게 두 번 세 번 같은 목소리를 내보내면 사람들은 금세 익숙해져버려서 안내 방송을 귀담아듣지 않게 돼. 중요한 얘기는 무조건 육성으로 외쳐. 소리가 커야 하면 네가 마지막에 했던 것처럼 네 목소리를 증폭시켜 내보내면 돼."

확실히 인간의 목소리에는 감정을 실을 수 있다. 타라

브자빈의 짧은 외침에 사람들이 이끌린 것도 절박감이 전해졌기 때문이다.

"그리고 말이야." 타라브자빈이 이어서 말했다. "그런 난리가 났을 땐 장황한 지시는 안 통해. 엎드려, 머리 조심, 이 정도면 충분해."

선배는 행동학도 공부한 것 같았다. 위험하다는 말을 들으면 사람은 일단 멈춰 선다. 멈춰 서면 그만큼 달아나는 것도 늦어진다. 어떻게 하면 좋을지 몰라 우왕좌왕할 수도 있다. 달아나, 물러나, 엎드려. 구체적으로 짧게 지시하면 반사적으로 그 행동을 취하게 된다.

그런 소란 속에서 선배처럼 외칠 수 있을까. 겐은 자신이 없었다. 무엇보다 스피커도 사용하지 않고 육성만으로 그런 성량을 내는 건 도저히 가능할 것 같지 않았다. 그렇게 말하자 타라브자빈은 그제야 표정을 누그러뜨렸다.

"훈련이야, 훈련. 너도 해볼래, 흐미?"

흐미란 몽골의 전통 창법으로 한 사람이 동시에 여러 음을 내는 이른바 일인 다중창이다. 그 순간 거무스름한 얼굴로 피식 웃는 덩치 큰 선배에게서 분명히 광활한 대지의 향기가 풍겨 왔다.

"기운 내, 처음부터 잘하는 사람이 어디 있겠어."

묵묵히 선배의 질책을 반추하고 있던 겐의 어깨를 네네가 토닥였다.

"다만 아쉬웠던 건 나한테 현장 상황을 보고하지 않았다는 점이야. 내가 회의 중이면 다른 권한 A에게 부탁해서라도 연락을 취했어야 했고, 전문 운반업자나 학예사 없이 혼자 미술품을 옮긴 것도 절대 해서는 안 되는 행동이었어."

겐과 나오미는 동시에 "네" 하고 대답했다.

다카히로는 커피 컵을 책상에 내려놨다.

"할 수 있는 일이 늘어나면 선택지도 늘어나. 우리 직접 접속자들은 다른 사람들에게 없는 능력을 지니고 있는 만큼 더 신중을 기해 옳은 선택을 해야만 해. 특히 겐, 너는 디케를 키우는 임무를 맡고 있어. 좋은 선택을 반복해서 경험하는 게 디케에게는 가장 큰 공부가 될 거야."

"네. 노력하겠습니다."

다카히로는 홀연히 일어나 창가에 몸을 기대고 가로로 길게 깔린 붉은 구름을 바라봤다.

"언젠가 디케에게 말해주고 싶군. 네 덕분에 오늘도 아프로디테는 낙원이었다고."

"원조 로맨티시스트 납셨네."

기회를 놓치지 않고 네네가 놀린다.

"원조라니, 그건 또 무슨 소리예요?"

네네는 어린 여자아이처럼 킬킬거렸다.

"머지않아 겐도 너처럼 될 거니까. 물론 디케도. 누가 뭐래도 네가 사부잖아?"

다카히로는 그저 쓴웃음을 지었다.

나오미는 겐이 로맨티시스트가 될 거라는 말을 인정하지 않는 눈치였다. 그 증거로 가자미눈을 뜨고 이쪽을 째려보고 있다.

이곳은 낙원.

오늘 그 소란 속에서도 부상자가 나오지 않은 건 신이 가련한 신입에게 내려주신 기적이다.

─어이, 다이크.

감지했을 텐데 다이크는 겐이 말하길 잠자코 기다린다.

─정말 아름다운 곳이야. 우리, 잘해보자.

─네, 물론입니다.

다이크는 잠깐 뜸을 들이고 나서 능숙하게 대답했다.

Ⅱ
끝은
아직

효도 겐은 침울함에 빠져 있었다.

박물관 행성 아프로디테의 안녕을 유지하는 VWA로서의 일은 더할 나위 없이 순조롭다. 지난 2주 동안 범죄자 세 명을 체포했다.

그러나 우주 공항에서 얼굴 인식 장치를 교묘하게 빠져나간, 지명수배 중인 절도범의 수상한 거동을 알아챈 것은 겐에게 직접 접속된 정동 학습형 데이터베이스 다이크였다. 감시 카메라를 따라가며 도망치는 소매치기를 추적한 것도 다이크였다. 수상한 차가 정확히 16분 간격으로 화랑 네 곳을 돌고 있다는 지적은 다이크만이 할 수 있다.

수상하다, 미심쩍다는 개념을 다이크가 학습한 것은 좋은 일이고, 범죄를 미연에 방지할 수 있어서 다행이라고 생각한다. 하지만 겐은 손발이 없는 다이크를 대신해 범인을 체포하는 것 말고는 자기가 하는 일이 없다는 생각이 들어서 견딜 수 없었다. 잘했다고 칭찬을 받을 때마다 자신의 공로가 아니라고 말하고 싶어진다.

자신이 했다고 생각되는 일이라고는 취객의 싸움을 뜯어말리거나 습득물을 인도하거나 지금처럼 나설 일이 없는 호위뿐.

원형 잔디밭이 펼쳐진 '신타그마 공원'은 여느 때처럼 활기가 넘쳤다.

겐의 기분과는 정반대로 상쾌한 아침이었다. 수레에 실린 풍선이 파란 하늘빛에 빛나고, 아름다운 분수에서는 발가벗은 꼬마들이 환호성을 지르고 있었다.

"냄새 좋다. 바나나튀김이네. 시나몬이랑 꿀을 듬뿍 뿌린……."

아이리스 캐머런은 어깨에 닿을락 말락 하는 갈색 머리카락을 찰랑거리며 과자 파는 곳을 향해 턱을 살짝 들었다. 녹색 눈동자가 진짜 눈처럼 반짝인다. 그녀는 흰색 T자형 지팡이로 박자를 맞추며 허밍을 시작했다. 조심스레 스텝까지 밟고 있다.

흥겨운 곡이었다. 자괴감에 빠져 있지 않다면 겐도

발을 까딱거리며 리듬을 탔을 터였다.

왜소한 그녀를 수행하듯 따라다니는 율리아 리프니츠키는 희미하게 미소를 짓고 있었다. 나이는 사십 대. 은발 쇼트커트를 한 모습이 늠름하다. 사랑스러운 느낌의 아이리스와 나란히 있으니 엄마와 딸처럼 보인다.

그때 젠의 귓속에 다르르 하고 착신음이 울렸다. 오늘도 아폴론의 나오미 샤함과 한 팀으로 움직이고 있기 때문에 그녀의 통신을 거부할 선택권은 젠에게 없다.

—뮤즈의 아글라이아에게 물어봤는데, 오프브로드웨이°의 〈바람아, 바람아〉 중에 나오는 '간식 시간'이란 곡이래.

우주의 모든 미를 수집하고 연구하는 박물관 행성에서 아폴론이 사용하는 므네모시네는 다른 데이터베이스들의 상위에 있다. 그림이든 음악이든 식물이든 그와 관련해 궁금증이 생기면 전담 데이터베이스에 접근해 게이트를 열고 바로 검색할 수 있다. 편리하고 좋지만 나오미는 그 권한을 과시하는 경향이 있었다. 자신과 동기인데 한 계단 위에 서 있는 듯이 구는 태도가 괘씸했다.

° 맨해튼에 있는 비교적 작은 극장에서 공연되는 연극. 브로드웨이 작품과 달리 비상업적이고 실험적인 공연을 지향하며, 브로드웨이 지역에 있어도 500석 미만의 극장에서 공연하는 작품은 오프브로드웨이라고 부른다.

평소처럼 딱딱한 정장 차림으로 앞만 보고 걷는 나오미에게 겐은 한숨을 쉬며 대답했다.

—아, 예, 감사합니다, 교수님. 그 곡명은 저 같은 보디가드에게도 필요한 정보인가요?

나오미는 먹색 눈을 부릅뜨고 겐을 쳐다봤다.

—정보를 어떻게 이용하느냐는 그걸 얻은 사람이 결정하는 거야. 필요 없으면 그냥 모른 척하면 돼. 참고로 나는 VWA는 아니지만 네가 알려주는 정보를 바탕으로 주의 깊게 주변을 살피고 있어.

—도와줘서 정말 고맙다. 그런데 정작 중요한 뮤즈 직원은 왜 안 보이는 거지?

—내일 무대 준비로 바쁘대.

—시중드는 일은 이쪽에 떠맡기겠다는 건가.

겐은 가만히 주변을 둘러봤다.

잔디밭에는 가족 단위의 휴양객들이 한가로이 돗자리를 펼쳐놨고, 놀이 기구에는 아이들이 개미 떼처럼 모여들어 있다. 광대가 던지는 저글링 구슬은 푸른 하늘을 향해 날아오르고, 동전 주머니와 악기를 준비하는 키 큰 여성 바이올린 연주자 옆에서는 젊은이들이 끊임없이 모양이 바뀌는 말랑말랑한 무지갯빛 장난감을 주고받고 있었다. 아마 '변덕스럽게 변하는 슬라임'인가 하는 녀석일 것이다.

경쾌한 바이올린 연주와 함께 어디선가 주인공이 나타나 "이 얼마나 멋진 아침인가!" 하고 두 팔을 벌려 노래를 부를 것만 같은 평화로운 광경이었다.

현재로선 맹인 뮤지컬 평론가에게 해코지를 할 만한 인물은 눈에 띄지 않는다. 무엇보다 머리카락을 나풀대며 기분 좋게 걷고 있는 아이리스가 협박성 편지를 수백 통이나 받을 만큼 신랄한 글을 썼다는 사실이 겐은 믿기지 않았다.

기우라고 생각하지만, 혹시 모르는 일이니까. 이 또한 중요한 임무라고 겐은 스스로를 타일렀다.

다이크의 판단에 따르면, 아이리스의 혹평에 분노한 배우인지 팬인지가 실제로 접촉해 올 가능성은 낮다고 한다. 편지 내용을 보면 협박이라기보다는 항의에 가깝고, 또 그것을 전달함으로써 격했던 감정이 정리되는 경우가 일반적이라는 것이다.

그래도 만에 하나 아이리스에게 무슨 일이 생기면 곤란하다. 율리아가 속해 있는 의료 기관 메디 C 코퍼레이션에 있어 아이리스는 눈이 보이지 않는 사람들에게 희망을 가져다줄지도 모르는 중요한 임상시험 대상자니까.

"여기서 한번 해볼까? 지팡이만 있으면 되니까."

율리아가 허리를 숙여 아이리스에게 말한 뒤 등에 살포시 손을 얹었다. 저런 타이밍에 터치를 해야 하는 거구나, 하고 겐은 고개를 끄덕였다. 앞이 안 보이는 사람은 갑자기 뭔가가 몸에 닿으면 놀란다. 안내한다고 팔을 잡아끄는 것도 금물. 이번 경호 업무를 맡기로 결정됐을 때 맨 먼저 숙지한 주의 사항이었다.

아이리스는 마치 보이는 것처럼 푸른 하늘을 우러러봤다.

"그럴까요? 좀 넓지만 어디까지 가능한지 시험해볼게요."

그녀는 흰 지팡이를 가슴 앞까지 들어 올렸다. 희미한 기계음이 나고 T 자 양쪽 끝에서 동전처럼 생긴 물체가 빠져나왔다. 두 개의 물체는 공중으로 날아오르더니 각각 좌우로 날아갔다.

아이리스는 흰 지팡이를 재빨리 접어서 끈을 손목에 걸었다. 그런 다음 연보라색 블라우스 소매를 두 팔 모두 팔꿈치 위까지 걷고, 아주 얇아 보이는 긴 장갑을 돌돌 말아서 벗었다.

팔꿈치를 90도로 구부리고 손바닥을 위로 향하자 아래팔 안쪽에 10여 가닥의 가느다란 선이 달려 있는 걸 볼 수 있었다.

이윽고 가지런한 손가락이 살짝 떨렸다.

"데이터 수신은 양호해요. ……귀에 들리는 것보다 사람이 많네. 소리가 잔디밭에 흡수돼서 그런가?"

아이리스는 깜박이지 않는 눈으로 똑바로 앞을 응시한 채 주문처럼 말했다.

"작은…… 아이가 달리고 있어요. 왼쪽에서 오른쪽으로. 빨간 치마에 포니테일. 그 뒤를, 검은…… 강아지네. 목줄을 잡고 있는 여자아이를 폴짝폴짝 뛰면서 쫓아가고 있어요. 뒤엉켜서…… 후후, 귀여워."

율리아가 안도의 한숨을 쉬었다.

"그런대로. 그런데 견종이 복서라서 새끼지만 귀엽다기보다 좀 무서운 느낌이야. 주변 사람들도 슬금슬금 피하고 있어."

아이리스는 아쉬운 듯 고개를 왼쪽으로 꼬았다.

"그렇구나. 듣고 보니 그런 것도 같네요."

겐은 손차양을 하고 뛰어다니는 개를 쳐다봤다. 자세히 보니 확실히 복서가 맞았다. 율리아의 시력은 아주 좋은 것 같다.

"손 내려도 돼. 끝났어."

그 말을 듣고 아이리스는 앞으로 내민 팔을 천천히 내렸다. 데이터를 수집하던 동전 크기의 부품도 원위치로 날아와 지팡이 양 끝으로 복귀한다.

율리아는 블라우스 소매를 가다듬는 아이리스에게 알아듣기 쉽도록 조곤조곤 설명했다.

"넌 오랫동안 양각陽刻 영상인 '릴리프 스퀘어'를 사용해왔어. 그래서 양쪽 손바닥만으로 주변 형상을 파악하려는 버릇이 몸에 배어 있지. 하지만 이번에 도입한 신기술은 잠정 시야가 훨씬 넓고 반영할 수 있는 정보의 양도 많아. 양팔 전체로 전달되는 데이터를 취사선택해서 한 지점을 주시할지, 전체적인 분위기를 파악할지 순간순간 잘 판단해서 처리해야 해."

아이리스는 한 박자 늦게 생긋 웃으며 얼굴을 들었다.

"알았어요, 노력해볼게요."

율리아도 따라서 미소를 짓는다.

젠은 두 사람이 어떤 능력을 부여받았고 뭘 하려고 하는지 머릿속으로 복습했다. 시각장애인과 메디 C는 과학의 은혜를 받아 한 단계 높은 곳으로 발을 내딛기 위해 미의 여신을 찾아왔다. 단순한 경호라면 신변을 보호하면 그만이다. 하지만 여기는 아름다움을 한자리에 모아놓은 곳이다. 겐을 비롯한 직원들은 그들의 계획이 성공적으로 마무리된다는 아름다운 결말을 제공해야만 한다.

하지만 복습은 나중으로 미뤄졌다. 아이리스가 "어머" 하고 고개를 돌렸기 때문이다.

"바이올린을 연주하려나 보네?"

보이지 않는 녹색 눈동자가 향한 곳에서 키 큰 여성이 악기를 집어 들고 있었다. 10미터 이상 떨어져 있는데도 아이리스는 새로운 방식을 사용하지 않고 그 낌새를 느낄 수 있었던 모양이다.

바이올린 연주는 엉망이었다.

청각이 예민한 아이리스는 연주인지 깽깽거리는 건지 알 수 없는 소리에 귀를 막았다. 율리아도 얼굴을 찡그린다.

"뭐야, 너무 심한데?"

"사람들에게 들려줄 만한 수준이 아니야. 그냥 둘 수 없어."

접었던 흰 지팡이를 다시 길게 펼치고 아이리스가 분연히 발을 내디뎠다. 나오미가 얼른 그 뒤를 쫓아가더니,

5미터쯤 더 가선 건드리지 말아야 할 아이리스의 팔을 갑자기 붙잡았다.

"기다려요. 이 곡, 〈달과 황제〉예요."

어! 하고 놀라며 아이리스가 돌아본다.

"내일 드레스 리허설*이 예정돼 있는? 이번이 초연이잖아요?"

"그러니까요. 곡 등록은 돼 있지만 첫날까지 일반에는 비공개입니다. 관계자 외에는 알고 있을 리가 없어요."

그때 젠의 귓속에 긴급 착신음이 울리고 이어서 다이크의 묵직한 목소리가 들려왔다.

—바이올린 연주자는 아이리스 캐머런에게 접근금지명령이 내려진 헬레나 이스턴입니다.

"뭐라고?"

무심결에 육성이 터져 나왔다. 동시에 젠은 여자들을 비호하듯 등으로 막아서며 팔을 벌렸다. 평범한 디자인의 제복이 경고를 보내기 위해 청색으로 강하게 발광한다.

"헬레나 이스턴 씨, VWA입니다. 아이리스 캐머런 씨에

• 공연의 모든 디테일을 배우와 스태프가 함께 점검하는 마지막 과정. 배우들이 무대의상과 분장을 모두 갖추고 진행해 이런 이름이 붙었다.

게 더 이상 다가오지 마십시오."

겐은 다이크에게 물었다.

—다이크, 무기는?

—감지되지 않습니다.

—좋아.

하늘하늘한 원피스를 입은 금발의 바이올린 연주자는 악기를 천천히 턱에서 떼고 두 손을 어깨높이로 들었다. 험악한 표정에 키는 약 190센티미터. 나이는 서른 살쯤 돼 보였다. 헬레나는 무저항의 자세를 취하면서도 빈정대듯 입술을 삐죽거렸다.

"다가간 적 없어요. 저 잘난 독설가 선생이 여기까지 와서 훼방을 놓으려고 직접 납셨는걸요."

겐은 다이크에게 헬레나에 관한 자료를 요청했다. F 모니터나 CL 투영은 지금 같은 상황에서는 방해가 된다.

—음성으로, 짧게.

—헬레나 이스턴, 28세. 뮤지컬 배우 잭 이스턴의 여동생으로, 오빠가 혹평을 받은 것에 대해 과거 8회 아이리스 캐머런에게 항의했습니다.

거기서 다이크는 겐이 아직 말로 하지 않은 희미한 생각을 빈틈없이 잡아냈다.

—감지했습니다. 헬레나가 신곡을 아는 이유는 〈달과 황제〉에 소품 담당으로 참여하고 있기 때문입니다.

—협박했을 가능성은?

심각한 질문에 다이크는 태연하게 대답한다.

—협박하지 않았습니다. 헬레나가 말한 대로 아이리스가 먼저 다가왔습니다.

젠은 혀를 찰 뻔했지만 꾹 참았다.

평론가는 헬레나의 얼굴을 똑바로 응시하고 있었다.

"내가 꼬임에 넘어갔다는 거군. 소음만 더 내지 않는다면 돌아갈게요. 당신이 하고 싶은 말은 충분히 이해했으니까."

"이해했다고? 그런데 왜 오빠의 명예를 회복시켜주지 않아? 〈물론이야, 허니〉 때의 실수는 내 탓이라고 몇 번이나 말했잖아!"

젠은 긴장했지만, 헬레나는 고함을 지를 뿐 자리에서 움직이거나 하지는 않았다. 아이리스는 이미 침착한 모습으로 잔디를 디디고 반쯤 돌아섰다.

"무대 위에서 실수는 용납되지 않아요. 그게 누구 탓이든. 당신만 억울한 게 아니에요. 배우도 관객도 모두 억울해요. 당신은 오빠를 믿죠? 잭은 〈달과 황제〉에서도 중요한 배역을 맡았어요. 내일 내 주목을 끈다면 평가는 그걸로 충분할 거예요."

"주목이라고? 그 새로운 방식!" 흥, 하고 헬레나가 콧방귀를 뀌었다. "당신은 결코 주연배우를 칭찬하지 않아. 센터에 서는 배우들은 잘하는 게 당연한 거라면서. 그런데 실수를 하면 득달같이 달려들어 비판하지. 당신이 주목하는 사람은 단역이나 백댄서뿐이야. 나는 세세한 부분까지 '보고 있다'고 주장하고 싶은 것뿐이잖아!"

율리아가 한 걸음 나서려는 걸 아이리스가 제지했다. 그녀는 미소를 머금고 조용하게 말했다.

"싫증이 나도록 들었다고 말하는 게 정확하겠죠. 무대예술은 단 한 번뿐이에요. 나는 실수를 목격하고 말았어요. 얘기는 여기까지 하죠."

아이리스는 눈이 보이는 사람보다 더 확신에 찬 걸음으로 자리를 떠났다. 나머지 세 사람도 서둘러 그 뒤를 따른다.

이 얼마나 멋진 아침인가.

젠의 머릿속에서 노랫소리가 울려 퍼졌다.

뮤지컬은 즐거워야 하는 법인데, 이 전개는 뭐람.

성큼성큼 걸어가면서 젠은 몰래 한숨을 쉬었다.

메디 C가 아이리스의 경호를 요청하면서 참고 자료로 함께 제출한 협박성 편지는 309통. 그중 77퍼센트가 주연 배우들에 대해서도 평을 좀 써달라고 요구하는 내용이다. 단역을 너무 띄우는 것 아니냐는 비난이 중복 포함 46퍼센트. 구체적으로 지적하지 않고 글이 어느 한쪽으로 편향돼 있다, 하고 완곡하게 표현한 게 11퍼센트.

그리고 계속 이러면 가만두지 않겠다는 노골적인 협박이 26퍼센트.

"확실히 아이리스 캐머런은 쉽지 않은 인물이야. 사람이 너무 강골이란 말이지."

뮤즈의 올리버 덴헴은 갈라진 턱을 문지르며 그렇게 말했다. 굵은 줄무늬 슬랙스를 입고 책상에 걸터앉아 긴 다리를 다른 쪽 다리 위에 척 하고 걸쳐놨다. 이목구비가 뚜렷한 서른다섯 살의 사내는 어딘가 고풍스러운 희극배우처럼 보였다.

책상의 주인이자 겐과 나오미의 상사인 아폴론의 다시로 다카히로는 싫은 기색 하나 보이지 않고 조금 떨어진 의자에 앉은 채 온화하게 물었다.

"강골이라는 건, 평론? 아니면 삶의 방식이?"

올리버는 과장스럽게 어깨를 으쓱한다.

"둘 다. 글은 곧 그 사람이야. 사람과 그 사람이 표현하는 것의 본질은 떼놓고 생각할 수 없어."

아폴론 청사 안에 있는 다카히로의 개인 사무실이다. 소파에는 겐과 나오미가 나란히 앉아 있다. 아이리스와 율리아를 테살리아 호텔까지 배웅한 후, 나오미가 아침 산책에서 일어난 일을 상사인 다카히로에게 직접 보고하고 싶다고 해서 파트너인 겐도 동행했다.

올리버는 흠, 하고 어깨에서 힘을 뺐다.

"열다섯 살이면 주변 세계에 대한 정보 경쟁이 한창 치열할 나이야. 지식과 경험의 차이가 계급을 결정한다고 해도 좋아. 그런 시기에 실명했으니 이해가 안 되는 건 아니지만……."

자료에 따르면 현재 스물한 살인 아이리스 캐머런은 열다섯 살 때 참가했던 합숙 훈련에서 물놀이 중 기생충에 감염돼 시신경이 파괴되면서 중도 실명했다고 한다.

각막이나 수정체의 문제라면 인공물로 대체할 수 있고, 망막 병증이라도 첨단 과학기술을 통해 시각세포가 포착해야 할 이미지를 신경으로 전달할 수 있다. 그러나 카메라 안쪽이 손상됐다면 손쓸 방법이 없다. 시각세포가 감지한 색상과 명암 데이터는 신경 결합에 의해 복잡하게 통합되기 때문이다.

아이리스는 어둠에 갇혀버렸다. 중도 실명자는 시각에 의존한 경험이 있기 때문에 다른 감각으로 주변 상황을 판단하는 능력이 떨어진다. 눈으로 받아들이던 정보를 다른 감각기관으로 보완하기 위해서는 센서가 달린 흰 지팡이의 도움을 받는다 해도 상당한 훈련과 노고가 필요하다.

하지만 예민한 사춘기 소녀는 다른 사람들이 아는 정보를 자신도 똑같이 누리고 싶었다. 목표는 '주위 사람들이 자신이 맹인이란 사실을 의식하지 못하게 한다'였다.

우선 친구들과 평범하게 수다를 떨 수 있도록 노력했다. 릴리프 스퀘어라는 가로세로 20센티미터짜리 정육면체 가소성 수지를 손으로 만지며 인기 남자 아이돌들의 얼굴을 익혔다. 머리카락의 색은 의안과 흰 지팡이가 정보를 수집하면 사인파sine波[●] 주파수로 변환돼 내이에 전달되기 때문에 머리색을 바꾸면 바로 화제에 올릴 수 있었다. 노랫소리에서 남들이 간과한 미묘한 표정을 감지해 친구들의 감탄을 자아내기도 했다.

● 주기적이고 연속적으로 진동하는 가장 간단한 파동을 말한다. 사인함수로 표현할 수 있어 이런 이름이 붙었다.

하지만 춤에 관해서는 아무래도 대화를 따라가기가 어려웠다. 가령 릴리프 스퀘어가 춤추는 모습을 지연 없이 정확하게 알려준다 하더라도, 군무의 대형부터 한 사람한 사람의 손가락 동작까지 모든 것을 한꺼번에 느끼는 일은 불가능하다. 또 의상이나 조명의 색깔을 음성으로 알려주면 듣는 데 방해가 돼 노래에 집중할 수가 없다.

가수의 표정, 춤의 느낌, 무대 분위기 등을 친구들에게 지지 않고 말하려고 아이리스는 라이브의 매력을 포기하면서까지 녹화된 영상을 반복해서 감상했다.

올리버는 코를 한 번 슥 문지르고 나서 말했다.

"아이리스는 친구가 그날 올라온 영상의 그 곡 그 동작에서, 하고 말해도 대답할 수 있을 만큼 릴리프 스퀘어에 같은 영상을 반복해서 호출했어. 그렇게 보고 나서는 한 부분도 놓치지 않고 봤다는 만족감이 굉장히 컸을 거야. 와, 그런 것까지, 난 전혀 몰랐는데, 하는 말을 들으면 날 아오를 듯 기뻤을 테지. 그래서 결국 평론가도 됐을 테고."

"노래와 연기와 춤이 한데 어우러진 뮤지컬 분야를 선택한 것도 자부심이 있었기 때문일까?"

다카히로가 혼잣말처럼 중얼거리자 올리버는 크게 고개를 끄덕였다.

"그렇지. 뻔한 글이나 써대는 작자들 따위는 쉽게 제쳐버릴 수 있으리라고 생각했을 거야. 실제로 아이리스가 평론가로서 입지를 다지게 된 것도 아무도 알아채지 못할 만큼 섬세한 움직임이나 연기, 노래에 담긴 표정을 잡아내 신선한 견해를 제시했기 때문이야. 하지만 말이야, 무대는 날것이잖아. 단 한 번의 공연에서 눈에 띄지도 않은 사소한 실수를 집어내 평론을 쓰면……."

"그때 한 번뿐인데, 하고 억울해하는 사람도 생길 수 있다 이 말이군요."

올리버는 젠을 보며 히죽 웃었다.

"맞아. 적어도 나는 단 한 번의 무대를 트집 잡아서 주연급을 끌어내리려는 듯이 비난하는 건 아니라고 봐."

다카히로는 약간 난처한 표정으로 웃고 있었다.

"공연마다 완성도가 다르다는 건 아이리스도 알겠지. 하지만 첫날부터 마지막 날까지 모든 공연을 매 순간 릴리프 스퀘어로 전송받아 구석구석까지 꼼꼼하게 감상하는 건 시간적으로 무리야. 말하자면 아이리스는 단 하룻밤만 그곳에 머물 수 있는 이방의 손님이나 마찬가지인 거지. 다만 아이리스는 자신의 예리한 감식안을 증명하기 위해 그날의 공연을 녹화해서 감상하고 또 감상해. 좋았던 부분을 여러 번 즐길 수 있는 대신, 실수도 그만큼 반복해서 재생돼 마음을 불편하게 하겠지. 아마 아이리스는 기도하는 마음이 아니었을까. 제발 이 한 번의 기회에 최고의 것을 기록하게 해달라고."

나오미는 역시나 황홀한 눈빛으로 다카히로를 바라보고 있었지만, 올리버는 냉소적이었다.

"한 공연을 여러 번 관람하는 사람은 별로 없다는 전제가 좀 억지스럽게 들리는군. 그럼 이건 어때, 다카히로? 단역이나 앙상블 배우에게 필요 이상으로 지면을 할애하는 것 말이야. 구석에서 땀 흘리는 말단 배우에게는 기쁜 일이겠지만, 피나는 노력 끝에 센터를 차지한 주연배우들과 그들의 팬은 실망스러울 거야. 억울하고 분해서 따지고 싶은 마음이 드는 것도 어느 정도 이해가 돼."

젠은 입술을 꾹 다물고 벽에 진 얼룩을 보고 있었다.

자신에게는 보이지만, 아이리스에게는 보이지 않는다. 뮤지컬 배우들의 환한 웃음, 펄럭이는 스커트, 반짝이는 구두 굽, 한 쌍의 남녀가 주고받는 순간의 눈맞춤이.

아이리스는 이 모든 것을 다른 사람들과 똑같이 느끼려고 몇 번이고 양각 영상을 어루만진다. 무대 끝에 선 댄서가 손가락을 힘껏 뻗고 있는지, 뒤쪽의 조연들이 시종일관 빈틈없는 연기를 보여주고 있는지. 가운데 부분을 피해 릴리프 스퀘어 구석에 손가락을 대면 누구도 눈길을 주지 않는 그곳에 멋진 원석이 떨어져 있다.

주연배우들의 성과는 다른 평론가들이 다룰 터였다. 보이는 사람들의 눈에는 좀처럼 띄지 않는 작은 빛을 찾아내는 게 아이리스에게는 자신의 운명을 정당화할 수 있는 길이 아니었을까.

나오미가 소파에서 등을 떼고 바로 앉았다.

"하지만 이제 실시간 감상이 가능해졌어요. 첫날 공연과 마지막 날 공연을 비교할 수도 있고, 밤 공연과 낮 공연의 애드리브 차이를 확인할 수도 있죠. 굳이 녹화해서 복습하지 않아도 다른 사람들과 똑같이 실시간으로 받아들일 수 있게 됐어요. '피부감각 변환'이라는 새로운 방식으로요. 저희, 공원에서 잠깐 봤어요."

젠은 투명한 아침 햇살에 비친 하얀 팔과 거기에 감긴 금속 선을 떠올렸다. 손바닥뿐만 아니라 팔 전체로 공간을 감지하기 위해 장착한 센서. 그것은 노력가인 아이리스 캐머런이 또 다른 고난의 일보를 내디뎠다는 증거일 터였다.

직접 접속 데이터베이스 개발에도 참여하고 있는 메디

C는 일찍이 결손된 감각을 다른 감각으로 변환해 보완하는 방법을 연구해왔다. 귀가 안 들리면 소리를 진동이나 이퀄라이저 같은 시각으로 변환하고, 눈이 안 보이면 릴리프 스퀘어 같은 보조 기구를 이용해 촉각으로 변환하는 식이다.

그렇다면 아이리스처럼 영상을 콘택트렌즈나 망막에 투영할 수 없는 시각장애인, 게다가 음성 입력이 방해가 되는 경우에는 어떻게 해야 할까? 메디 C가 내놓은 방침은 릴리프 스퀘어보다 고도의 정보를, 보조 기구를 통하지 않고 직접 피부감각으로 변환하는 거였다.

인간은 손바닥에 올린 판 위의 탁구공을 눈을 감고도 어느 정도 통제할 수 있다. 판 너머로 전해지는 약간의 진동이나 무게감으로 공이 어디에 있고 어디로 굴러가는지 감지할 수 있는 것이다.

지팡이의 부품과 녹색 의안이 데이터를 넘겨주는 곳은 아이리스의 손상된 시각신경이 아니라 뇌 지도가 비교적 분명하게 그려져 있는 데다 자극에 매우 빠르게 반응하는 피부감각 신경이었다.

보이지 않는 판을 떠받치고 있는 아이리스의 팔은 데이터의 간질간질한 코러스를 느끼고 있다.

촉각, 압각, 온각, 냉각, 통각. 메르켈촉각세포, 마이스너 소체, 루피니 소체, 파치니 소체, 자유신경종말自由神經終末. 어떤 것이, 어떤 곳에, 어떤 색으로, 어떤 움직임으로. 그야 말로 솜털을 만지는 것 같은 미세한 기색까지, 팔로 전달되는 감각을 아이리스는 뇌내에서 영상으로 재구성한다.

그 공원에서 복서는 어떤 감각으로 그녀에게 전해졌을 까, 하고 겐은 생각했다. 가공의 판 위를 개가 뛰어다닌다. 그건 진동일까? 여자아이와의 장난은 간질간질함? 검은 털색은 온도일까?

아니, 어쩌면 재구성하지 않을지도 모른다. 피부에 존 재하는 여러 수용기가 동시에 감각을 받아들이는 다중 특 이성을 고려하면, '일일이 보고 있다는 의식'을 할 틈도 없 이 순간 꿈이 떠오르듯 '봤다는 인식'에 도달하는 것인지 도······.

메디 C가 어떤 기술을 사용했는지, 아이리스가 얼마나 훈련을 쌓았는지 명확하게 알려진 것은 없다. 다만 피부 는 발생 단계에서 뇌와 마찬가지로 외배엽으로부터 분화 되고, 사람의 감각점 분포와 민감도를 표현한 뇌 지형 지

● 다섯 가지 모두 신체의 촉각수용기다.

도 호먼큘러스에도 손끝은 크게 그려져 있다는 데서 미뤄보면 '시각을 피부감각으로 변환해 인식한다'라는 보통 사람은 상상하기조차 어려운 일을 아이리스가 실제로 하고 있다는 것만은 확실한 듯하다.

"그 테스트가 성공했으면 좋겠군."

다카히로는 창밖으로 시선을 돌리며 말했다.

"그럼 아이리스도 알게 되겠지. 세부에 구애되지 않을 만큼 압도적으로 사로잡히는 느낌, 모르는 사이에 배우와 숨결이 하나가 돼버리는 감각, 배우와 관객의 구분이 없어지는 순간의 현기증…… 무대의 그런 마력을……. 단 한 번, 단 하룻밤, 배우들과 그 공간이 선사하는 최고의 감동은 그때뿐이라는 걸……."

다카히로가 로맨티시스트임은 알고 있었지만 겐은 살짝 얼굴이 뜨거워졌다. 동시에 그런 말을 할 수 있을 만큼 미를 탐구하지 않으면 자신과 다이크는 아프로디테의 평온을 지킬 수 없다는 생각도 들었다.

"압도적으로 사로잡아놓고 실수를 저지르는 주연배우가 나오지 않기를 기도할 뿐이야."

어깃장을 놓은 올리버는 다카히로 신봉자인 나오미에게 눈총을 받고 어깨를 으쓱했다.

"뮤즈 학예사님, 기도만 하고 있으면 안 되죠. 준비는 잘 돼가고 있는 건가요?"

올리버는 쌀쌀맞게 묻는 나오미에게 장난스레 엄지손가락을 세워 보였다.

"순조로워. 지금쯤이면 동선 체크도 끝났을 테고, 오후부터는 연습에 들어갈 수 있을 거야. VWA의 덩치남이 홀 시설도 문제없다고 했고."

"아, 타라브자빈 씨! 제 선배입니다. 평소 음악을 좋아하는데 이번에 뮤지컬 현장에서 일하게 됐다고 아주 들떠 있습니다."

"이번에는 피부감각 변환 테스트와 동시에 '공간 로그'도 기록하니까 그쪽 기자재를 설치하는 데 시간이 좀 걸리겠지만, 그래도 일단 내일 리허설에는 맞출 수 있을 거야."

공간 로그는 음성과 영상뿐만 아니라 그곳의 구조, 온도, 냄새, 바람 등 데이터 취득이 가능한 것은 모두 기록해 마치 그 자리에 있는 것처럼 느낄 수 있도록 하는 시스템이다. 대대적인 장치와 준비가 필요하다.

"그건 왜 하는 겁니까?"

"비교해볼 건가 봐. 아이리스가 무엇을 어떻게 느꼈는지. 피부감각 변환 테스트와 마찬가지로 내일 리허설과 모레 첫 공연, 2회 기록할 계획이야. 첫날 기록한 로그는 가상 관람 소프트웨어로 제작해서 판매할 가능성도 있어. 잭 같은 경우엔 고음과 8회전 푸에테°가 거의 신의 경지야. 아이리스가 물어뜯었던 〈물론이야, 허니〉 때보다 훨씬 좋아."

겐은 안심했다.

"다행이네요. 아이리스를 위해서도, 헬레나를 위해서도."

그리고 겐 자신을 위해서도. 그렇게 되면 주변을 경계하지 않고 편안하게 〈달과 황제〉를 감상할 수 있을 테니까.

뮤지컬의 마지막 장면은 늘 유쾌하다. 모두가 웃고, 모두가 리듬에 맞춰 신나게 춤추는 대단원. 그 모습을 날것으로 볼 수 있다면 자신은 뭘 하고 있는 건가, 다이크만 활약하고 있는 건 아닌가 하는 찜찜했던 마음도 씻겨 날아갈 것 같았다. 극장을 나올 때는 아마도 스텝을 밟고 있겠지…….

겐과 나오미는 아폴론 청사를 나와 VWA 차량을 타고 테살리아 호텔로 향했다.

율리아는 오후 연습에 맞춰 피부감각 변환 시스템을 최

° 한쪽 다리를 들어 빠르게 차며 연속해서 도는 발레 동작.

종적으로 점검하기 위해 공연장인 암피폴리스 극장에 갔고, 호텔에는 아이리스만 남아 있었다. 테살리아 호텔은 아프로디테 최고의 숙박시설이고 보안도 완벽하다. 그러나 만약을 위해 아이리스의 방 창가에 곤충을 먼저 날려놓고 둘이서 정황을 살펴보러 가기로 했다.

나오미는 3인승 미니카 조수석에서 우걱우걱 주먹밥을 먹으며 말했다.

"난 너무 열심히 하는 사람이 싫더라."

자율 주행으로 전환한 뒤 호지차 컵의 뚜껑을 열던 젠은 엉뚱한 발언에 깜짝 놀랐다.

"왜?"

"뭐랄까, 보고 있으면 답답해."

젠은 그건 너도 마찬가지야, 하고 딱딱한 정장을 입은 상대에게 말하려다가 차만 꿀꺽 삼킨다.

"그런데 열심히 하는 사람이란 누굴 말하는 거야?"

나오미는 갉작이던 주먹밥으로 시선을 떨궜다.

"너 정말 맹탕이구나. 모두 다. 아이리스도 헬레나도, 헬레나의 오빠인 잭도. 자료 안 봤어?"

"헬레나와 잭…… 흠, 그런가?"

헬레나가 항의하는 이유는 오프브로드웨이의 〈물론이

야, 허니〉에서 잭이 저지른 단 한 번의 실수를 아이리스가 평론을 통해 비난했기 때문이다. 1막 마지막, 무도회장 군무 '끝은 아직'에서 주연배우 중 한 명을 연기하던 잭은 남자 배우들 중 혼자만 피루엣°을 반대로 돌아버렸다. 남녀가 좌우로 대칭을 이뤄 춤을 추는 장면이었으므로 잭은 바로 눈에 띄었고, 한동안 동료들에게 '왼쪽으로 도는 잭'이라 불리며 놀림을 받았던 모양이다.

헬레나는 그 실수는 자기 탓이라고 아이리스에게 호소했다. 자신이 '끝은 아직'을 특별히 좋아해서 오빠가 그 안무를 가르쳐줬고, 그 탓에 오빠는 실제 무대에서 그만 여자들과 같은 방향으로 턴을 해버렸다고.

안무는 몸이 기억하는 터라 그런 실수는 사실 이해하기 어렵다. 하지만 잭은 여동생이 춤을 완벽하게 익힐 때까지 여자 안무에 맞춰 여러 번 춤을 췄다고 한다. 게다가 묵었던 호텔에는 연습실처럼 큰 거울이 없었다. 연습실에서 하던 것처럼 둘이 나란히 거울을 향하고 똑같이 여자 파트를 췄다면 그나마 덜 혼란스러웠겠지만, 호텔에서는 마주 보고 연습을 했기 때문에 잭은 헬레나가 따라 하기 쉽

° 한쪽 다리로 몸의 중심을 잡고 팽이처럼 도는 발레 동작.

도록 이번에는 방향을 바꿔 남자 안무에 맞춰 춤을 춰야 했다.

공원에서 본 것처럼 아이리스는 변명을 들어주지 않았다. 〈물론이야, 허니〉는 제작사 문제로 흥행은 실패했지만 아이리스가 손에 꼽을 정도로 좋아하는 뮤지컬이다. 그렇게 완강히 구는 이유를 억측해보자면, 좋아하는 작품을 릴리프 스퀘어로 재생할 때마다 '왼쪽으로 도는 잭'이 감상을 망쳐버리기 때문이 아닐까 생각된다.

"헬레나는 뮤지컬 배우가 되기에는 키가 너무 커. 굽이 있는 댄스화를 신으면 더 커져. 페어 댄스에서 여자가 더 크면 실력을 떠나서 연출가가 싫어할 거야. 호텔에서 그렇게 오빠와 춤출 수밖에 없었던 그 심정을 생각하면……."

"불쌍해?"

"그렇게 말하고 싶진 않지만, 열심히 하는 게 눈에 보이잖아. 거기에 호응한 잭도 다정하기 그지없고. 아이리스도 자신의 불리함을 들키지 않으려고 신랄한 글로 애써 강한 척을 하려고 해. 세 사람 다 열심히 하는데 잘 안됐을 뿐이야. 정말 답답해."

겐은 진지한 얼굴로 주먹밥을 바라보는 나오미를 3초쯤 응시한 뒤, 호지차를 후 하고 과장스럽게 불어 식혔다.

"너 지금 너무 열심히 하고 있어."

"뭐?"

나오미가 고개를 갸웃거렸다.

"너무 진지해서 답답하다고."

"내가 그랬어?"

젠은 다시 한번 차를 후후 분다.

"내일 리허설에서 잭이 눈부신 활약을 보인다면 다 원만하게 수습될 거야. 피부감각 변환 테스트가 잘돼서 아이리스는 잭을 재평가하는 글을 쓰고 헬레나와 잭은 마음의 평화를 찾는 거지."

나오미가 마뜩잖은 얼굴로 주먹밥을 입에 넣으려고 했을 때, 젠의 귀에 다르르 하는 착신음이 울렸다.

—아이리스 캐머런의 거동이 수상합니다.

"뭐? 자세하게 말해봐."

젠은 다이크의 통신을 나오미에게도 오픈했다.

"시각장애인의 행동 패턴과 다르게 움직이고 있습니다. 프런트에도 율리아에게도 이상은 전해지지 않았고, 곤충으로는 자세한 것을 알 수 없습니다."

"차폐 커튼 때문인가?"

일류 호텔에는 사생활 보호를 위해 빛 외에도 각종 센

서를 차단하는 커튼이 달려 있다.

"그리고 150미터 권내에서 헬레나 이스턴의 움직임이 감지됐습니다. 걸어서 호텔 방향으로 이동 중. 우연일까요?"

"일단 갈게."

"아이리스에게 이 사실을 알릴까요?"

"기다려. 아이리스는 직접 도움을 요청하지 않았어. 자세한 걸 모르는 단계에서 섣불리 움직일 수는 없어. 잘못하면 불안감을 조성한 죄로 우리 둘 다 반성문을 쓰게 될 거야. 확인이 먼저야."

겐은 호지차를 홀더에 꽂고 운전을 수동으로 변경했다. 작은 차의 몸체가 청색으로 발광한다.

"좀 빨리 갈게."

속도를 높이자, 나오미도 남은 주먹밥을 입 안으로 밀어 넣었다.

아폴론 청사에서 번화가로 이어지는 포플러 가로수 길에는 산책하는 관광객들이 많았다. 그들은 세련된 가게 앞을 기웃거리거나 기념 촬영을 하며 미의 전당을 만끽하고 있었다.

젠은 차의 경보 발광을 해제하고 미술품 운송 카트와 비슷한 속도로 천천히 달렸다. 사람들을 놀라게 하고 싶지 않았고, 헬레나가 가까이 있다면 자극하고 싶지도 않았다.

속도를 줄인 대신 곤충이 전송하는 데이터로 주의를 돌렸다. 8층에 있는 아이리스의 방은 가로수 길 쪽으로 창문이 나 있지만 커튼이 꼭 닫혀 있어서 곤충이 들여다볼 틈이 없었다. 차량 앞 유리에 투영된 영상은 전파방해로 노이즈가 심하게 발생해 단지 흐릿한 그림자가 움직이고 있다는 것만 확인할 수 있었다. 그림자의 움직임은 불규칙했지만, 당황하는 기색은 느껴지지 않았다.

젠은 조금 안심했다.

"좋아, 영장 나왔어. 차폐 기능을 해제한다."

영상이 순식간에 깨끗해졌다. 커튼은 닫힌 상태이므로 가시광선 이외의 파장으로 실내 실루엣을 그려낸다.

시각장애인을 배려한 모서리가 둥근 가구류들이 벽 쪽으로 밀려 있었다. 슬랙스로 갈아입은 듯한 아이리스가 방 가운데 생긴 공간에서 상체를 깊숙이 숙이고 있다.

괴로운가? 도움이 필요한가? 그렇게 생각했을 때…….

아이리스가 갑자기 힘차게 고개를 들고 두 팔을 벌렸

다. 손목을 꺾는가 싶더니 한쪽 다리를 뒤로 크게 차올리며, 아라베스크°.

젠은 안도하기보다 먼저 아연실색했다.

"춤추는 건가?"

"보고 싶다." 나오미가 끼어들었다.

다이크는 조용히 말했다.

"그렇습니까? 그럼 아이리스는 오히려 즐기고 있는 거군요. 착각해서 죄송합니다."

연속으로 빙글빙글 돌며 이동하더니 이번에는 힙합풍의 킥 워크. 눈이 안 보이는 사람이라고는 믿기 어려울 정도로 빠르게 두 다리를 움직여 몸의 방향을 바꾼다.

나오미는 입에 주먹을 대고 영상을 응시하며 중얼거렸다.

"파드브레°°에서…… 팔을 움직이고…… 를르베°°°에서 즈테°°°°, 무너지듯 클럽 스텝……. 므네모시네, 접속 개시. 이 안무, 어디서 본 적이 있는 것 같아."

° 한쪽 다리로 서서 다른 쪽 다리는 곧게 뒤로 뻗친 자세를 말하는 발레 용어.
°° 가볍고 잘게 스텝을 밟는 발레 동작.
°°° 뒤꿈치를 들어 일시적으로 발끝으로 서는 발레 동작.
°°°° 한 발로 뛰어올라 다른 발로 내려서는 발레 동작.

아폴론의 직접 접속 데이터베이스는 나오미의 시각 정보를 감지해 순식간에 검색했다. 상냥한 여신의 목소리가 출력된다.

"유사율 98퍼센트. 뮤지컬 〈물론이야, 허니〉 중 '끝은 아직'의 남성 파트입니다."

"므네모시네, 아이리스가 가지고 있는 영상의 해당 부분을 지금 추고 있는 춤과 동기화해서 앞 유리에 보여줘."

가로수 길을 배경으로 반투명 윈도가 또 하나 열렸다. 편안한 외출복 차림의 배우들이 여섯 명씩 남녀별로 나뉘어 만면에 웃음을 띠고 춤을 추는 무대 영상이다. 곤충이 포착하는 그림자와 움직임이 일치하는 것은 무대 왼쪽의 남자 배우들.

"겐, 지금 가로수 길이야? 네가 탄 차량을 본 것 같은데."

삑 하는 소리와 함께 타라브자빈의 음성 통신이 들어왔다. 타라브자빈은 데이터베이스와 직접 접속돼 있지 않다.

"네, 맞습니다. 접니다."

"난 지금 헬레나 이스턴을 미행하는 중이야. 문제가 생긴 건 아니고, 연출가가 헬레나에게 심부름을 시켰거든. 지시를 내리는 장면은 내가 봤고."

"그렇군요. 지금 호텔 쪽에 움직임이 있어서 헬레나의

접근을 걱정하던 참입니다."

"연관성은 없는 것 같아. 나는 이대로 따라갈 테니까 그쪽도 모른 척하고 있어."

"알겠습니다."

그 와중에도 나오미는 두 개의 화면을 뚫어지게 쳐다보며 비교하고 있었다. 아이리스는 안무를 완벽하게 외우고 있었다. 배우들만큼 잘 추지는 못하지만 동작과 타이밍은 정확했다.

"틀림없이, 여기서."

나오미가 말한 것과 동시에 무대 영상에서 남자 배우들 중 중심에 있던 인물이 혼자만 반대 방향으로 회전했다. '왼쪽으로 도는 잭'이다.

"앗."

겐은 얼떨결에 소리를 질렀다. 턴 직전에 아이리스가 갑자기 얼어붙은 듯 우뚝 멈춰 선 것이다.

나오미와 겐은 말없이 지켜봤다.

한쪽 화면에서는 경쾌한 음악과 춤이 계속되고 있다. 하지만 아이리스는 여전히 우두커니 서 있었다.

문득 그 실루엣이 울음을 터뜨렸다. 얼굴을 감싸고 바닥에 주저앉는다.

때마침 차가 호텔 앞에 도착했다. 화면 속의 뮤지컬은 성대한 박수와 함께 1막을 내렸다.

"……이래서 열심히 하는 사람이 싫다는 거야."

나오미가 작게 중얼거렸다. 그 옆모습이 화가 난 것 같기도 하고 우는 것 같기도 했다.

"열심히 하면 결과에 집착하게 돼. 얻은 것에도, 얻지 못한 것에도. 그런데도 앞으로 나아가야만 하지. 아이리스는 자신에게 힘을 주는 스타에게 지울 수 없는 흠이 생겨버린 것을 슬퍼하면서도, 눈이 부자유한 사람들을 위해 계속 노력할 수밖에 없어. 흠을 메워줄 멋진 뭔가가 그녀를 지탱해줄 그날까지는."

이 얼마나 멋진 아침인가.

리허설 당일 아침, 배우들을 기다리는 팬들은 분장실 앞에 모여 있고 취재진은 촬영 장비를 준비하느라 분주하다.

암피폴리스 극장은 연푸른 하늘 아래에서 코린트식* 기둥으로 웅성거리는 사람들을 너그럽게 감싸고 있었다.

---

* 기원전 6세기부터 기원전 5세기경 그리스의 코린트에서 발달한 건축 양식. 화려하고 섬세하며, 기둥머리에 아칸서스 잎을 조각한 것이 특징이다.

괜찮아, 다 잘될 거야. 틀림없이.

겐은 마음속으로 자신을 위해 기도했다. 잭은 분명 훌륭한 무대를 보여줄 테고, 아이리스의 기억은 새롭게 기록될 것이다. 헬레나도 응어리진 마음이 풀리고, 율리아는 시스템에 대한 확신을 얻을 것이다. 모두가 웃는 얼굴로 끝. 발을 내디디고 양팔을 들어 올리면 대단원의 막이 내려간다.

—"겐, 그쪽은 괜찮아?"

다이크를 통해 무대 뒤에 있는 타라브자빈이 물었다.

—네, 객석은 평온합니다.

—"이쪽도 괜찮아. 헬레나도 소품 준비로 바쁜 것 같고."

목소리가 느긋했다.

—"어제 연습하는 거 봤는데 아주 재밌더라고. 보는 사람까지 몸이 들썩거려. 특히 잭이 빙글빙글 돌고 난 후에 달나라에서 받은 꽃병을 둘러싸고 모두가 우왕좌왕하는 장면은 정말이지 최고야. 놓치면 안 돼."

—기대되는걸요.

무대 앞 귀빈석에는 이미 아이리스와 율리아가 자리를 잡고 있었다. 한 줄 뒤에는 나오미와 올리버가 나란히 앉아 있다.

—공간 로그는 만반의 준비를 끝냈어. 므네모시네가 일

부 기능을 돕고 있어. 이쪽에도 라이브 데이터가 남으니까 나중에 여기저기 활용할 수 있을 거야.

나오미가 근래에 보기 드물게 흥분한 기색으로 말했다. 율리아는 누군가와 통신을 하고 있고, 아이리스는 초조한 듯 머리카락을 귀 뒤로 넘기거나 뺨을 만지거나 하고 있었다. 긴장 속에서도 표정에는 반짝임이 있어서 타라브자빈이나 나오미 못지않게 공연을 기대하고 있다는 걸 짐작할 수 있었다.

―다이크, 이상이 있으면 바로 알려줘. 헬레나 말고도 아이리스를 노리는 인물이 있을 수 있고, 또 리허설은 뭔가 일을 꾸미기에 좋은 기회야. 나도 객석 주변을 몰래 돌면서 체크할 텐데, 일단 곤충은 공간 로그 기록에 방해가 돼서 띄우지 않을 계획이야.

―알겠습니다.

이윽고 개막 5분 전을 알리는 벨이 울리자 취재진의 움직임이 잠잠해졌다. 율리아가 공간 로그 큐 사인을 보냈다는 나오미의 보고가 들어오고, 드디어 뮤지컬 〈달과 황제〉의 막이 올랐다.

빠른 템포의 경쾌한 곡이 극장 안에 울려 퍼지고, 눈앞이 무지갯빛으로 채워진다.

황제와 부하들의 완벽한 포메이션.

진주색 시폰을 나풀거리는 달나라 사람들의 우아한 코러스.

신체 능력을 극한까지 몰아붙이는 춤과 끝없이 뻗어 나가는 목소리. 모두가 환하게 웃고 있고, 대사를 통해 매끄럽게 스토리를 이어간다.

겐은 통로에 서서 우아, 하고 탄성을 지를 뻔했다.

번쩍 들어 올린 늘씬한 다리들. 현란한 파트너 체인지. 농락당하는 황제가 당혹감을 노래하자, 조롱하는 달나라 사람들이 천천히 그를 에워싼다.

이거다. 이런 게 보고 싶었다. 겐의 뺨은 어느새 상기돼 있었다.

웃음이 있고, 차분한 연가戀歌가 있고, 신나는 군무와 손을 뻗어도 닿지 않는 애절함이 있다. 오해가 오해를 낳는 이상함, 그리고 그 어떤 것도 노래로써 원만하게 수습해버리는 상쾌함이 있다.

이게 바로 뮤지컬, 세상에서 가장 즐거운 표현 수단이다.

겐은 리듬에 맞춰 발을 까딱거리다가 흠칫 정신을 차렸다. 근무 중에 눈을 빼앗기고 말았다. 할 수만 있다면 지금 당장 무대 위로 뛰어 올라가 배우들과 함께 노래하고 춤추고 싶었다.

아이리스는 커다란 녹색 눈을 한껏 부릅뜨고 있었다. 입술이 살짝 벌어지고, 무릎 위에 가지런히 놓여 있던 두 팔이 리드미컬하게 꿈실거렸다. 그녀도 즐거운 것이다. 그렇게 생각하자 젠은 왠지 모르게 마음이 누그러졌다.

그런데 그때, 율리아가 아이리스의 어깨를 잡았다. 갑작스러운 접촉에 앞이 안 보이는 그녀가 움찔 몸을 떤다. 율리아에게 무슨 말인가를 들은 아이리스는 얼른 자세를 바로잡았다.

─나오미, 무슨 일 있었어?

─데이터에 집중하라고 주의를 준 것 같아. 그런데 아이리스의 반응이 좀 이상해. 너도 느꼈어?

젠은 끙, 하고 침음했다.

─내 짐작이 맞는다면 아이리스는…… 잠깐만, 므네모시네에게 좀 물어보고.

무대 위에서는 황제 쪽 사람들과 달나라 사람들이 라인 댄스°를 추며 우호조약을 맺고 있다.

아이리스는 입술을 다물고 굳은 얼굴로 정면을 응시하

°많은 무용수가 한 줄로 늘어서서 추는 희극적인 춤.

고 있었다. 하지만 그 눈동자는 더 이상 무대를 보고 있는 것 같지 않았다.

—감지했습니다.

다이크가 불쑥 말을 꺼냈다.

—당신의 생각에 의문이 듭니다. 피부감각 변환 테스트에 집중하는 것은 당연하고 좋은 일 아닌가요?

—맞아. 그런데…….

젠이 말하려던 찰나, 달나라 사람의 리더 역을 맡은 잭이 8회전 푸에테를 화려하게 선보였다. 이제 타라브자빈이 말했던 익살스러운 장면이 시작될 터였다. 꽃병을 둘러싸고 우왕좌왕하는…….

그런데 앙상블 배우들이 안에서 꺼낸 것은 꽃병이 아니었다.

달나라에서 온 선물은 대사에 따르면 '정체를 알 수 없는 아름다운 것'. 그것은 끝없이 색과 모양을 바꾸는 슬라임이었다.

흐물흐물한 자율형 장난감은 일곱 가지 색으로 변신하면서 불규칙하게 날아다니고, 황제 측 배우들은 그 정체를 알아내려고 이리저리 뛰어다니고 있다.

—젠. 올리버가 그러는데, 오늘의 메뉴래.

나오미가 끼어들었다.

—오늘의 메뉴?

—애드리브야. 공연을 여러 번 보게 하려고 매회 바꾸는 거지. 어제 헬레나가 한 심부름이 이걸 사 오는 거였어.

그렇다면 저 슬라임은 실제로 배우들에게도 '정체를 알 수 없는 아름다운 것'인 셈이다. 배우들은 낯선 그 물체를 달나라에서 온 선물로 간주하고 애드리브로 연기하고 있었다.

걱정되는 건 아이리스가 '정체를 알 수 없는' 부정형의 부유물을 제대로 '보는' 게 가능할까 하는 점이다. 겐은 아이리스를 좀 더 자세히 살필 수 있는 장소로 이동하려고 했다.

—타라브자빈 씨, 헬레나는 어떻게 하고 있습니까?

선배는 허허, 하고 탄식하며 대답했다.

—"윙 스테이지에 있어. 이걸 준비시킨 건 연출가지만, 저 얄밉게 웃는 얼굴로 봐서는 아이리스가 곤란해질 걸 예상하고 있었던 거 같아."

아이리스는 미간을 찡그리고 팔의 위치를 미세하게 조정하고 있었다.

—율리아는 저게 '변덕스럽게 변하는 슬라임'이란 장난

감인 걸 아이리스에게 알려주지 않고 있어. 모르겠으면 더 자세히 보라고만…….

나오미가 덧붙였다.

율리아는 아주 여유롭게 아이리스가 당황하는 모습을 지켜보고 있었다. 어쩌면 저 슬라임을 연출가에게 제안한 게 그녀일지도 모른다. 아이리스의 해석 능력이 어느 정도인지 알아보기 위해서 말이다.

애드리브 장면은 배우들이 "달에는 신기한 장난감이 있구나" 하고 황당하다는 듯 웃으면서 무대 오른쪽으로 퇴장하며 끝났다.

천천히 다음 곡이 시작됐다. 노래는 점차 고조되고 배우들이 하나둘씩 춤에 동참하면서 1막의 마지막을 장식하는 군무가 된다.

막 안쪽에서 키 큰 그림자가 움직였다. 겐은 재빨리 이동해 그 정체를 확인한다.

헬레나다. 검은색 작업복을 입은 그녀는 무서운 얼굴로 무대를 지켜보고 있었다. 양팔로 몸을 단단히 감싸고 다리를 곧게 붙이고 선 모습이 마치 스스로를 옭아매고 있는 듯 보였다.

헬레나도 분명, 아이리스와 마찬가지로…….

조금 전의 생각이 점점 확신으로 변해간다.

겐은 아이리스 쪽을 바라봤다. 그녀는 미동도 않고 앉아 있었다. 굳은 얼굴로 이를 악물고 있다.

신나는 곡인데. 몸이 저절로 움직일 만큼 흥겨운 리듬인데.

막이 내리고, 관계자들의 뜨문뜨문한 박수로 1막이 마무리되자 아이리스가 객석 조명이 켜지기도 전에 자리에서 벌떡 일어났다. 그녀는 제지하는 율리아의 손을 거칠게 뿌리치더니 흰 지팡이를 짚고 성큼성큼 무대로 다가갔다.

"이런."

겐도 무대 바로 밑 오케스트라 구역으로 향했다. 취재진 사이에서도 움직임이 있었다. 안색이 굳어져 무대로 향하는 맹인이 뭘 할지 흥미진진한 듯했다.

"아폴론 학예사 나오미 샤함, 권한 B입니다."

눈치 빠른 나오미가 때마침 방송을 내보냈다.

"예정을 변경해 막간 인터뷰 타임을 갖겠습니다. 뮤즈의 올리버 덴햄이 안내해드리니 취재진 여러분은 로비로 모여주시기 바랍니다. 방금 무대에서 내려온 배우분들께는 대단히 죄송하지만, 아무쪼록 양해해주시길 부탁드립니다."

몇몇 취재진은 그 자리에 머물려 했지만 무대 뒤에서 나온 타라브자빈에게 정중히 쫓겨났다.

조용해진 가운데, 무대 앞으로 다가간 아이리스가 낮은 목소리로 말한다.

"헬레나, 나와요. 장난감 따위로 나를 혼란스럽게 만드니까 재미있던가요?"

무대 왼쪽에 드리워진 막이 흔들리고 검은 옷을 입은 헬레나가 모습을 드러냈다.

"내가 한 게 아니야. 그쪽이야말로 무슨 생각이지? 막간에 갑자기 인터뷰라니, 배우들 생각은 안 해?"

젠은 팔을 벌려 두 사람 사이를 가로막았다.

"진정해요. 서로 나쁘게 생각하지 말아요. 모양이 변하는 슬라임이 피부감각 변환에 어떻게 포착되는지 테스트하려고 했을 뿐입니다. 그렇죠?"

젠이 율리아를 노려보자 그녀는 겸연쩍은 듯이 "네, 네……." 하고 고개를 끄덕였다.

"율리아?"

"미안해, 아이리스. 그래도 넌 훌륭하게 해냈어. 물체의 이름은 몰랐던 것 같지만, 색이 변하는 것도 부정형으로 비행하는 것도 제대로 봤어. 알 수 없는 물체를 있는 그대로 받아들이는 건 선입관에 사로잡히지 않았다는 증거야. 홀륭해."

아이리스는 율리아를 외면했다. 그 언짢은 표정에 율리아가 당황한다.

"왜 그래? 다 잘됐잖아. 네 노력 덕분에 눈이 안 보이는 사람들도 이 시스템을 이용해 뮤지컬을 즐길 수 있게 됐어. 그런데 왜 이렇게 시무룩해? 어디 불편한 데라도 있었어?"

"……나는, 보지 못했어요."

아이리스는 힘없이 말을 툭 내뱉었다.

"이건 실시간 감상이 아니에요. 나는 뮤지컬을 볼 수 없다고요!"

갈색 머리카락이 마구 헝클어졌다.

숨죽이고 있던 사람들 가운데 가장 먼저 입을 연 것은 헬레나였다.

"볼 수 없다니, 그게 무슨 뜻이야? 오빠의 8회전 푸에테도 못 봤어? 오빠의 실력을 끝까지 인정하지 않겠다는 거야?"

아이리스는 엷게 미소 지었다. 무척 슬픈 얼굴로.

"인정해요. 인정할 수밖에 없어요. 그렇게 가볍고, 깔끔하게…… 정말로 기쁜 듯이, 환하게 웃으면서…….”

그때의 감각을 떠올리려는 듯 아이리스는 가늘고 하얀 팔을 앞으로 내밀었다. 그러나 다음 순간, 팔은 아래로 뚝 떨어진다.

“하지만 나는 뮤지컬을 볼 수 없었어요. 왜냐하면…… 즐겁지 않으니까!”

“즐겁지 않다고?”

율리아가 앵무새처럼 되뇐다.

겐은 크게 한 번 심호흡을 했다.

“당신도 즐겁지 않았을 텐데요, 헬레나?”

갑작스럽게 이름이 불리자 그녀는 의심스러운 듯이 겐을 노려봤다.

“당신은 소품 담당입니다. 그 몸집이면 커튼 뒤에서 잠깐 춤을 따라 춰도 방해꾼 취급을 받고 말아요. 춤추고 싶은 걸 참는 게 괴로웠을 테죠.”

“그게 어쨌다는 거죠? 나는 배우가 아니에요. 춤추거나 하지 않는다고요. 스태프에게는 무대를 즐기는 일보다 무대를 제대로 진행시키는 일이 더 중요해요.”

그때까지 잠자코 지켜보던 나오미가 차분하게 말을 꺼냈다.

"아이리스, 객관적인 결과를 알고 싶어요. 피부감각 변환 테스트는 어땠어요?"

질문에 반응하듯 갈색 머리카락이 흔들린다.

"네. 대사도 노래도, 물론 춤이 어땠는지도 알 수 있었어요. 모든 감각이 압도되는 듯한 매력적인 퍼포먼스도 많았고요. 아직 2막이 남았지만, 이 오리지널 캐스트라면 분명 성공할 거예요. 안심해요, 헬레나. 잭의 장점은 똑똑히 알았으니까."

"그런데 그런 분위기가 공간 로그에는 나타나 있지 않아."

나오미는 손목 밴드형 단말기에서 F 모니터를 꺼내 펼치며 겐에게 말했다.

"므네모시네, 아까 내가 체크한 로그 데이터 출력해줘."

얇은 막에 영상이 투영된다. 자리에 앉아 있는 아이리스의 모습 위에 여러 가지 색의 도트와 화살표, 세세한 수치가 표시돼 있다. 율리아가 아이리스에게 집중하라고 주의를 주는 장면에서 아이리스 주변의 점들이 일제히 어두워졌다.

"아직 정리 전이라 보기에 좀 복잡한데, 여길 보면 이 순간부터 아이리스의 생체 반응이 둔해지고 있어. 낙심한 마음이 체온이나 호흡에 반영된 거야. 정말 너무 열심히 해. 두 사람이 서로 으르렁거리는 건 동족 혐오일지도 몰라."

"저기요." 타라브자빈이 슬그머니 끼어들었다. "동기끼리만 사이좋게 속닥속닥하지 말고 우리한테도 설명을 좀 명확하게 해주면 안 될까요?"

"사이좋지 않은데요?"

"똑같이 취급하지 마십시오."

나오미와 겐이 동시에 발끈하고 나섰다. 하지만 당황하는 타라브자빈을 보더니 나오미가 말했다.

"해설 역을 부탁드려도 될까요, 다시로 씨?"

돌아보자 객석 출입문을 열고 다시로 다카히로와 달나라 사람의 리더가 걸어 들어오고 있었다. 1막 마지막 의상을 그대로 입고 나타난 잭 이스턴은 짙게 분장한 얼굴로 여동생을 노려봤다.

"헬레나. 내가 널 너무 응석받이로 키운 것 같아."

"아니요, 아닙니다." 다카히로는 빙긋 웃었다. "나오미가 말한 대로 다들 너무 열심히 해서 예민해져 있을 뿐입니다."

오케스트라 구역 안으로 들어온 다카히로가 차분한 어

조로 말했다.

"설명보다 해결을 먼저 합시다. 므네모시네, 음악!"

객석에 흘러나온 음악은 〈물론이야, 허니〉에 나오는 '끝은 아직'의 경쾌한 인트로.

깜짝 놀라는 아이리스에게 잭이 살며시 손을 내밀었다.

"손을 잡아도 될까요?"

그는 대답을 기다리지 않고 아이리스의 하얀 손가락 끝을 부드럽게 들어 올렸다. 안무는 아이리스도 물론 잘 알고 있다.

"자, 갑니다."

잭의 손에 이끌려 아이리스는 셰네* 동작으로 무대를 이동했다.

"어떻게……."

"훌륭해요. 다음 동작도 기억하시죠?"

손을 잡고 살사풍의 뉴스타일 허슬**로 회전. 옆에 나란

● 직선 또는 원을 그리면서 연속적으로 빠른 템포로 회전하는 동작.
●● 1970년대 유행한 디스코의 기본 춤. 미국 뉴욕 브롱크스 지역 커뮤니티 및 클럽 문화에서 파생된 라틴계 파트너댄스 또는 소셜 댄스를 말한다. 뉴스타일 허슬은 2010년대 중반에 유행한 퓨전 허슬 스타일을 말하는데, 프리스타일로 스텝을 밟는 게 특징이다.

히 서서 하는 런닝맨˚ 동작부터 가슴 아이솔레이션˚˚을 이용한 연속 웨이브 움직임까지.

"저기……."

"아주 좋아! 헬레나, 너도 와. 얼른! 괜찮아!"

곡이 점차 클라이맥스를 향해 가자 잭은 마침내 노래를 부르기 시작했다.

파티는 끝나지 않았어, 이대로 영원히, 춤을 추고 있는 한 우린 행복해, 끝나는 시간 따위 중요하지 않아…….

다카히로가 헬레나를 무대 위에서 내려 잭이 있는 곳까지 에스코트했다.

"파트너 체인지! 남자 파트도 내가 가르쳐줬지?"

잭은 아주 자연스럽게 헬레나와 교대했다.

"오빠, 나는……."

"안 돼, 안 돼, 계속해. 끝은 아직!"

헬레나는 어리둥절해하면서도 몸에 밴 스텝을 밟기 시작한다.

˚ 1980년대 후반에서 1990년대 초반에 유행한 댄스 동작으로, 손을 앞뒤로 번갈아 가며 제자리에서 움직인다.
˚˚ 몸의 한 부분만 움직이고 나머지 부분은 멈춰서 각 신체 부위를 따로 움직이는 동작.

"아이리스, 상대를 믿고 몸을 맡겨요."

"이런 바보 같은……."

"괜찮아요! 둘은 춤출 수 있어요."

"춤출 수 있다……."

아이리스는 그때, 분명히 그렇게 되뇌었다.

"둘 다, 끝은 아직!"

피벗* 회전에서 내추럴 턴으로 넘어가자 아이리스는 결심한 듯 헬레나의 긴 팔에 기댔다. 아름다운 포즈였다.

그때까지 춤을 추면서도 어리둥절해 있던 헬레나는 아이리스의 몸을 일으켜줄 때 얼핏 미소를 지었다. 눈이 보이지 않는 아이리스가 그 찰나에 헬레나와 눈맞춤을 했다. 웃음을 주고받는 두 사람은 한 치의 오차도 없이 마치 한 사람처럼 가볍게 스텝을 밟는다.

"어이, 겐. 설명 좀 해봐, 응?"

"그래요. 대체 어떻게 된 거죠?"

타라브자빈을 밀어젖힐 기세로 율리아가 다그쳐 물었다. 겐은 다카히로를 본받아 유유히 미소 짓는다.

"지금 아이리스는 뮤지컬을 '보고' 있는 겁니다."

● 한쪽 발을 축으로 하여 몸을 회전하는 동작.

아이리스는 만면에 미소를 띤 채 어설프게 소프라노를 흉내 낸다. 살짝 어긋나게 서 있는 아이리스의 위치를 바로잡아주며 헬레나도 기분 좋게 노래하고 있다.

겐은 환희의 페어 댄스에서 눈을 떼지 않고 말했다.

"가만히 있을 수 없다, 몸이 자연스럽게 리듬을 탄다. 이것이 뮤지컬을 제대로 보는 방법입니다."

다카히로가 어느새 곁에 와서 타라브자빈에게 말했다.

"헬레나는 자책감에 사로잡혀 아이리스를 괴롭혔어. 아이리스는 시각장애인도 뮤지컬을 즐길 수 있다는 걸 평론과 이번 테스트를 통해 증명하고 싶었고. 두 사람 다 너무 열심이라 즐기는 걸 잊고 있었던 거야. 뮤지컬은 즐거운 건데 말이지."

다카히로 역시 춤을 추는 두 사람에게서 눈을 떼지 못했다.

"나오미와 겐의 보고를 들었을 때부터 내내 마음에 걸렸어. 헬레나는 오빠에게 춤을 가르쳐달라고 졸랐고, 아이리스는 혼자 몰래 춤을 추고 있었지. 둘 다 사실은 뮤지컬을 더 즐기고 싶은 게 아닐까 하는 생각이 들었어. 아이리스가 실명하게 된 경위를 자세히 알아보고 나서 확신을 가졌고."

"경위?"

율리아가 묻자 다카히로가 고개를 끄덕였다.

"아이리스가 참가했던 합숙 훈련은 발레 연수였어요. 강에서 물놀이를 한 이유도 둘이서 춤출 때의 신뢰감이 물에 몸을 맡기는 감각과 비슷해서 그걸 마음껏 즐기고 싶었기 때문입니다. 아이리스는 무대를 보는 것만으로는 결코 만족할 수 없는 사람이었어요. 헬레나는 말할 것도 없고요. 겐은 언제 깨달았지?"

"나오미가 열심히 하는 사람이 싫다는 얘기를 꺼냈을 때였습니다. 저는 그런 생각을 해본 적이 없었지만 듣다 보니 뭐 그럴 수도 있겠다 싶더라고요. 그랬는데 아니나 다를까…… 아이리스는 처음에는 어려운 피부감각 변환 테스트를 하면서도 몸이 리듬에 반응하고 있었는데, 테스트에 집중하라는 주의를 듣고선 정신이 번쩍 든 것처럼 긴장된 모습을 보였습니다. 즐기면 안 된다고 자신을 다그치는 느낌이었달까. 그때 확신했습니다. 아이리스는 즐기고 싶은 마음을 억누르고 있구나, 하고요. 그런 마음을 봉인하면서까지 임하고 있는 피부감각 변환 테스트인데, 엉뚱한 물체가 등장해 훼방을 놓는 바람에 그렇게 과잉반응을 보였다고 생각합니다."

"결국 나쁜 사람은 아무도 없었던 거군요."

바통을 이어받듯 나오미가 숙연한 목소리로 말한다.

"키가 커서 무대에 설 수 없었던 사람은 무대에 대한 동경을 오빠에게 투영해 그의 명성을 필사적으로 지키려 했어요. 실명을 해서 더 이상 춤을 출 수 없게 된 사람은 관찰력만큼은 누구에게도 지지 않는다고 죽기 살기로 증명하려 했고요. 곁에서 보고만 있어도 가슴이 답답해져요……."

다카히로는 난처해하는 율리아를 보며 조용히 말했다.

"여기는 아프로디테, 미의 전당입니다. 작품을 있는 그대로, 즐거운 것은 즐거운 대로 즐길 수 있는 환경을 만드는 게 학예사의 역할입니다. 그래서 뻔뻔하게 나섰습니다. 어떻습니까? 고집을 내려놓고 추는 춤은 무척 아름답지 않습니까?"

막간의 오케스트라 피트에서 즐거움을 있는 그대로 즐기는 사람들이 노래하고 춤춘다. 파드브레, 팔의 아이솔레이션, 를르베에서 즈테.

"끝은 아직!" 잭이 노래한다.

아이리스도 헬레나도 상쾌한 얼굴로 거침없이 안무를 소화한다. 빙글빙글 셰네, 힙합풍 킥 워크 후엔 방향을 획 틀어 팔로 바람을 가르며 좌우로 갈라진다.

헬레나 뒤로 황제의 부하 의상을 입은 남자 둘이 다가

왔다. 그들은 헬레나를 중심으로 남성 파트를 함께 춘다. 아이리스 뒤에는 달나라 사람들의 하늘하늘한 의상을 입은 여자 세 명이 나타나 나란히 선다.

노랫소리가 늘고 있었다. 안무는 기억하지 못해도 노래를 외우는 사람은 많다. 인터뷰를 마치고 돌아온 배우들이 객석 뒤쪽에서 함께 스텝을 밟고, 몇몇 스태프는 무대 뒤에서 얼굴을 내밀고 '끝은 아직'을 따라 부르고 있다.

클럽 스텝 다음에는 예의 그 왼쪽으로 도는 장면.

아이리스는 호텔에서와는 달리 댄서들과 어울려 자연스럽게 춤을 이어갔다. 남자 역을 맡은 헬레나도 틀리지 않고 오른쪽으로 제대로 회전했다.

발장단을 맞추던 젠은 고지식한 나오미가 몸을 앞뒤로 흔드는 모습을 발견하고 비죽 웃었다.

노래는 아직 계속되고 있다. 춤은 아직 멈추지 않았다.

진짜 무대도 아직 2막이 남아 있다.

아직, 아직, 아직. 뮤지컬은 끝나지 않았다.

끝은, 아직…….

"결국 지나치게 애를 쓴 게 문제였군요."

다카히로의 사무실에서 타라브자빈은 몸을 웅크린 채

소파에 앉아 있었다.

"맞아. 그래도 다들 즐겨준 것 같아 다행이야."

창가에 선 다카히로가 커피를 마시며 무심하게 대답했다. 젠과 나오미는 덩치가 큰 타라브자빈에게 소파를 점령당해 어쩔 수 없이 벽에 등을 기대고 서 있었다.

그 후 나쁜 기운이 씻겨 나가기라도 한 듯 개운한 얼굴이 된 아이리스는 "홍은 내일 첫 공연을 위해 아껴둘게요"라고 말하며 자리로 돌아가 피부감각 변환 시스템으로 남은 2막을 열심히 감상했다.

"난 노래를 부르면서 걸을 수 있어. 노래를 부르는 것도 걷는 것도 특별한 노력은 필요하지 않아. 피부감각 변환도 그렇게 익숙해지겠지. 지금은 필사적으로 영상을 상상해야 하지만, 피부에 전해지는 감촉을 자연스럽게 영상으로 받아들일 수 있게 된다면……"

아이리스 캐머런의 극평은 그때 분명히 달라질 것이다. 무대의 일부분에 집착하지 않고, 사람들의 눈길을 사로잡는 장면에 함께 감동할 것이다. 그녀는 진정으로 시야가 넓어진 것이다.

헬레나는 늘 다정했던 오빠로부터 뜻밖의 충고를 들은 듯하다.

"키를 뭘 그렇게 신경 써, 이 바보야. 그렇게 춤을 추고 싶었으면 레슨도 받고 오디션도 보고 했어야지. 여자라도 키 큰 건 불리하지 않아. 오만한 귀족, 신묘한 마녀, 코믹한 부부의 아내, 얼마든지 역할은 있어. 진짜 게이들을 밀어내고 드래 퀸˚을 연기할 수도 있고."

다카히로는 마시던 커피 컵 뚜껑을 도로 덮더니 책상 위에 탁 내려놨다.

"공간 로그의 해석이 기대되는군. 오늘 리허설의 1막과 내일 첫 공연의 1막에 대한 아이리스의 감상 차이가 환경 데이터에 나타날지도 모르지. 어쩌면 아까 겐과 나오미가 같은 결론에 도달한 양상도 로그에 표시될지도 모르겠고."

"같지 않습니다!"

"이런 애랑 엮지 마세요!"

"흠, 마음이 맞는군."

다카히로는 싱글벙글 웃으며 동시에 버럭 소리를 지른 두 사람을 바라보고 있었다.

─질문이 있습니다.

˚ 소위 여성성으로 분류되는 특성을 과장해서 재현하며 공연하는 사람(주로 남성이 맡는다).

착신음과 함께 다이크가 겐에게 말을 걸었다.

─뭔데?

─저는 테살리아 호텔에서 아이리스 캐머런이 춤을 즐기는 걸 수상한 행동이라고 착각했습니다.

─그래서?

원수처럼 노려보는 나오미를 외면하면서 묻자 다이크가 이렇게 되물었다.

─지금 당신은 격하게 부정한 것과는 달리 기분이 좋은 상태라고 감지됩니다. 맞습니까?

다이크는 수상한 인물은 찾아낼 수 있지만 인간의 미묘한 감정은 분별해낼 수 없다. 인간의 마음이란 이처럼 복잡한 거라고 가르쳐주고 싶은데, 어떻게 해야 잘 가르칠 수 있을까.

아니, 자신은 앞으로도 열심히 하는 사람은 될 것 같지 않으므로…….

─알 게 뭐야!

그렇게 겐은 공연히 웃음 섞인 심술을 부렸다.

III
수동
오르간

━━━━━━━━ ● ━━━━━━━━

빠뿌—뿌아, 뽀—뽀루뽀우.

"응? 나를 그린다고?"

뽀비빠아!

소년은 눈을 휘둥그레 뜨고 되물었다.

"뭐 상관은 없지만…… 모델은 내 체질에 안 맞아서."

말하면서 소년은 체크무늬 카스케트*를 만지작거린다.

"아주 좋은걸, 너와 그 수동 오르간의 음색. 모든 게 다 새것인 박물관 행성에 네가 연주하는 아름다운 오르간 소리가 없었다면 이 신천지는 무척 따분한 곳이 됐을 거야."

청년 화가의 진지한 말에 소년은 자신의 초라한 옷을

* 윗부분이 둥글넓적하고 앞 챙이 달린 모자를 통틀어 이르는 말.

훑어보고 나서 "그리고 싶으면 그리든지" 하고 발그레한 얼굴로 대답했다.

"매일 오네. 도대체 몇 장이나 그리는 거야? 늦게 지은 호텔이며 가게들도 벌써 문을 열었는데."

뿌우, 빠빠라, 뿌우뿌뿌뿌루 하고 오르간을 연주하면서 소년이 투덜거린다.

조립 의자에 걸터앉은 화가는 목탄을 집게손가락 대신 세웠다.

"네가 신세타령을 하고 싶어질 때까지."

핸들을 돌리는 손이 한순간 느려지면서 리듬이 흐트러진다.

"에이, 그게 뭐야."

화가는 스케치북으로 시선을 떨어뜨리고 목탄을 놀린다.

"훌륭한 그림은 한 컷의 표정에서 인생을 짐작케 할 수 있어. 너에 대해 알면 나 같은 미숙한 화가도 조금은 깊이 있는 그림을 그릴 수 있지 않을까 생각해. 스무 살도 안 된 네가 어쩌다 지구에서 멀리 떨어진 아프로디테에 왔고, 어떻게 이 멋들어진 수동 오르간을 가지고 있으며, 왜 동냥한 돈으로 살게 됐는지."

소년은 부앙 하고 핸들을 힘주어 돌렸다.

"절대로 말해주지 않을 거야."

빠뿌라 뽀—옷!

아프로디테는 오픈 3년 만에 어느 정도 자리가 잡혔다. 부유한 사람들이 기념품을 손에 들고 번화한 호텔 거리를 오가고 있다.

수동 오르간의 나무 음색은 혼잡한 거리에 잘 어우러져 뽀우빠라리, 뿌우뿌우삐로 하고 기분 좋은 소리를 내고 있었다.

"오오, 형! 피에르 형 맞지? 오랜만이야."

"오랜만이다. 많이 컸네. 근데 내 이름은 어떻게 알았어?"

"형 유명하잖아. 지구에서 개인전도 했다며? 그 그림, 꽤 인기 있었던 것 같던데?"

"모델이 좋았던 거야. 고맙게 생각하고 있어."

"에이, 됐어. 난 한 것도 없는데 뭘. 난 여전히 사람들이 던져주는 돈으로 살고 있어. 형 덕분에 손님이 많이 늘어서 나야말로 고맙지."

"그래서 오르간 외관도 다시 칠한 거야?"

"아아, 이거. 반응이 별로 안 좋아."

"반응이 안 좋다니?"

"어쩌다 보니 이 끝부분이 망가졌거든. 그래서 고치는 김에 색도 말끔하게 칠해줬는데, 단골손님들이 맘에 안 든다고 해서 말이야."

"익숙하지 않아서 그럴 거야. 새로 칠하면 아무래도 색이 진하게 느껴지니까."

"그리고 오리지널에 손을 대면 가치가 떨어진다나. 답답한 소리 하지 말라고 해. 난 여기에 밥줄이 걸려 있어. 어떤 유명 공방의 작품인지는 모르겠지만, 망가진 채로 쓸 순 없잖아. 박물관에 모시려고 악기를 애지중지하는 건 말이 안 되지."

"그건 그렇지. 곡목이 늘어난 걸 가지고 불평하는 사람은 없어?"

"눈치챘어? 지금 이 곡도 신곡이야."

뽀우빠아아, 뿌뽀라라빰.

"초보 작곡가들이 여기에 많이 있거든. 북을 만들어주겠다고 그쪽에서 먼저 제안을 해와. 소리가 2옥타브 반이 나오는데 사용할 수 있는 음은 20개밖에 없다는 게 재미있다고. 물론 분위기에 맞지 않는 곡은 퇴짜를 놓지만."

"북······ 그 구멍 뚫린 악보를 그렇게 불러?"

"응. 부채처럼 접혀 있잖아. 그게 롤러를 지나갈 때 구멍을 통해 바람이 나가면서······."

"그 음에 맞는 나무 피리가 울린다."

"그렇지. 그런데 포기해, 형."

소년은 히죽 웃었다.

"오르간 구조 같은 건 형도 다 알고 있잖아. 이런 식으로 은근슬쩍 내 얘기를 끄집어내려는 거 다 알아. 하지만 그렇게는 안 돼."

"거참 깐깐하시네."

소년은 모자챙을 푹 내리고 진지한 목소리로 말했다.

"형은 내 일당을 늘려준 은인이야. 성가신 일에 말려들게 하고 싶지 않아."

뿌우뽀오뽀, 빠아뿌바, 뿌라뽀뽀라바, 빠로롬부우.

뿌우뽀오뽀, 빠아뿌비삐라, 뿌라뽀뽀라바, 빠로오바우.

뿌우뽀오뽀, 빠아뿌비삐라, 뿌라뽀뽀라바, 빠로우바우.

청바지에 티셔츠, 얇은 재킷 차림의 효도 겐은 빨간 천막을 친 오픈 카페에 앉아 수동 오르간이 연주하는 왈츠를 듣고 있었다. 부드러운 목관 소리가 마로니에 가로수를 흔들고 아프로디테의 푸른 아침 하늘로 빨려 올라간다.

호텔가 끝자락, 인적이 드문 이곳은 한 번에 큰돈을 벌고 떠나는 뜨내기 거리 공연자들에게는 인기가 없었다. 대신 한 오르간 연주자의 지정석 같은 곳이었다.

핸들을 돌리고 있는 사람은 스물다섯 살의 미국인 앤디 집슨. 배고픈 떠돌이 여행자였던 그는 오르간 주인의 눈에 띄어 이곳에 눌러앉게 됐다. 무심한 표정에 사무적인 손놀림이 즐거운 곡을 평범하게 만들어버린다.

옆에는 오르간 주인인 노인이 휠체어에 파묻히듯 앉아 있었다. 피에르 파로의 그림 〈신천지〉로 일약 유명인사가 된 에밀리오 사바니다. 노인이라고 부르기엔 아직 젊지만, 오랜 세월 거리에서 연주자로 살아온 데다 2년 전에 뇌출혈로 쓰러져 영락없는 노인의 몰골이 됐다. 머리에 얹은 체크무늬 카스케트 덕에 간신히 그 그림의 모델임을 알 수 있지만, 그 모자도 주름진 얼굴도 검소한 옷도 모두 세월의 풍파를 맞아 잿빛으로 물들어 있다.

겐은 그들의 수동 오르간이 아테나와 뮤즈의 분쟁의 씨앗이 될 만큼 가치가 있는지 알 수 없었다.

슈나이더 앤드 브루더 공방에서 제작한, 20개의 파이프를 가진 악기는 오르간 카트라고 불리는 수레에 실려 있다. 카트는 세공한 장식을 붙인 금속제로 매우 우아하지만 여기저기 녹이 슬거나 휘어져 있었다. 오르간 상자에 그려진 파스텔 색상의 식물무늬는 곳곳이 벗겨져 나뭇결이 드러나 보인다. 핸들은 손때가 묻어 거뭇거뭇하고, 파이프와 파이프 사이에 낀 먼지가 세월을 자랑하듯 음영을 짙게 드리우고 있다.

아프로디테가 문을 연 지 벌써 50년. 그 세월만큼의 관록과 그림의 모델이라는 유일성은 인정하지만, 모르는 사람이 보면 폐기물로 오인할지도 모른다.

그때 귓속에서 다르르 소리가 울렸다. 다이크가 할 말이 있는 모양이다.

—집중력이 떨어지고 있습니다. 지금은 예술품에 대한 고찰이 아니라 사람을 찾아야 합니다.

겐은 컵을 내려놓고 자세를 바로잡았다.

—괜찮아, 다이크. 아무 일도 일어나지 않을 거야. 그 사람이 올 리가 없어.

다이크는 인간처럼 잠깐 뜸을 들이고 나서 말한다.

—그럼 나오미 샤함이 접근하고 있는 건 눈치채셨습니까?

빈정대는 말투다. 도대체 어디서 이런 걸 배웠는지.

—아, 그러네.

길 맞은편에서 나오미가 걸어오고 있었다. 키가 작아서 눈에 띄지 않았던 모양이다. 화사한 색의 심플한 정장을 입은 그녀는 장신의 남녀 사이에 끼어 살짝 고개를 움츠리고 있었다.

나오미를 사이에 두고 양쪽에서 입씨름을 벌이는 건 아테나의 신입 브루노 마르키아니와 뮤즈의 신입 키와나 에부에였다. 자신과 나오미도 그들과 동기이므로 신입만 넷이다. 상사들은 아마 결과와 상관없이 여러 가지 일을 경험해보라는 뜻에서 그들을 보냈을 테다.

결국 이번 일을 명확하게 지시받은 사람은 나뿐인가, 하고 생각하자 한숨이 나오려 했다.

사흘 전, VWA 사무실에서 상사인 스콧 은구에모는 눈을 뒤룩거리며 겐에게 말했다.

"많이 고민했는데, 자네를 빼고는 진행할 수 없는 일이야. 타라브자빈과 나오미에게는 사정을 설명해두게."

겐은 VWA 직속 선배인 타라브자빈 하스바토르에게는 사정을 설명했지만 나오미에게는 아직 자세한 이야기를 꺼내지 못했다. 그 수동 오르간에는 복잡한 사정이 있어서 VWA도 나선다고밖에는.

겐은 재킷 가슴 주머니에 꽂아둔 선글라스를 꺼내 썼다. 각종 센서가 장착된 VWA의 지급품이다. 노리는 인물이 나타나지 않는 이상 그들의 행동을 잠시 구경하고 있는 수밖에 없다.

브루노와 키와나는 오르간 근처까지 오자 말다툼을 멈췄다. 그리고 이번에는 사교성 선수권 대회라도 하는 듯이 서로 질세라 함박웃음을 짓는다. 나오미가 떨떠름한 표정을 짓더니 한 발짝 앞으로 나섰다.

"얼마 전에 찾아뵀던 아폴론의 나오미 샤함입니다. 방영일이 내일인데, 별고 없으시죠?"

방영이란 정보 프로그램 생방송을 말한다. 아프로디테 창립 50주년을 맞아 아폴론은 매스컴을 통한 홍보 활동에 나섰다. 이번 방송은 50주년 기념전 예고편이기도 하다. 아프로디테의 여명기를 그린 그림과 그 모델의 현재를 나란히 놓고 이 땅에 흐른 시간을 음미한다는 내용을 담을 예정이다.

프로그램은 다큐멘터리 형식이 될 듯하다. 과학 분석실에서 피에르 파로의 그림 〈신천지〉를 복원하는 과정과 그림 속 소년이 늙고 쇠약해진 지금까지도 거리에서 계속 연주하는 모습을 잘 담아낸다면 아프로디테의 뛰어난 기술력을 널리 알리는 기회가 될뿐더러 대중들이 원하는 휴먼 드라마를 연출할 수 있다.

"아무 일도 없다고요." 앤디가 쌀쌀맞게 대답한다. "그리고 이 오르간을 보호제에 처넣을지 어쩔지도 보류한 상태입니다. 그렇죠, 영감님?"

에밀리오가 꿈지럭 몸을 움직이는 바람에 휠체어가 삐걱거렸다.

"그렇지. 방송 때문에 서둘러 결정할 필요가 뭐 있어. 내가 죽은 후에 앤디랑 상의하면 돼."

흑단처럼 아름다운 피부를 가진 키와나가 긴 몸을 구부려 조용하게 말했다.

"저희는 영감님이 돌아가시기를 기다리는 마음으로 있고 싶지 않아요."

애써 그녀가 상냥하게 말했는데 브루노가 초를 친다.

"그렇고말고요. 50주년이 얼마 남지 않았습니다. 피에르 파로의 〈신천지〉와 수동 오르간, 그리고 영감님이 함께해야 하는 기념 전시라서 그때까지는 살아 계셔야 합니다."

겐은 지금의 브루노를 예로 들어 다이크에게 화법과 말투에 대해 가르쳐주고 싶었지만 다음으로 미루기로 했다.

나오미가 즉각 만회에 나섰기 때문이다.

"저희가 기획한 전시는 영감님을 빼놓고는 생각할 수 없습니다. 여명기를 그린 그림과 그림 속 소년의 건재한 현재를 함께 볼 수 있다면 아주 멋질 것 같아요."

나오미가 팔꿈치로 브루노를 쿡 찌른다.

"문제는 공예 부서와 음악 부서의 의견이 다르다는 건데요. 뮤즈는 음악을 시대와 함께 항상 흐르는 것이라 판단해서 이대로 현상이 유지되기를 원하고, 아테나는 공예품으로서의 가치를 우선시해서 며칠 전에 말씀드린 새로운 보호제로 오르간이 더 손상되는 걸 막고 싶어 합니다."

앤디는 핸들을 돌리면서 오르간 이곳저곳으로 시선을 던졌다. 몸체의 도안은 벗겨졌고, 파이프는 금이 가기 시작했고, 카트는 불안할 만큼 삐거덕거린다.

"저기요. 보존하게 되면 새 악기로 바꿔주겠다고 했죠?"

"예산 범위 안에서 마음에 드시는 걸로 준비해드리겠습니다."

"영감님, 이거 정말 고민할 만하네요."

"아, 저기." 브루노가 주머니에서 작은 병을 꺼냈다. "제가 오늘 보호제를 가지고 왔습니다. 소중한 오르간

이 얼마나 완벽하게 보존될지 테스트를 해서 보여드리려
고⋯⋯."

"잠깐만. 난 처음 듣는 얘긴데?"

나오미가 일단 막고 나섰지만 브루노는 어깨를 한 번
으쓱할 뿐 물러서지 않았다.

젠은 불길한 예감이 들었다.

"그림이나 공예품에 사용해온 기존의 보호제들은 저마
다 단점이 있었습니다. 일반적인 광택제는 황변 현상이
심하고, 다시 칠하려고 하면 페트롤 등의 클리너가 그림
이나 도장을 손상시킵니다."

브루노는 낮은 곳에 핀 마로니에꽃에 손을 뻗어 원뿔
모양으로 빽빽이 달린 꽃을 한 송이 땄다. 수술이 긴 금어
초金魚草˚처럼 연약하게 생겨서 금방이라도 툭 허물어져
버릴 것 같다.

"도료도 보호제도 박리제도 새로운 제품이 계속 나오고
있지만 100퍼센트 만족할 만한 건 없습니다. 복원의 역사
를 봐도 당시에는 심혈을 기울여 복원 작업을 했는데, 후
대에 와서 손을 대지 않았어야 했다고 판단된 사례가 적

˚꽃의 모양이 헤엄치는 금붕어를 닮아 붙은 이름.

많이 있었죠. 프레스코화나 템페라화*가 보수제에 의해 변색되거나 일부 떨어져 나갔죠. 공예품도 손을 봐서 오히려 결점이 부각된 사례가 아주 많습니다. 하지만 아테나의 과학 분석실에서 현재로선 최고라고 자부할 만한 보호제를 개발했기 때문에……."

브루노의 기다란 손가락이 꽃대를 잡고 꽃을 작은 병 안에 든 액체에 담갔다가 바로 건져 올렸다.

"보세요, 벌써 경화됐습니다. 속건성速乾性도 발군이에요. 꽃잎은 이제 본연의 특성은 유지하면서도 영원히 떨어지거나 시들지 않습니다. 보호제가 박리되는 일도 없고요. 타임머신 바이오테크를 이용한 내구성 테스트에서도 좋은 결과를 얻었답니다. 피에르 파로의 유족도 유화인 〈신천지〉를 이 보호제로 보존하는 데 동의해주셨습니다. 이 수동 오르간도 노후화되기 전에 조속히 보존해야 한다고 생각합니다."

브루노는 싱긋 웃고는 앤디의 눈앞에 꽃을 내밀었다.

청년은 핸들에서 손을 떼고 꽃잎을 한 장 당겨본다. 습

● 프레스코화는 아직 덜 마른 석회 벽에 수용성 안료로 채색한 그림이고, 템페라화는 안료에 고착제인 템페라를 섞어 그린 그림이다. 고착제로는 아라비아고무, 수지, 기름 등이 사용되는데 대표적으로는 달걀이 쓰였다.

자지처럼 얇은 꽃잎은 꿈쩍도 하지 않았고, 그 반동으로 꽃술이 가볍게 흔들렸다. 앤디가 반응하기 전에 키와나가 얼른 헛기침을 하며 끼어들었다.

"문제는 두 가지."

"뭐?"

휙 돌아보는 브루노를 무시하고 키와나는 앤디와 에밀리오에게 말한다.

"이 보호제가 훌륭하다는 것은 이론의 여지가 없습니다. 너무 훌륭해서, 뭐랄까, 그 어떤 것에도 침범당하지 않는다고 할까요. 보존한 후에는 어떤 사정으로 손볼 일이 생겨도 도료나 접착제도 안 먹고 못도 안 박힌다고 합니다. 가령 보존하는 방향으로 마음을 굳혔다고 해봅시다. 실례되는 말이지만, 지금의 이 고물을 현재의 남루한 상태로 보존하시겠습니까? 앞으로 완벽한 복원법이 개발돼도 손댈 수 없게 되는 겁니다. 아니면 그 몸체처럼 수리한 후 보존하시겠습니까? 슈나이더 앤드 브루더 공방의 우수한 작품에 이 이상 제삼자의 손을 대도 괜찮겠습니까? 그런 건 아무리 아름다워도 브랜드 제품이 아니라 짜깁기된 물건에 지나지 않습니다."

"아니, 그러니까 공예품의 보존은……."

말하고 있는 브루노를 키와나가 거칠게 밀어낸다.

"또 하나 문제는 현존하는 최고의 보존법이라 해도 예술품이 정말로 영원히 무사할지 어떨지 보장할 수 없다는 겁니다. 저도 과학 분석실을 믿습니다. 타임머신 바이오테크도 이용하고 있고, 태양빛이나 오염을 가해 연 단위로 열화 테스트도 하고 있습니다. 하지만 보호제 성분이 수백 년 후에 변질되지 않는다고는 아무도 확신할 수 없습니다. 음색이 달라지는 최악의 경우도 고려해야겠죠. 아까 이 친구도 복원하지 않았으면 좋았을 예를 말씀드렸죠."

브루노는 턱을 바짝 당겼다. 우쭐해진 키와나는 여유로운 미소를 짓는다.

"저희 뮤즈는 이 수동 오르간을 제 역할을 다할 때까지 살아 있는 악기로 취급하고 싶습니다."

앤디가 거추장스러운 듯이 노인에게 꽃을 건넸다.

"영감님, 어떻게 하실래요? 어느 한쪽으로 정해야 다큐멘터리 내용이 결정된대요."

"아직 정하지 않아도 좋을 텐데."

아테나와 뮤즈가 동시에 외쳤다.

"안 됩니다, 보호제로 아프로디테의 높은 기술력을 보여줘야……."

"살아 있는 것과 말린 것, 아프로디테로서 진정한 예술을 제공하려면……."

"나는……."

에밀리오가 입을 열자 학예사들이 입을 딱 다물고 눈을 반짝인다.

노인은 메마른 손바닥 위에서 작은 꽃을 흔들고 있었다.

"이런 생각이 드네. 이 꽃은 사는 게 좋은지 죽는 게 좋은지 헷갈리겠구나."

"당연히 보호제 병은 압수했지. 반납하러 나중에 과학 분석실에 가야 해. 꽃을 딴 건 데메테르에 따로 사과했고. 정말 민폐야. 관광객도 아니고 학예사가 가로수를 손상시키면 어떡하냐고."

당연한 말이지만 나오미는 기분이 좋지 않았다. 아폴론 청사 안의 직원 전용 카페에서 설탕이 듬뿍 묻은 도넛을 우적우적 먹고 있다.

"상황을 보고 싶다면서 그냥 따라오기만 하겠다더니 뭐냐고, 그 갑작스러운 실험은. 키와나도 똑같아. 당사자를 앞에 두고 티격태격하는 꼴이라니, 정말 몰상식하기 짝이 없어. 카리테스의 신입들은 하나같이 무지렁이야."

겐은 종이컵을 떨어뜨릴 뻔했다.

"전부터 생각한 건데, 욕이 참 구수하다."

입에 설탕 가루를 잔뜩 묻힌 나오미는 손에 도넛을 든 채 순간 경직됐다.

"그래서 뭐 어쩌라고! 할머니가 키워서 그렇다, 왜!"

도넛이 세 입 만에 사라졌다. 그녀는 종이 냅킨으로 거칠게 입을 닦더니 겐을 노려봤다.

"너는 뭐라고 불러줄까? 멍텅구리, 꺼벙이, 바보천치……."

"야, 야."

"아니, 그렇잖아. 누군 곤란해 죽겠는데 혼자 사복 차림으로 차나 마시면서 구경이나 하고 있고."

"나는 학예사도 아니고, 사복은 눈에 띄지 않으려고 입은 거고, 수상하지 않게 차 마시면서, 구경이 아니라 감시를 하고 있었어. 일하고 있었다고."

"그렇게 나온다면야. 그럼 그 오르간에 얽힌 사정이나 좀 들어볼까?"

겐은 단념하듯 한숨을 내쉬었다.

"……다이크."

"네, 감지했습니다."

음성 출력과 동시에 다이크는 아폴론의 데이터베이스 므네모시네에게 자료를 전송했다. CL 레이어로 확인하는지 나오미의 눈동자가 가늘게 움직이기 시작했다.

"웬 프로필? 누구야? 일명 조지 또는 조, 68세. 우리 엄마랑 동갑이네. 미술품 전문 사기꾼인가? 슈나이더 앤드 브루더 공방도 수동 오르간을 도둑맞았다고 피해 신고를 했지만 용의자 조는 행방불명. 아, 그게 에밀리오의 수동 오르간일 수도 있다 이거군. 이 조라는 사람, 그럼 열여덟 살에 그런 일을 벌였다는 거야? 16년 전에야 겨우 본명이 밝혀졌는데……."

거기서 나오미의 얼굴빛이 변하는 걸 겐은 분명히 봤다.

"뭐야, 정말? 효도 조지라면……."

"맞아. 내 삼촌이야."

가볍게 들리도록 어깨를 으쓱하며 말했지만 나오미의 표정은 여전히 굳어 있었다.

끼―, 끼―익. 끼―끼익, 끼―끼끼―.

저녁녘 공원에 그네 소리가 두 개. 타이밍이 달라서 복잡하고 이상한 음악처럼도 들린다.

"삼촌은 왜 아빠랑 사이가 나빠?"

조지는 언제나 20세기 중반에 유행했을 법한 새하얀 양복을 입고 겐 앞에 나타난다. 아까 초등학교 앞에서 기다리고 있을 때도 너무 눈에 띄어서 다른 학생들이 빤히 쳐다봤다.

이번 기념품은 푸른 녹이 생긴 주화로 바다 밑에서 건져 올린 모양이다. 전에 만났을 때는 손바닥에 올릴 수 있는 크기의, 머리만 있는 부처였고, 그전에는 금색 줄로 연결한 두꺼운 유리 상자였다. 겐은 이 주화도 아버지에게 들켜 빼앗길지도 모른다는 걱정에 질문한 거였다.

그네를 타면서 조지는 하늘을 올려다봤다.

끼—끼끼—, 끽끼—.

"그러게. 형이 경찰이라서 그런가?"

그러고는 싱긋 웃으며 말했다.

"나는 형이 좋은데 말이야."

전에 만났을 때에 비해 코가 뭉뚝하고 눈이 처져 있었다. 조지가 성형을 반복하는 이유는 나쁜 짓을 하고 도망치기 위해서라고 한다. 하지만 겐은 아버지의 설명을 별로 믿지 않았다. 왜냐하면 정말 나쁜 사람이라면 위험을 무릅쓰면서까지 어린 조카가 자신을 알아볼 수 있도록 매번 흰 양복을 입고 만나러 와주지는 않을 테니까.

끼—끼. 철커덕.

그네의 쇠사슬이 뭔가를 떨쳐버리듯이 단호하게 울렸다.

"이제 그만 가야겠다. 다음에 보자, 겐."

역시 아버지에게 빼앗겨버린 그 로마 공화정 시대의 청동화는 지금 어디에 있을까. 호사가의 금고, 연구실, 미술관, 박물관. 어쩌면 아프로디테에 있을지도 모른다. 학예사라면 므네모시네에게 몰래 물어볼 수도 있을 텐데.

"디케, 당시의 감시 카메라 영상은 이것뿐이야?"

나오미의 목소리에 겐은 퍼뜩 현실로 돌아왔다.

"무명 시절의 피에르 파로와 십 대의 에밀리오 사바니의 대화 영상은 분명 방송국 사람들도 찾아낼 거야. 이거 말고 또 있다면 이쪽에서 먼저 체크해둬야 해. 이 부분도 확실하게 못을 박아둬야겠고. 귀찮은 일에 휘말리고 싶지 않다고 대놓고 말할 수는 없으니까."

"그 귀찮은 일이란 당연히 삼촌에 관한 거겠지?"

겐은 자조적인 웃음을 지어 보였다.

그때 다이크가 나오미에게도 들리도록 음성으로 짧은

경보를 울렸다.

"테오 슈나이더 일행이 에밀리오 사바니에게 접근하고 있습니다."

"알았어. 바로 갈게."

일어서는 젠에게 나오미가 물었다.

"테오? 슈나이더라면 혹시?"

"맞아. 슈나이더 앤드 브루더 공방의 후계자. 참고로 무지렁이야. 근데 너는 왜 일어나?"

"같이 가. 보나 마나 오르간을 되찾으러 왔을 거야. 방송에 나간다는 소식을 듣고 말이야. 재주는 곰이 부리고 돈은 주인이 받게 놔둘 순 없지."

젠은 몸에서 힘이 쭉 빠졌다.

"천하의 아폴론 학예사라면 어부지리라는 간단한 사자성어쯤은 알 텐데."

으이그, 하고 나오미가 이를 드러내고 으르렁거렸다.

3인승 VWA 차량을 적색과 황색의 긴급 발광으로 설정한 뒤, 젠과 나오미는 자율 주행으로 호텔가 끝자락으로 향했다. 사이렌은 켜지 않았다. 발광도 근처에 도착하면 해제할 생각이었다. 방송 촬영 전날에야 찾아온 테오는 아마 소심한 사람일 것이다. 사이렌이 들리면 달아나버릴 지도 모른다.

3년 전 피에르 파로가 죽었을 때 그의 대표작으로 〈신천지〉가 여러 차례 보도됐다. 테오는 그림 속 악기가 자사 물건임을 알고 사기를 당한 당시에 제출했던 피해 신고서를 증거로 험상궂은 대리인을 내세워 악기를 반환하라고 에밀리오를 협박했다.

이미 오래전에 시효가 끝난 사건이었지만, 테오와 대리인은 포기하지 않고 다섯 번에 걸쳐 노인을 찾아왔다. 공항 카메라에 찍힌 테오는 항상 좋은 옷을 입고 구부정한 자세를 하고 있었다. 매번 동행하는 북유럽계의 기골이 장대한 여성은 대리인인 빌마 마데토야다.

"이 대리인이라는 여자, 아무리 봐도 체격이 정말 대단해. 꼭 곰 같아. 아마 격투기나 뭐 그런 비슷한 운동을 했을 거야."

"빌마 마데토야는 요주의 인물입니다. 조심하십시오."

차 안에서 자료를 확인하고 있던 젠과 나오미에게 다이크가 경고했다. 둘 모두와 의사소통해야 했으므로 음성 출력으로 전환한 상태였다.

"전과가 있나? 죄명은?"

"비밀 유지 의무가 있습니다. 죄가 경미하고 사회 복귀가 이뤄졌으므로 선입관 방지 조약에 따라 자세한 내용은 말씀드릴 수 없습니다."

"매번 같은 소리. 지겹다, 지겨워. 옛날 경찰은 뭐든지 캐낼 수 있었는데. 좋아, 그럼 다시 물을게. 재범 가능성은 얼마나 되지?"

"과거와 같은 수준의 죄를 범할 가능성은 약 48퍼센트입니다."

젠은 살짝 고개를 기울여 공항 도착 장면을 잠시 들여다본 뒤 내성內聲으로 물었다.

─네가 보기에 테오는 어떤 사람인 것 같아?

─안면 분석법, 일상 동작 심리학, 동공수축도 등을 바탕으로 미뤄볼 때 우유부단하고 소극적인 성격이라고 생각됩니다.

─내 생각도 그래. 시효가 지난 사건을 가지고 끈질기게 물고 늘어질 남자로는 보이지 않아.

─빅 데이터의 불확실한 정보에 따르면, 테오는 빌마가 소속된 조직에 개인적인 빚을 졌고 이를 빌미로 조직이 그에게 수동 오르간 탈환을 교사한 것이라 짐작됩니다. 테오와 빌마의 동작 분석에서도 테오는 빌마를 무서워하고 있

으며 부하처럼 행동하는 것으로 나타납니다.

—하나만 더 물어볼게. 그들이 정말로 에밀리오 영감의
오르간을 되찾는다면 어떻게 될까?

—개인이 법을 무시하고 실력을 행사해 빼앗는다
면…….

—오케이, 오케이. 교과서 같은 답이군. 어쨌든 안심이
야. 무슨 일이 생기면 그 카드를 꺼내야겠군.

—알겠습니다.

겐은 엷게 웃었다.

—다이크, 빛에 관한 정보를 찾아내 가설을 뒷받침한 건
방대한 데이터를 다룰 줄 아는 너만이 할 수 있는 일이야.
감탄스러워.

—고맙습니다.

—지금 네가 한 건 인간의 감에도 뒤지지 않아. 감정이
발달하지 않았어도 순식간에 데이터를 활용해 인물 유형
을 분석해낼 수 있다면 그게 바로 네 감인 거야. 블랙박스
안에 기계가 꽉 차서 돌아가고 있든, 고깔모자를 쓴 난쟁이
가 일하고 있든 나온 결과가 같으면 아무래도 상관없어.

다이크는 1초 정도 침묵한 후 순순히 대답했다.

—네. 저의 감을 더 연마할 수 있도록 노력하겠습니다.

젠은 다이크가 알아챌 수 없는 의식 수준으로 살짝 덧
붙였다.

너의 감으로 효도 조지는 나쁜 사람이야? 하고.

조수석의 나오미는 입에 주먹을 대고 두 사람의 모습을
관찰하고 있었다.

"이 둘이 에밀리오 영감님을 찾아간 장면이 찍힌 영상
은 없어? 협박하는 모습이라든가."

"양아치들은 겁쟁이라 용의주도해. 감시 카메라를 피해
늘 영감님이 사는 아파트로 쳐들어갔어."

"과연."

다이크가 다시 음성 출력으로 끼어들었다.

"테오 슈나이더가 자리를 정리하고 있는 앤디 집슨에게
접근하고 있습니다. 감시 카메라 영상은 어디로 출력할까
요?"

"F 모니터."

"알겠습니다."

젠은 손목 밴드 안에서 얇은 필름을 꺼내 눈앞에 펼쳤
다.

축제 기간이 아니면 호텔가 거리 공연은 밤 8시까지. 취
객이 던져주는 동전을 생각하면 늦게까지 있고 싶겠지만

소음 규제가 강하다.

오르간 여닫이문에 걸쇠를 채운 뒤 앤디가 카트 손잡이를 잡으려는데, 그 틈을 노려 테오가 조심스럽게 말을 걸었다.

"저기."

잘 지은 핀 스트라이프 정장에 유약한 표정. 언뜻 봐도 귀하게 자란 도련님처럼 보이는 청년이다.

에밀리오가 그를 힐끔 쳐다봤다.

"뭐야? 당신 또 왔어?"

"네, 또 왔습니다. 미안합니다."

테오는 얼빠진 대답을 하고선 고개를 숙였다.

앤디가 허리에 손을 짚고 덤벼든다.

"끈질기네. 시효라는 말, 몰라요?"

"아, 네. 하지만 제조 번호도 신고한 것과 동일하고, 도둑맞은 채로 둔다는 것도 좀 그래서……."

"몇 번을 말해요. 영감님은 이걸 받았다고요, 조라는 남자한테서. 사기를 쳤든 도둑질을 했든 이쪽하고는 아무런 상관도 없다 이 말입니다!"

"알고 있습니다."

테오는 기어드는 목소리로 말하고 나서 용기를 쥐어 짜

낸 듯이 한 걸음 앞으로 나섰다.

"이번에는 저도 이것저것 많이 알아보고 왔습니다. 영 감님이 이곳으로 이주하는 데 조가 도움을 줬더군요. 물 론 합법적이지 않은 수단으로요. 영감님이 지구로 송환될 뻔했을 때, 조가 우리를 속여 빼앗아간 오르간을 영감님 에게 넘겨서 거리 연주자로 계속 머물 수 있게 했습니다. 아닙니까?"

노인이 쉰 목소리로 "맞아" 하고 중얼거렸다.

흰 손수건으로 얼굴의 땀을 닦으며 테오가 허세를 부 렸다.

"저는 영감님의 과거를 방송국에 폭로할 수도 있습니 다. 유명한 그림 속 소년이 실은 아프로디테에 밀입국한 불법 이주자라는 사실은 그들에게 맛있는 재료가 되겠지 요. '신천지'라는 제목도 '불량소년의 도피처'라는 식으로 바뀔지도 모르겠군요."

겐은 그제야 테오의 목소리를 제대로 들을 수 있었다. 차를 멀찌감치 세워두고 걸어서 근처까지 온 참이었다. 학 예사 티가 나는 정장 차림의 나오미는 일이 괜히 복잡해질 것 같아서 차 안에서 기다리기로 했다. 대각선 맞은편에 있는 여관 입구에서 빌마가 근육을 과시하듯 팔짱을 끼고

서 이쪽을 흘끔흘끔 살피고 있는 걸 확인했기 때문이다.

에밀리오가 낮은 목소리로 말했다.

"그 얘기는 하면 안 돼. 피에르는 이미 죽었어. 죽은 사람 얼굴에 먹칠하는 짓은 하지 마."

"그건 영감님에게 달렸습니다."

"실례합니다. 지금 그 말은 협박입니까?"

젠은 만면에 미소를 짓고 그렇게 말했다.

흠칫 놀라며 뒤돌아본 테오는 사복을 입은 젠을 위아래로 훑어봤다.

"뭡니까, 당신은?"

"지나가던 VWA입니다."

엇, 하고 테오가 뒷걸음질을 친다.

젠은 다시 한번 빙긋 웃었다.

"지나가다 들어보니까 물건을 넘기지 않으면 과거를 폭로하겠다고 하시던데요. 이건 누가 뭐래도 엄연한 협박입니다."

"아니, 그건……."

테오의 시선이 속절없이 여관을 향했다. 눈이 마주친 빌마는 이상을 감지한 듯했지만 귀찮은 듯이 손을 내저을 뿐 나서려고 하지 않았다.

"꽤 매정한 동료군요."

"저, 저는⋯⋯."

겐은 쩔쩔매는 테오를 이번에는 진지한 표정으로 쳐다봤다.

"테오 슈나이더 씨. 사실 지나가던 길이 아니라, 당신들에 대해 전부 조사하고 왔습니다. 당신 처지는 최대한 고려할 생각입니다. 저도 사복 차림이고, 이대로 원만하게 해결을 봤으면 좋겠군요. 슈나이더 씨, 법률에 관해선 좀 아시나요?"

"시효가 끝났다는 건 알고 있습니다."

"그렇군요. 자력구제 금지, 라는 말은 들어보셨습니까?"

"구제⋯⋯ 금지?"

"자력구제입니다. 법으로 해결할 수 없다고 해서 직접 나서서 손을 써서는 안 된다는 겁니다. 여기서 실력 행사를 한다면 당신을 체포할 수밖에 없습니다. 슈나이더 앤드 브루더 공방은 조에게 협박을 당해 오르간을 넘겼던 건 아니죠?"

"속았다고 들었습니다. 사기를 당한 거예요."

"지금 분명히 사기라고 말씀하셨죠. 그렇다면 더더욱 아무것도 모르고 오르간을 승계한 에밀리오 사바니 씨에게 반환을 요구할 수 없습니다. 당신의 동료가 실력을 행사한다면 물론 동료를 체포하겠습니다."

"그럼…… 저는 어떻게 해야 하죠?"

젠은 한숨을 후 몰아쉬고 나서 말했다.

"조의 사기를 용서할 수 없는 마음과 그 점을 이용하는 저 조직으로부터 달아나고 싶은 마음, 어느 쪽이 더 무거운지 생각해보십시오. 만약 후자라면 변호사나 VWA가 힘이 돼줄 수 있습니다."

테오의 몸이 한결 작아진 것 같은 기분이 들었다. 이제야 긴장이 풀린 것이리라.

"……고맙습니다."

곧이어 다이크로부터 호출을 받은 타라브자빈이 VWA 전용차를 타고 위엄 있게 나타났다. 빌마는 어느새 사라지고 없었다. 줄행랑을 잘 치는 암곰이다.

차에 올라타려던 테오가 문득 뒤를 돌아봤다.

"이름을 물어봐도 될까요? 사복을 입고 지나가던 VWA라고 하면 조사받을 때 번거로울 것 같아서."

젠은 말문이 막혔다. 눈을 질끈 감았다가 이윽고 애써 웃음을 지으며 분명하게 발음한다.

"효도 젠입니다."

등 뒤에서 에밀리오 노인이 "효도……." 하고 중얼거리는 소리가 들렸다.

삼촌은 아프로디테로의 이주를 불법으로밖에 도와줄 수 없었던 소년에게 성의의 표시로 본명을 알려줬을 것이다.

그 사람답다, 하고 겐은 혼자서 쓴웃음을 지었다.

테오의 안전은 확보했다. 빌마의 조직은 더는 그를 괴롭힐 수 없을 것이다. 하지만 겐은 마음이 편치 않았다.

빌마 마데토야는 아직 지구행 왕복선 탑승권을 준비하지 않았다. 편리한 심부름꾼을 잃은 분풀이로 보복해 올 우려가 있다. 예를 들면 조가 삼촌이라는 사실을 알아내 자신을 겁박한다든가.

차로 돌아오자 나오미가 과학 분석실의 호출을 수신하고 있었다. 복원 작업 중인 〈신천지〉와 피에르 파로의 다른 작품들을 내일 방송을 위해 임시로 전시했으니 와서 확인하라는 거였다. 매스컴 관련 업무는 아폴론 담당으로, 담당자는 방송 스태프와 협의 중이었다.

나오미는 당연한 듯이 겐에게 동행을 요구했다. 실은 겐이 먼저 말을 꺼내려고 했는데, 이마저도 선수를 빼앗겼다.

〈신천지〉는 에밀리오가 있는 거리에서 가장 가까운 소규모 미술관 프티아로 옮겨져 있었다. 아킬레우스의 고향 이름을 붙인 그 시설은 미술관이라기보다는 넓은 화랑 같은 느낌이었다.

쾌활한 관장의 안내로 전시실 인증 키를 넣고 안으로 들어가려는 순간 나오미가 주춤 멈춰 섰다.

"네, 알겠습니다. 점검하고 바로 가겠습니다."

나오미는 웬일로 미안한 얼굴을 하고 젠을 올려다봤다.

"촬영팀하고 의견이 맞지 않아서 난감한가 봐. 전시 방법에 문제가 없으면 난 바로 가봐야 할 것 같은데, 넌 어떡할래?"

"괜찮다면 남아서 천천히 둘러보고 싶은데."

"알았어. 관장님에게 말해둘게. 나갈 때는 꼭 말하고 제대로 잠가놓고 가야 해."

전시실은 체육관 절반 정도의 크기로, 그림은 양쪽 벽에만 진열돼 있었다. 나오미는 안으로 들어서자마자 벽쪽으로 뛰어갔다.

"므네모시네, 접속 개시. 에우프로시네, 게이트 오픈. 누가 진열했지? 연결해줘."

그녀는 하위 데이터베이스인 에우프로시네로의 접속을

육성으로 명령했다. 같은 직접 접속자인 젠만 있어서 마음이 편했던 걸까. 젠을 비롯한 신입들은 뇌내 접속에 아직 익숙하지 않아서 육성을 쓰는 편이 생각을 명확하게 전달할 수 있다. 지금처럼 마음이 급할 때는 더욱 그렇다.

하이힐 소리를 또각또각 울리며 계속 중얼거리는 나오미를 남겨두고 젠은 입구 근처 소품부터 둘러보려고 했다. 그런데 첫 번째 그림 앞에 선 순간 부드러운 음악 소리가 들려왔다.

뿌빠라—빠, 뽀우뽀—, 뿌삐뿌뽀—뽀, 뽀—뽀—.

물론 수동 오르간 소리는 환청이다. 문을 열었을 때 시야 끝에 〈신천지〉가 들어왔던 탓에 뇌가 멋대로 상상해버린 것이다. 그 증거로 아침에 들었던 곡이 그대로 재생되고 있다.

뿌우뿟뽀, 빠아뿟빠, 뿌라뽀뽀라빠, 빠로론뿌우.

뿌우뿟뽀, 빠아뿌삐삐라, 뿌라뽀뽀라빠, 빠로우빠우.

빨리 걸으면 소리가 사라질 것 같아서 젠은 천천히 가장 안쪽에 걸린 〈신천지〉로 다가갔다.

그것은 매우 고결한 그림이었다.

가로 2미터가량의 캔버스에 밝은 색채가 일렁인다. VR로 같은 크기의 자료를 봤지만 실물의 호소력은 차원이 달랐다.

배경은 낯선 호텔 입구. 아마 지난 50년 사이에 증축됐을 터였다. 호텔이나 길은 표면이 매끄럽게 정돈돼 있어서 그 광택이 명도를 한층 높여주고 있었다.

뿌우빠라빠라.

주름이 가득한 에밀리오도 어릴 때는 이렇게 얼굴이 동그랬구나, 하고 겐은 흐뭇한 미소를 지었다.

가운데 있는 소년과 수동 오르간은 배경과는 달리 거친 질감으로 표현돼 있었다. 그래서인지 그에게서만 생명의 온기가 느껴졌다.

뽀우뽀웃뽀, 뽀우뽀—, 뽀—뿌—.

푸른 하늘 아래 소년은 오르간 핸들을 돌린다. 그는 모자챙을 들어 수줍은 듯이, 그러나 자랑스러운 얼굴로 위쪽을 보고 있다.

어딘가 차가워 보이는 새 건물 앞에서 그는 뺨을 살짝 붉히고 부드러운 소리의 악기를 연주한다. 식물무늬가 그려진 수동 오르간은 그의 움직임에 따라 숨을 들이쉬고 내쉬면서 북의 구멍을 통해 뽀우우 하고 기쁨의 소리를 내지른다.

뽀우뽓뽀, 빠아뿌삐삐라, 뿌라뽀뽀라빠, 빠로루빠우.

소리는 빛과 함께 소년을 에워싸고 소용돌이를 이루며 그의 시선이 가리키는 곳으로 날아오르고 있었다.

연푸른 하늘. 전혀 새로운 세계의 하늘.

소년의 눈빛에는 시간이라든가 꿈이라든가 이상이라든가, 말로 표현하면 가벼워지고 마는 것들이 풋내 나는 열량이 돼 담겨 있었다.

빠뿌—뿌라, 뽀—뽀루뽀우.

그것은 하늘을 헤치고 액자를 넘어 시공을 뚫고 망설임 없이 일직선으로 겐에게 닿는다.

"들려요, 피에르 씨."

겐은 살며시 말한다.

"예술이 뭔지는 모르지만 당신이 표현하고 싶었던 건 확실히 이해했어요."

그는 저도 모르게 그림을 만지려다가 당황하며 뻗었던 손을 얼른 움츠렸다. 복원 작업 중인 그림이고 보호제도 덮여 있지 않으니 만질 수는 없었다.

피에르는 아직 새치름한 얼굴이었던 아프로디테에 소년과 오르간 소리가 얼마만큼의 훈김을 불어넣고 있었는지를 기록하고 싶었던 게 아닐까. 초라한 소년의 시선을 똑바로 위로 향하게 할 수 있는 신천지의 푸름을, 그리고 그 풍경을 정확하게 묘사할 수 있는 화가 자신의 긍지와 기대를 모두 물감이 표현하는 대로 맡겨두고 싶었던 건 아닐까 하고 젠은 생각했다.

그는 살짝 걱정이 됐다. 이 작품을 보호제로 덮어버리면 50년 전에 품었던 대기의 기운과 함께 그림의 힘이 약해지진 않을까.

캔버스 너머 소년의 몸에서 뿜어져 나오던 것, 천을 뚫고 날아오르는 음악, 젊은 화가의 손길이 닿은 표면. 아직 그것들은 물리적으로 젠과 연결돼 있다. 그것들의 일부, 이를테면 성분이나 분자와 직접 맞닿을 수 있다. 미술 애호가들이 화가가 손수 그린 원본 그림을 보러 아득히 먼 미술관을 찾아오는 이유는 복제판에는 없는 그런 힘을 원하기 때문이다.

그런데 거기에 흔들림 없는 투명 덮개가 씌워진다면……. 보기에는 달라지는 게 없어도 50년 전 과거의 숨결과는 차단돼버리는 것이다.

뽀우뽀우뿌루.

괜찮아, 하고 그림이 속삭였다.

사는 게 좋은지 죽는 게 좋은지, 그런 걸로 그림은 고민하지 않으니까. 색깔과 터치, 모델과 대기와 소리, 그리고 화가의 마음을 그대로 지켜나갈 수 있다면 그 어떤 광택제나 보호제를 덧씌워도 가치는 달라지지 않아. 물감의 두께까지도 재현할 수 있다면 복제 그림도 나쁘지 않아.

왜냐하면 그림의 인상은 감상자의 경험에서 비롯되는 것이니까.

그림을 본다.

수동 오르간 소리를 들어본 적 없는 사람도 과거에 들었던 부드러운 어떤 소리를 떠올릴 수 있다. 비슷한 경험이 있으니까.

소년에게는 마음이 들떠 있던 십 대 시절의 자신을 겹쳐볼 수 있다. 옛 기억이 있으니까.

지금의 이 생각도, 자신의…….

"다이크."

젠은 목소리를 내어 불렀다. 자신의 목소리가 넓은 공간에 메아리쳤다.

나오미는 어느새 가고 없었다.

"내 생각, 감지했어?"

다이크는 약간 뜸을 들이다 미안한 듯이 대답했다.

—아니오. 의식 레벨이 낮아서……. 꿈을 꿀 때와 비슷한 의식 레벨이었습니다.

겐은 로맨티시스트인 아폴론 학예사를 떠올리며 짐짓 쑥스러워한다.

"예술 감상이란 말이야, 경찰의 감과 비슷한 것 아닐까? 그림에 대한 인상은 자신이 쌓아온 경험에서 비롯돼. 인물에 대한 인상도 쌓아온 경험과 추억과 데이터를 바탕으로 결정돼. 그렇다면 언젠가 너도 예술을 이해하게 될 수도 있지 않을까?"

―그럴지도 모르겠군요.

교육을 시작한 지 얼마 안 된 정동 학습형 데이터베이스는 경찰 업무 이외의 대화에는 무심하게 반응했다.

이튿날 아침, 나오미는 비틀거리는 걸음으로 호텔가 끝자락에 나타났다. 제복 차림의 겐은 그 초췌한 모습을 보고 의아해하며 물었다.

"무슨 일 있어? 어, 어제랑 옷이 같은 걸 보니……."

"맞고 싶지 않으면 그만해."

"혹시 남자랑 외박?"

결국 옆구리를 맞았다.

"철야했어, 철야. 방송국 사람들은 왜 이제 와서 말을 바꾸는 거야? 철면피가 따로 없어. 정말 생각이란 걸 하고 일을 하는지 알 수가 없다니까."

수면 부족으로 난폭해진 나오미와는 엮이지 않는 편이 좋을 것 같아서 겐은 오르간 문을 열고 있는 앤디 쪽으로 몸을 돌렸다.

앤디가 먼저 입을 열었다.

"말을 안 해주더라고요. 뭐, 상관은 없지만. 그쪽 이름 듣고 영감님이 중얼거렸잖아요."

에밀리오는 휠체어에 앉은 채 고개를 홱 돌렸다. 효도가 조의 성이라는 건 앤디에게 말하지 않은 듯했다.

"영감님 방송만 무사히 끝나면 그걸로 됐죠, 뭐."

북을 다 세팅한 앤디는 어제보다 더 정성스럽게 핸들을 돌리기 시작했다. 유쾌한 리듬의 폴카가 쿵작쿵작 거리에 흐른다.

"영감님, 서비스로 노래 한 곡 뽑으시는 건 어때요?"

휠체어에서 따가운 시선이 날아왔다.

"안 불러, 네 연주에는."

앤디는 네네, 하고 연주에 다시 집중한다. 그때 미간을 찌푸리고 있던 나오미가 고개를 끄덕였다.

"카메라가 오고 있습니다. 거리를 찍으면서 이동해 5분 뒤에 모퉁이를 돌아서 올 예정이에요."

―다이크, 빌마는 어때?

젠은 노파심에 물었다. 그녀는 어젯밤 맞은편 대각선에 있는 여관 '일곱 개의 문'에 체크인했다. 이쪽 거리에 면한 307호실 근처에는 타라브자빈을 비롯한 VWA 세 명이 잠복해 있었다.

―창문 밖에서 곤충이 포착한 바로는, 빌마는 지금 창가에서 방송을 시청하고 있습니다.

보물을 손에 넣지 못해 분통이 터졌을 그녀. 총기를 반입하지 않은 사실은 확인됐다. 하지만 생방송 중에 소란을 피우면 일이 번거로워진다. 젠이 타라브자빈에게 그렇게 전하려고 했을 때였다.

여관 창문이 홱 열렸다.

3층이었다. 눈을 부릅뜬 젠이 사람의 모습을 확인함과 동시에 무언가가 아래로 획 던져졌다. 주먹만 한 크기의 물체는 보도에 떨어져 탁 하고 단단한 소리를 냈다.

"돌이다!"

―다이크, 창문을 닫아.

―저층 창문은 수동으로만 여닫을 수 있습니다.

돌이 차례차례 날아온다.

―"젠, 방문이 열리지 않아. 어떻게 좀 해봐."

타라브자빈의 목소리가 다이크를 통해 전달됐다. 겐은 총을 뽑았다. 그러나 돌 공격을 피하는 게 고작으로, 신입 VWA는 좀처럼 마취총을 창문에 제대로 조준하지 못했다.

"앗!"

에밀리오를 보호하고 있던 나오미가 날카로운 목소리로 외쳤다.

"오르간이!"

돌이 오르간에 맞아버렸다. 앤디가 막고 있었으므로 카트는 쓰러지지 않았지만, 파이프 하나가 툭 부러져 땅으로 떨어졌다.

이게 목적이었던 걸까. 돌팔매질이 멈췄다.

겐은 혼란스러웠다. 빌마는 왜 이런 짓을 했을까. 테오를 이쪽에서 보호하고 있는 것에 대한 분풀이라고 해석하기에는 결말이 너무 뻔한 행동이 아닌가.

—"빌마 마데토야를 붙잡았다. 촬영이 끝날 때까지 이쪽에서 억류하고 있겠다."

타라브자빈의 보고는 나오미를 그다지 안심시키지 못했다.

"키와나, 이쪽으로 와봐!"

그녀가 파이프를 집어 들며 소리를 질렀다.

한 블록 앞에서 뮤즈의 직접 접속 학예사가 달려왔다. 키와나는 촬영을 위해 대기하고 있었는데, 원래는 어디선가 나타나 수동 오르간을 설명하기로 돼 있었다. 그녀는 부서진 오르간을 보자마자 얼굴이 하얗게 질렸다.

"어떡하지? 부러진 부분은 깨끗한데 고칠 시간이 없어."

"어떻게 안 될까?"

키와나는 주변을 둘러봤다.

"이런 호텔가에 보수제가 있을 리도 없고."

"일반 접착제로 붙이면 안 돼?"

"큰일 날 소리! 그랬다가는 악기로서도 공예품으로서도 가치를 잃어."

"그럼 어쩌지…… 아아, 이제 2분 남았는데."

에밀리오는 체념한 듯 휠체어에 몸을 깊숙이 묻고 있었다. 앤디는 슬픈 얼굴을 하고 노인의 어깨에 손을 얹는다. 영광스러운 무대를 코앞에 두고 겐도 속수무책이었다.

"맞다!"

나오미의 얼굴이 별안간 밝아졌다.

"이게 있었지."

그녀는 주머니에서 작은 병을 꺼내 눈앞으로 들었다.

과학 분석실이 자랑하는 보호제. 철야로 옷을 갈아입을

여유조차 없었던 게 오히려 다행이었다.

"영감님, 키와나가 오르간 전문가가 아니어서 소리가 조금 달라질 수는 있는데요."

나오미가 노인에게 다짐을 놓는다.

에밀리오는 응응, 하고 두 번 고개를 끄덕이고 말했다.

"부탁해. 피에르와 조를 위해서."

"조?"

나오미는 의아한 것 같았다. 아무리 오르간을 받았기로 서니 사기꾼을 두둔하는 듯한 말을 한다는 게 석연치 않은 모양이었다.

"나오미, 여기 눌러. 속건은 뒤틀리면 되돌리기 어려워."

그때 키와나가 지시하는 바람에 나오미는 급히 그녀를 돕는 일에 전념했다. 겐은 앤디와 함께 흩어져 있는 돌들을 서둘러 치웠다.

앤디가 수동 오르간의 핸들을 잡은 것은 카메라가 길모퉁이를 돌기 바로 직전이었다.

뿌라, 뻬라, 뻬이뽀우뿌—.

안심이 된다기보다는 멍해질 만큼 평온한 소리였다.

카메라를 피해 후퇴하는 겐의 귀에 폴카 리듬에 섞여 노인의 흐뭇한 혼잣말이 들려왔다.

"좋은 상처가 또 하나 생겼구나."

물어보고 싶었지만 물론 그럴 여유는 없었다.

그날 오후. 아폴론 청사 개인 사무실에서 겐과 나오미의 보고를 듣던 다시로 다카히로는 켜둔 녹화 영상으로 시선을 돌렸다. 경쾌한 폴카 리듬을 배경으로 에밀리오 사바니가 이야기하고 있었다.

"보존해준다니 고맙지. 근데 그건 내가 시설에 들어가든지 죽든지 한 뒤에 하고 싶어."

겐은 이렇게 생기 있게 말하는 에밀리오를 처음 봤다.

"이 오르간에는 내 손때와 함께 추억이 가득 묻어 있어. 상처를 보면 그때는 그랬지, 하고 이런저런 추억들이 되살아나. 보호제 같은 걸로 덮어버리면 더 이상 상처도 생기지 않을 거 아냐. 추억이 쌓이지 않는 얼어붙은 여생이란, 앞으로 얼마나 더 살지 모르지만 조금 외로울 것 같아. 그런데 나한테 묘안이 하나 있어."

겐은 노인이 빙긋 웃는 것도 처음 봤다.

"이 젊은이한테 새 악기를 하나 마련해주면 안 될까? 그러면 나는 이 오래된 오르간과 함께 조용히 은퇴하는 거지. 나랑 이 오르간을 보러 와주는 손님도 있으니까 아직 들어앉을 순 없지만, 적어도 오르간이 상하는 일은 더 이상 없을 거야. 풋내기 콤비 옆에서 장식물처럼 얌전히 앉아 있기만 할 테니까. 작은 상처는 앞으로도 생기겠지만, 바람을 뿌뿌 불어넣는 것보다야 낫지 않겠어?"

에밀리오는 함박웃음을 짓고, 옆에 서 있는 키와나는 당황한 기색을 감추지 못한다.

다카히로는 키들키들 웃었다.

"생방송 중에 꽤 큰 폭탄을 터뜨려주셨어."

나오미가 한숨을 쉰다.

"대단히 엉뚱한 분이라는 건 잘 알았어."

새로 갈아입은 그녀의 정장 깃에는 브루노에게 받았는지 그날의 얼어붙은 꽃이 귀여운 브로치처럼 달려 있었다.

"그래도 뭐, 뮤즈한테 듣기로 소리도 역시 많이 나빠진 상태고, 여러모로 좋은 타협점이라고 생각해. 앤디한테도 좋은 일이고. 앞으로 연주가 훨씬 잘될 거야."

"그건 왜죠?"

겐이 의아해하자 다카히로가 이유를 설명한다.

"앤디의 연주법이 단조로운 이유는 이 악기는 자신의 악기가 아니다, 자신은 영감님의 보조에 지나지 않는다는 마음이 알게 모르게 자리 잡고 있기 때문이라고 생각해.

사바니 씨가 앤디에게 조언을 전혀 하지 않는 것도 아마 같은 마음이라서일 거야."

"그렇군요."

노인이 네 연주에는 노래하지 않겠다고 말했던 게 떠올랐다.

"앤디가 새 악기를 가지게 되면 그땐 많은 것을 가르쳐주겠지. 자신의 동료에게 좋은 상처를 새겨갈 수 있도록 인생도 연주도 노래도 더욱 즐기라고 말이야."

나오미가 시큰둥한 얼굴을 했다.

"그 사람, 노래 못할 것 같아요."

다카히로는 인정 때문에 부정도 긍정도 하지 않았다.

동경하는 상사를 킥 웃게 만드는 데 성공한 나오미는 "그나저나" 하고 겐 쪽으로 고개를 돌린다.

"빌마는 왜 그런 짓을 한 거야? 설마 붙잡히고 싶어서 그런 건 아닐 테고."

"타라브자빈 씨가 그러는데, 아무것도 하지 않고 빈손으로 돌아가면 조직에 체면이 서지 않아서래. 그런 사람들은 전과가 훈장이니까."

"으, 정말 싫다. 그런데 조의 행방은 아직 몰라?"

겐이 고개를 끄덕이기까지 약간의 시간이 걸렸다.

끼이—끼, 끼익끼끼—.

머릿속에 되살아나는 그네 소리.

끼익끼—끼—, 끼—.

그것은 방송 종료 직후의 휠체어 소리로 바뀐다.

방송국 카메라가 떠난 뒤 겐이 오르간이 있는 곳으로 가려는데, 에밀리오가 낡은 휠체어를 삐걱거리며 겐에게 다가왔다. 그는 주름투성이 얼굴을 더욱 구기며 실눈을 뜨고 겐을 올려다봤다.

"당신이 조의?"

"조카입니다."

노인의 눈동자가 그윽하게 빛났다.

"그 사람을 붙잡을 거요?"

겐은 진중하게 말을 골랐다.

"그럴 생각으로 아프로디테에 부임을 희망했습니다만……. 일단은 얘기를 해보고 싶어요."

끼끼익끼—.

에밀리오는 휠체어를 삐걱거리며 겐에게 더 가까이 다가왔다. 그러고는 재빨리 주위를 살핀 뒤 이렇게 속삭였다.

"조는 내게 준 오르간을 망가뜨렸어."

"네?"

젠이 놀란 소리를 내자 그는 조용히 하라는 듯 손바닥을 들었다.

"화가 형이 데생을 마치고 지구로 돌아간 후였어. 어느 날 조가 아파트에 찾아왔지. 입국 문제를 제대로 처리해주지 못했다고 사과의 뜻으로 준 오르간이 나중에 다른 일로 분란의 씨앗이 될 것 같다며 미안하다고 하는 거야. 그 사람은 피에르 파로가 그림을 마무리해가고 있다는 사실을 어쩐지 알고 있었어. 잠깐 고민하더니 귀찮은 일이 생기기 전에 손을 써둬야겠다며 오르간 귀퉁이를 갑자기 부숴버리는 거야. 깜짝 놀랐지."

노인은 후후 웃었다.

"그러더니 망가진 부분을 고치고 그 김에 도장도 다시 하라는 거야. 무슨 말인지 모르겠다고 했더니 도자기 얘기를 해주더군. 일부러 흠을 내서 가치를 떨어뜨린다고. 왜, 그 하기야키라는 도자기라던가?"

"아, 하기야키."

삼촌은 하기야키의 예를 모방한 거였다. 하기야키는 짚재유°를 발라 구운 독특한 질감의 도자기로, 번藩의 어

° 짚의 재를 사용해 만든 탁한 유약.

용품이었기 때문에 서민은 사용할 수 없었다. 그 때문에 도자기에 일부러 흠집을 내서 파치*라고 하며 팔았다고 한다.

끼— 끼익끼끼익—.

"새로 단장한 오르간을 손님들은 별로 좋아하지 않았지만, 원래 주인은 흠집이 난 사실을 알았는지 그냥 내버려뒀어. 몰수해서 전시품으로 쓸 생각도 안 했던 것 같고."

에밀리오는 그리운 듯 하늘을 올려다본다.

"이보게, 난 그 사람이 좋은 사람이든 나쁜 사람이든 아무래도 상관없어. 그저 내 기억 속에는 잘 챙겨주고 돌봐주는 따뜻한 사람으로 남아 있으니까. 이 말을 자네에게 꼭 해두고 싶었어."

겐은 볼일이 끝났다는 듯 미련 없이 떠나가는 휠체어를 말없이 지켜봤다.

수동 오르간 소리, 끼끼거리는 휠체어 소리, 귓가에 맴도는 그네 소리. 시공을 초월한 소리들이 뒤엉켜 머릿속에 울려 퍼진다.

그때 그네를 타던 삼촌은 하늘을 올려다보고 있었다.

----

* 깨지거나 흠이 가서 못 쓰게 된 물건.

신천지의 소년처럼.

나쁜 사람인지 아닌지는 감으로 알 수 있다. 그러나 그 경찰관의 감은 삼촌에게만은 잘 작용해주지 않는다. 경험이 방해가 되고 마는 이 불가해한 상황을 다이크에게 어떻게 가르쳐야 할까.

젠은 창문 너머로 오후의 밝은 하늘을 올려다봤다.

삼촌이 미술품 주변을 맴돌고 있다면 분명 언젠가 만날 수 있을 것이다. 이번에도 니어 미스near miss*다.

끼—끼, 끼익끼끼—.

그 청동화는 어디에 있을까. 꼭 다시 한번 보고 싶은데.

● 폭격이나 사격에서 목표물에 근접했으나 명중하지는 않은 상태.

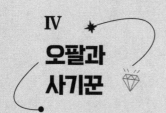

IV

오팔과
사기꾼

F 모니터에 비치는 건 위압적인 분위기의 작은 방이었다.

묵직한 호두나무 테이블과 의자 네 개. 벽에는 심플한 아날로그시계. 테이블 위엔 흰색 무지 컵과 컵 받침 네 개. 있는 물건이라곤 그것뿐이다.

독방 같은 폐색감이 느껴진다.

보석상 상담실은 원래 이런 걸까. 효도 겐과는 인연이 없는 곳이라 비교할 여지조차 없었다.

VWA의 일원으로서 좁은 공간에서 격투 훈련을 받고 있지만, 네 명이 얼굴을 맞대고 심각하게 앉아 있는 이 상황에서 무슨 일이 발생한다면 잘 대처할 수 있을 것 같지가 않았다.

감시 카메라를 등지고 앉아 있는 건 여성 두 명이다. 한쪽은 통통한 노부인으로 꽃무늬 벨벳 정장으로 멋을 냈고, 그 왼쪽에는 긴 갈색 머리의 젊은 여성이 흰 셔츠에 청바지 차림으로 편안하게 앉아 있다.

"할머니의 유품입니다."

정장 차림의 노부인이 빛바랜 붉은색 반지 케이스를 꺼내며 점잖게 말했다.

"얘가 오팔을 펜던트로 하고 싶다고 해서요. 이제 그만 양보할 때도 됐고."

"그러시군요."

마주 보고 앉은 남자가 빙긋 웃는다. 그는 제법 격식을 갖춘 짙은 남색 신사복을 입고 있었다. 앞주머니의 하얀색 행커치프가 눈부시다.

반지 케이스를 열고 바라본다. 케이스 뚜껑에 가려져 세밀하게 파악할 수는 없지만, 반지에 뚜렷이 자리잡고 있는 건 유백색 오팔이다.

"음, 이 디자인이면 리폼을 해야겠네요. 오팔 자체는 무늬도 아름답고 꽤 좋은 제품이라 판단됩니다. 주변에 박힌 다이아몬드도 다섯 개 모두 상급으로 보이는군요. 일단 스캔을 좀 해보고 싶은데, 괜찮을까요?"

"네, 물론이죠."

노부인이 대답하자 남자는 옆에 앉은 다른 남자에게 눈짓했다. 핀 스트라이프 무늬의 더블브레스트 정장을 입은 남자가 조심스레 일어나더니 남색 신사복 남자 뒤로 빠져나가 화면 오른쪽에 있는 문을 열었다.

"이거, 좀 빨리 돌려보면 안 돼?"

젠은 F 모니터를 팔랑팔랑 흔들며 옆자리에서 멍한 눈을 하고 있는 나오미 샤함에게 물었다. CL 방식으로 영상을 보던 그녀는 눈의 초점을 현실 세계에 맞추더니, 아니나 다를까 곁눈질로 노려봤다.

"왜! 할 일도 없는데 꼼꼼하게 복습해야지."

"난 그렇게 성실한 인간이 아니야."

나오미가 흥, 하고 세게 콧방귀를 뀌었다.

"네 맘대로 해."

물론 이 말이 긍정의 표현이 아니라는 것은 알았지만, 젠은 곧이곧대로 받아들이기로 하고 상담실 감시 카메라 영상을 빨리 돌렸다.

젠과 나오미는 아프로디테가 운행하는 데메테르 관할 구역행 셔틀 비행선 안에 있었다. 비행선 좌석은 80퍼센트 정도 찼고, 관광객들은 데메테르 소개 영상을 보거나 잠을 자고 있다.

우주의 모든 미를 수집하고 연구할 목적으로 만들어진 아프로디테는 지구와 달 사이의 중력 균형점 중 하나인 제3라그랑주점에 떠 있다. 표면적이 오스트레일리아 대륙에 필적하는 행성을 소행성대에서 옮겨 왔는데, 마이크로 블랙홀 방식으로 중력을 만들고 있어서 대기층은 지구보다 얇다. 따라서 저공비행을 할 수밖에 없는 비행선은 저소음으로 설계돼 있다.

미술관 거리에서 데메테르까지는 통상 운행 속도로 넉넉히 다섯 시간. 데메테르는 소행성 뒤편에 있어서 밤낮이 반대이므로 시차 적응이 어려운 손님은 12시간 비행편으로 컨디션을 조절하면서 천천히 간다고 하는데, 보석상 상담실만큼이나 하늘의 호화 여객선과 인연이 먼 젠은 그 인내심이 존경스러울 따름이었다. 물론 긴급할 때는 제트기도 사용하지만 소행성의 대기 상태를 생각하면 내연기관의 사용은 최소화해야 하고, 무엇보다도 이번 일은 아쉽게도 긴급 안건이 아니었다.

젠도 다른 손님들처럼 자면서 가고 싶었는데, 이 7년 전 영상을 벌써 세 번째 보고 있다. 할머니의 추억담도 이제 지긋지긋하다.

나오미가 입을 삐죽이고 있어서 젠은 고속 재생 모드를

눈치껏 최고 배속에서 하나 낮은 단계로 설정했다. 움직임이 빨라지자 엄숙했던 상담실 분위기가 단번에 우스꽝스러워진다.

문으로 나갔던 남자가 휴대용 스캐너를 손바닥 위에 올리고 돌아와 모두가 보는 앞에서 반지를 세팅했다. 테이블 밑에서 F 모니터가 올라오자 남자들이 손과 입을 분주하게 움직인다.

고속 재생이라 목소리가 들리지 않지만 여기는 오팔의 질이 예상보다 좋지 않다, 에티오피아산으로 모래가 섞여 있다, 하고 설명하는 장면이다.

노부인의 목이 좌우로 흔들리는 건 납득이 가지 않는다는 뜻이다. 손녀가 고개를 돌려 위로하면 여기서부터 할머니의 이야기가 시작된다. 품질을 떠나서 귀중한 유품이다, 이 반지에는 어린 시절의 추억이 담겨 있다, 반지를 끼고 나가면 사람들의 부러움을 샀다 등등 마치 오팔에게 고용된 변호사라도 되는 듯하다.

웃는 얼굴로 듣고 있던 남색 신사복 남자가 적당한 시점에서 이야기를 끊고 F 모니터를 가리킨다.

속임수의 시작을 알리는 대사는 분명 이렇다.

"오팔이라는 보석은 안에 수분을 함유하고 있습니다.

이건 상당히 말라 있군요."

마르면 어떻게 되는지 물어본 노부인은 F 모니터에 표시된 결과를 보고 깜짝 놀란다. 금이 간 커다란 오팔 사진이다.

그 틈을 놓치지 않고 남색 신사복이 여세를 몰아간다.

"마침 저희 쪽 오팔도 유지 보수를 하고 있는 시기니까 하는 김에 서비스로 같이 해드리죠."

그러고서 다시 핀 스트라이프에게 눈짓.

그는 은쟁반 위에 다소곳이 올려진 컷글라스*를 가져왔다. 유명 유리 공방의 로고가 정성스럽게 새겨져 있고, 투명한 액체가 들어 있다.

이게 뭐냐는 질문에 남색 신사복은 "그냥 물입니다" 하고 대답한 뒤 비어 있던 자신의 찻잔에 액체를 조금 따라 보란 듯이 마신다.

핀 스트라이프가 이어서 가져온 것은 가로 세 칸, 세로 세 칸 해서 총 아홉 칸으로 이뤄진 액세서리 트레이다. 정중앙 딱 한 곳에 빛깔 좋은 오팔 원석이 들어 있다.

남색 신사복은 무심한 손놀림으로 원석을 집어 유리잔

---

*예쁘게 보이도록 칼로 여러 가지 모양을 새긴 유리그릇.

에 휙 던져넣었다.

노부인은 고속 재생에서조차 한참을 망설인 후 자신의 반지를 마찬가지로 직접 유리잔에 넣는다.

남색 신사복은 기다리는 동안 리폼 디자인을 고민해보자며 스케치북과 메모지, 참고할 보석 디자인 화보집을 책상 위에 펼친다.

겐은 자신의 F 모니터를 응시했다.

"몇 번을 봐도 자연스럽단 말이야."

옆에서 나오미가 고개를 끄덕인다.

"메모지가 조금 비스듬히 놓여 있어서 감시 카메라에서는 유리잔 밑면이 안 보이잖아. 화보집 두께 때문에 아마 손님들 쪽에서도 밑면을 볼 수 없었을 거야."

"그리고 디자인을 참고하라면서…… 아, 꺼내왔다. 블랙 오팔."

핀 스트라이프가 옆방에서 가져온 것은 다른 액세서리 트레이였다. 다양한 디자인의 반지가 담겨 있다.

"오스트레일리아산 블랙 오팔은 가치가 높아. 바탕이 까매서 오팔 특유의 변채變彩°가 돋보이거든. 아름다워서

° 광선의 방향에 따라 광물의 색이 변하는 현상.

누구라도 저렇게 들여다보게 돼."

"보석상에 갈 법한 사람에 한해서겠지. 나는 흥미 없어."

"흠, 풍류를 모르는군."

나오미는 콧잔등에 주름을 잡고 비아냥거렸다.

"어쨌든. 다른 반지에 정신이 팔려 있는 동안에 잔에는 아무도 손을 대지 않았어. 그런데 할머니의 오팔이 사라졌지."

노부인이 벌떡 일어서고, 이어서 손녀가 테이블에 몸을 싣는다. 엄숙했던 상담실이 발칵 뒤집혔다.

유리잔 속에 있는 것은 보석상 소유의 오팔 원석과 노부인의 반지대. 백금으로 보이는 반지대와 다섯 알의 다이아몬드는 그대로인데 중심에 있던 유백색 오팔만이 사라진 것이다.

이때 비로소 벨벳 정장의 노부인이, 이어서 남색 신사복의 남자가 잔으로 손을 뻗었다. 유리잔의 커팅이 방해가 되는지 여러 각도로 비춰보지만, 역시 반지대만 덜렁 남아 있다. 신경질적으로 변한 손님들에게 두 남자는 온순한 태도를 보였다.

"저 솜씨, 진짜 감탄스러워. 커팅의 굴절을 이용해 있는 걸 보이지 않게 하다니."

겐이 중얼거리자 나오미가 또 눈총을 쏘았다.

남색 신사복은 물속에서 반지를 꺼내 주머니의 행커치프로 닦은 뒤 일단 노부인에게 돌려준다.

"물기를 닦는 척하면서 바꿔치기한다는 걸 알고 봐도 전혀 모르겠어."

"그러게 말이야. 할머니와 손녀도 돌려받은 반지대가 가짜라고는 상상도 못 했을 거야. 보석이 사라졌으니 겁이 났겠지. 나도 저 상황이었으면 반지대를 받자마자 서둘러 케이스에 넣었을 것 같아."

이후 남색 신사복은 자신들도 전혀 이해할 수 없으며, 상황으로 봤을 때 물에 녹는 가짜 보석이었을 가능성도 배제할 수 없다고 말했다. 그리고 만약 경찰에 신고한다면 언제든지 감시 카메라 영상을 제공하겠다고 말하며 아직 동요하고 있는 노부인과 손녀를 정중하게 내보냈다.

영상은 거기서 끝났다.

손녀가 반지대와 남은 다이아몬드가 바뀐 사실을 안 것은 할머니가 돌아가신 해, 그러니까 영상 속 사건으로부터 4년 후다.

나오미가 그제야 고개를 돌려 겐을 똑바로 쳐다봤다.

"그러니까 남색 신사복 쿠르트 반 덴 후크가 그 사기 사건으로부터 7년 후인 지금 뻔뻔스럽게 아프로디테에 나타났다는 거지?"

"다이크가 선입관 방지 조약과 범죄 예방 기준을 저울질해서 내린 결론이니까 틀림없어. 지금은 카스페르 키케르트라는 가명을 쓰고 있어. 얼굴은 달라졌지만 홍채가 일치해. 형기도 끝났으니 현재로서는 잡을 구실이 없지만 말이야."

"그래서 지금 데메테르에 있다 이거네."

"다이크가 그렇게 말하니까……."

"말하니까 틀림없다? 너, 디케한테 너무 의지하는 거 아냐?"

나오미는 다이크를 끈질기게 정식 명칭으로 부른다.

"의지하긴. 내가 찾게 하고 내가 생각하게 하는 건데. 다 교육이야."

"말은 좋네."

그러고서 나오미는 부드러운 시트에 등을 기대고 눈을 감았다. 마침내 감시에서 해방된 겐은 시트를 안락하게 조절하고 맞잡은 두 손을 배 위에 올렸다.

겐과 나오미가 처음 주목한 대상은 카스페르가 아니라

다른 인물이었다.

라이오넬 골드버그, 나이는 카스페르보다 한 살 적은 38세. 자칭 '화석 및 보석 사냥꾼'으로 채굴을 위해 세계 각지를 돌아다니고 있다.

그런 그가 8년 전에 아프로디테에 별난 의뢰를 해 왔다. 강아지의 젖니를 오팔화하고 싶다는 것.

오팔화 현상은 자연계에서 흔히 볼 수 있다. 오징어나 뼈 화석에 포함된 인이 규산으로 변하면 무지갯빛을 띠는 아름다운 진주색이 된다.

라이오넬은 어릴 때 지구에 있는 박물관에서 육식 공룡의 엄니가 오팔화한 걸 봤다고 한다. 살짝 굽은 엄니가 연푸르게 비쳐 보이고, 유색의 금속 조각을 박아 넣은 듯 반짝거리는 모습은 어린 라이오넬의 마음을 완전히 사로잡았다. 무수한 짐승을 물어뜯었을 그 날카로운 이빨이 이렇게 아름답고 교교한 것으로 변하다니…….

세월이 흘러 장성한 그는 연인이 기르던 강아지의 젖니를 오팔화하고 싶다며 아프로디테에 찾아왔다.

라이오넬을 만난 아프로디테 영업 담당자는 이게 새로운 수입원이 되리라고 예감했을 것이다. 아프로디테는 반관반민 시설로, 마이크로 블랙홀의 에르고스피어ergo sphere에서 추출한 에너지를 팔거나 행성에 조성한 다양한 생태 환경을 필요에 따라 기업에 대여함으로써 수입을 얻고 있다.

당시는 타임머신 바이오테크가 무르익어가던 시기로, 오랜 시간이 걸리던 실험이나 시험을 단시간에 끝내는 경우가 많아지고 있었다. 강아지의 젖니를 마이크로 블랙홀의 압력과 타임머신 바이오테크의 힘으로 화석화해 인 성분을 규산으로 변환한다. 이 과정이 성공하면 '화석화·보석화 비즈니스'가 성립하는 것이다.

테스트 케이스임을 감안해도 비용은 엄청났다. 라이오넬은 그 돈을 지난 8년간 꾸준히 변제해왔다.

젖니의 오팔화가 어느 정도 이뤄졌다고 판단한 게 일주일 전. 연락을 하자 라이오넬은 마침 잘됐다고 하며 잔금을 완납하겠다는 약속과 함께 바로 아프로디테로 날아왔다.

그런데 라이오넬에게 동행인이 있었으니, 그가 바로 사기꾼 카스페르다. 카스페르가 어떻게 라이오넬에게 접근했는지는 모르지만, 두 사람은 약 3년 전부터 함께 일해오고 있었다. 그는 화석 발굴 여행에 동행하거나 광맥을 짚어주거나 하면서 라이오넬의 신뢰를 얻은 듯했다.

다이크에 따르면 사기 재범 가능성은 절도 다음으로 높아서 30퍼센트를 넘는다. 프로파일링 결과로는 50퍼센트까지 육박했다. '오팔 투명화 사건'이 그의 두 번째 범죄라서, 이번에 또 뭔가 일을 저지를 경우 중형을 면치 못할 터였다.

그래서 VWA의 겐이 경호를 명목으로 오팔화된 젖니를 양도하는 자리에 입회하게 된 것이다. 나오미를 동반한 건 미술관 거리를 벗어날 기회가 좀처럼 없으니 함께 가서 견문을 넓히고 오라는 상사의 조처다.

양도 장소는 데메테르에 있는 알리온 고고학 박물관의 응접실. 시간은 그리니치 표준시로 내일 오전 3시, 데메테르 현지 시간으로 오후 3시다.

—다이크.

겐은 뇌에 직접 접속된 파트너에게 말을 걸었다. 나오미는 옆에서 쌕쌕 숨소리를 내며 자고 있었다.

—감지했습니다. 그 방법은 효과적이지 않으리라 판단됩니다.

겐의 생각은 이랬다.

오팔화의 성공으로 기뻐하는 사람에게 당신이 신뢰하는 동료가 실은 범죄자이며 재범 가능성이 있으니 조심하십시오, 하고 말할 수 있을까.

다이크는 침착한 목소리로 대답했다.

─인간은 듣고 싶지 않은 얘기를 들으면 오히려 완강해지는 경향이 있다고 합니다. 아무 일도 일어나지 않은 시점에서 동료의 과거를 들춘다면 곧이곧대로 믿지 않을뿐더러 오히려 동료를 옹호하고 나설 우려가 있습니다.

─그렇다고 그냥 둘 수는 없어. 과거의 잘못은 죗값을 치렀으니 덮어둔다고 해도, 앞으로 일어날지도 모르는 범죄는 예방해야지.

─동의합니다.

젠은 손깍지를 풀고 이번에는 팔짱을 꼈다.

─이럴 때는 어떻게 해야 하는지 알아, 다이크?

─모릅니다.

겸손한 데이터베이스에게 젠은 하품을 하면서 말했다.

─직접 상황을 봐야지. 라이오넬과 카스페르가 어떤 관계인지, 우선은 두 사람의 얼굴을 보고 판단할 수밖에. 어느 타이밍에 뛰어들지는 그 후에 결정하는 거야. 여기서 고민해봤자 소용없으니까 지금은 일단 잘게. 이런 걸 융통성이라고 하는 거야.

─알겠습니다.

고지식한 다이크는 조금 뜸을 들인 뒤 그렇게 대답했다.

"에티오피아산 오팔은 오스트레일리아산과 결정 구조가 달라서 수분을 흡수하면 보이지 않을 정도로 투명해져."

젓니의 오팔화 작업을 전임자로부터 넘겨받은 데메테르의 신입 타냐 술라니는 '보헤미안'이라고 수 놓인 캡을 만지며 말했다.

"이걸 하이드로페인 효과*라고 하거든. 그러니까 이 사기꾼은 오팔을 투명하게 만들어 우선 고객을 당황시킨 뒤에, 스캔한 데이터를 이용해 미리 만들어둔 가짜 반지대를 진짜 반지와 바꿔치기한 거야."

"그렇구나."

데메테르의 명물인 신선한 채소 샌드위치를 먹으면서 나오미는 고개를 주억거린다. 이 녀석은 요즘 항상 뭔가를 먹고 있구나, 하고 겐은 혀를 내둘렀다. 작고 까무잡잡한 게 우걱우걱 음식을 씹어대는 모습을 보니 부지런히

* 백색 또는 옅은 색, 반투명으로 빛나는 단백석이 물속에 넣으면 투명해지는 현상.

턱을 놀리는 개미의 모습이 연상됐다.

세 사람은 타냐가 좋아하는 오픈 테라스에서 정보를 교환하고 있었다. 번화가에서 떨어진 한적한 카페 앞에는 광활한 녹지가 펼쳐져 있었다.

지나가는 바람에서는 풀 향기가 나고, 피부에는 청량감이 느껴진다. 무질서한 지구에 비하면 아프로디테는 천국 같은 곳이지만 데메테르는 그중에서도 극상의 환경이다. 인간은 본래 이렇게 압도적인 자연의 기운을 받으며 살아야 하는데, 하고 생각할 정도였다. 나오미의 왕성한 식욕도 납득이 간다.

"오팔을 물에 담근다는 것부터가 말이 안 돼. 잘못하면 색이 탁해지거나 변해버리거든. 부드러운 천에 싸서 서랍에 넣어두기만 하면 되는데 말이야."

타냐는 생 진저에일을 한 모금 마시고 나서 "아, 맞다" 하고 뭔가 생각난 듯이 말을 이어간다.

"오팔화 기술에 대한 기본 자료, 아까 보냈어. 늦게 보내서 미안해. 잘 갔는지 확인해봐."

겐이 손목 밴드에서 F 모니터를 꺼내려는데 나오미가 쌀쌀맞은 목소리로 말했다.

"됐어. 난 이미 읽었어."

데이터는 인공 압력과 중력을 이용하는 화석화, 그리고 화석의 구조와 성분을 바꿔 오팔화하는 방법에 관한 논문이었다. 젠은 화학식과 수식을 보자마자 현기증이 나서 그만 고개를 들었다.

타냐가 쿡 웃었다.

"그리고 이게 강아지 이빨."

F 모니터에서 입체 영상이 떠올랐다.

"우와."

무심결에 탄성이 나왔다.

핀셋으로 집어야 할 정도로 작은 이빨. 강아지의 젖니는 뽀얀 무지갯빛으로 빛나고 있었다. 안에는 금속광택이 나는 알갱이가 오색찬란하게 흩어져 있다. 파랑, 초록, 빨강, 그 중간색. 게다가 보는 각도를 달리하면 색이 변한다.

젠은 보석으로서의 가치는 알 수 없었지만 이렇게 아름다운 것이 귀여운 생물의 이빨이었다는 사실이 왠지 무척 사랑스럽게 느껴졌다.

"이걸 아프로디테의 마이크로 블랙홀로?"

"그래. 자료에 나와 있는 대로 압력과 시간이 관건이었어. 우리 마이크로 블랙홀과 타임머신 바이오테크 기술로 우선 화석화한 다음 인과 규산을 교체했어. 인조 오팔은 이미 오래전부터 만들어졌지만, 이번에는 화석을 이용했으니 기존의 오팔 합성 기술과는 전혀 별개야. 이산화규소의 입자를 얼마나 고르게 할지, 얼마나 규칙적으로 배치할지, 불순물은 무엇으로 할지, 물 대신 어떤 수지를 사용할지, 이런 고민만으로 해결되는 게 아니어서 이래저래 시간이 오래 걸렸어."

나오미가 샌드위치에서 입을 뗐다.

"입자가 균일해야 좋은 거야? 이렇게 다양한 빛을 내려면 왠지 불규칙해야 할 것 같은데."

"반대야. 입자가 균일하지 않으면 아름다운 프리즘 효과가 나타나지 않아."

"그럼 오팔의 변채는 구조색構造色°이란 건가?"

"그런 셈이지."

두 학예사가 막힘없이 대화를 이어가고 있었다. 그래도 아름답다고 호들갑을 떨거나 갖고 싶다고 징징대는 소리가 아닌 걸로 만족하자고 겐은 생각했다.

° 입자의 형태나 배열 등 표면의 기하학적인 미세구조로 인해 빛이 반사, 산란, 회절되면서 나타나는 색.

"21세기에는 인조 오팔의 질이 아주 좋아졌어. 외형도 진짜와 흡사하고, 경도나 비중도 천연석에 가까워졌지. 자외선 검사를 해야 겨우 구분할 수 있는 정도니까. 블랙 오팔도 워터 오팔°도 다 만들 수 있어. 질 좋은 인조 보석을 싸게 구할 수 있으니까 귀한 화석을 굳이 오팔로 만들 생각은 할 필요도 없었던 거지. 마이크로 블랙홀로 화석을 만드는 게 가능해진 시점에서 이런 제안이 들어왔다는 게 참 감사한 일이야."

타냐가 미소 지었다.

"이번 일 덕분에 화석화도 오팔화도 상용화가 꽤 진척됐어. 아직 말하진 않았지만 이미 다음 단계로……."

그때 멀리서 목소리가 들려왔다.

"실례합니다, 타냐 술라니 씨인가요?"

녹지대 오솔길에서 남자가 손을 흔들고 있었다.

담녹색 작업복에 카우보이모자. 이 기묘한 복장의 인물은 분명 채굴꾼 라이오넬 골드버그다. 그는 손을 든 타냐를 보고는 희색이 가득한 얼굴로 걸음을 서둘렀다.

그 뒤를 따르는, 같은 옷에 등산 모자를 쓴 장신의 인물

° 무색투명, 혹은 반투명한 거의 무색의 오팔.

이 카스페르 키케르트. 세련된 보석상의 모습은 온데간데 없고 공항에서 찍힌 모습 그대로 거칠고 투박한 얼굴을 하고 있었다.

─네, 틀림없습니다.

묻지도 않았는데 다이크가 마음을 헤아려 확인해줬다.

라이오넬이 다가와 그은 얼굴로 싱글벙글 웃었다. 나이보다 늙어 보이는 건 오랜 세월 햇빛을 받아 주름이 깊어졌기 때문일 것이다.

"그동안 신세 많이 졌습니다. 이야, 경치가 끝내주는군요. 맨날 돌덩이랑 흙이랑 씨름하다가 이런 곳에 오니 가슴이 확 트이는 것 같습니다."

앉아도 될까, 하는 몸짓을 취했으므로 겐은 옆 테이블에서 흰색 의자를 옮겨 왔다.

"고맙습니다. 인수는 내일인데 마음이 급해서요. 그래도 일찍 오길 잘한 것 같습니다. 이렇게 멋진 곳에서 기분 좋게 산책도 하고 말이죠."

겐은 슬쩍 카스페르를 살폈다. 검게 탄 얼굴이 라이오넬 못지않게 환히 웃고 있었다. 도저히 사기를 칠 사람으로는 보이지 않는다. 하지만 그런 점이야말로 사기꾼의 특징이라는 것도 잘 알고 있었다.

라이오넬은 기분이 좋아 보였다.

"호텔도 너무 훌륭해서 괜히 불편할 정도입니다. 레스토랑 메뉴는 뭘 시켜야 할지 눈이 돌아갈 지경이고요. 그런 음식을 먹는 게 얼마만인지. 안 그런가, 카스페르?"

"맞아. 그 마데르 소스는 정말이지, 혀가 녹는 줄 알았다니까."

"대단하세요. 오팔화 비용도 완납하실 계획이라고 들었습니다. 저는 아폴론의 나오미 샤함입니다. 이번에 종합 관리 부서 학예사로서 시제품 결과를 확인해야 해서 경호를 맡은 VWA의 효도 겐과 함께 입회하게 됐습니다."

나오미가 웃는 얼굴로 정중하게 자기소개를 하면서 겐의 직함을 넌지시 언급했다. 전직 사기꾼은 당황하기는커녕 눈을 동그랗게 뜨고 기뻐한다.

"아이고, 그렇습니까. 왠지 안심이 되는군요. 그렇지, 라이오넬?"

그러면서 라이오넬의 어깨를 툭 친다.

"그러게 말이야. 정말 고맙습니다. 아, 이 친구는 카스페르라고 제 동료입니다. 돈을 마련할 수 있었던 것도 다 이 친구 덕분입니다. 이 친구가 딱 짚어준 곳이 루비 광맥이었거든요. 미얀마 산골인데, 아주 영롱한 피전 블러드

pigeon blood*가 나와서 채굴권에 대한 권리금을 빼고도 돈이 한참 남았답니다. 앞으로의 인생은 좀 달라지겠죠."

음료수가 나왔다. 그들의 부푼 마음처럼 과일을 수북이 얹은 컬러풀한 칵테일이었다. 카스페르는 오렌지 맛 칵테일을 빨대로 쭉 빨아 마시고는 싱긋 웃었다.

"라이오넬 이 친구, 오팔을 받으면 그걸로 청혼할 계획이랍니다. 마음에 안 들어."

라이오넬이 카스페르의 옆구리를 손가락으로 쿡 찔렀다.

"뭐가 마음에 안 들어? 부러우면 그냥 부럽다고 해."

"걱정돼서 그래. 마리아라는 여자, 정말로 네가 돌아오기를 기다리는 거 맞아?"

"당연하지. 미얀마를 떠날 때도 연락했어. 일이 잘됐다고 하니까 엄청 기뻐했다고."

"그럼 지금 한번 연락해봐. 오팔이 완성됐다고."

"안 돼, 안 돼. 그건 서프라이즈야. 존도 자기 이빨이 보석이 된 걸 보면 분명……."

"개한테 무슨 서프라이즈야!"

---

* 최상급 루비를 일컫는 용어. 비둘기의 눈처럼 짙은 붉은빛이 난다고 하여 붙여진 이름이다.

그렇게 두 사람은 남자아이들처럼 장난을 치며 한바탕 웃었다.

흥에 겨운 두 사람은 식사를 대접하겠다며 젠과 나오미를 끈질기게 붙잡았다. 직무 규정이 있고, 거래를 목전에 두고 고객을 너무 가까이할 수는 없어서 어떻게든 뿌리치려 했지만 둘은 장소를 바꿔 차라도 마시자며 놔주지 않았다. 아직 하고 싶은 말이 남아 있는 모양이었다.

젠은 정보 수집을 위해서라고 스스로를 설득한 뒤 일행과 함께 데메테르 중심가로 돌아왔다.

동물 목각 인형을 진열해놓은 기념품 가게 2층이 관엽식물이 가득한 세련된 카페로 꾸며져 있었다. 손님이 없는 건 차를 마시기에는 늦은 시간이고 술을 마시기에는 이른 시간이라서인 듯했다.

라이오넬과 카스페르는 자리에 앉자마자 버번을 병째 주문하고는 편안하게 모자를 벗었다.

차를 마시자는 건 거짓말이었다.

아프로디테 직원 억류 사태는 그로부터 네 시간 동안 이어졌다.

"왜 우리가 그 수다쟁이 아저씨들을 네 시간 동안이나 상대하고 있어야 했냐고. 영업부 사람들은 다 뭐 하는 거야? 코빼기도 안 내비치고. 그 사람들 상대하는 건 영업부 일이잖아."

데메테르 청사로 향하는 밤길에서 나오미가 으르렁거린다.

"오팔화 사업을 준비하느라 요즘 다들 바빠."

타냐가 지친 목소리로 대꾸했다.

데메테르 청사는 시가지가 내려다보이는 언덕 위에 세워져 있었다. 세 사람은 청사로 이어지는 완만한 언덕길을 걸어간다. 평소 같았으면 가로등이 비치는 유럽풍의 길을 즐겼겠지만, 지칠 대로 지친 몸으로는 오르막길이 버겁기만 했다.

열심히 올라가도 기다리고 있는 건 라이오넬과 카스페르가 묵는 호텔과 천지 차이인 삭막한 직원 수면실. 세 사람의 발걸음이 무거운 것도 어쩔 수 없다.

이럴 줄 알았으면 VWA 데메테르 지부에 자동차라도 부탁해둘걸, 하고 겐은 생각했다. 그러나 다이크가 차량을 수배하기 전에 얼른 농담이야, 하고 덧붙였다. 관용차를 택시처럼 이용할 수는 없다.

잔디밭 양쪽에서 벌레 소리가 들렸다. 아직 먼 언덕 끝을 보자 겐은 한숨이 나올 것 같았다.

"그나저나 라이오넬이 카스페르를 전직 사기꾼이라고 말했을 때 진짜 깜짝 놀랐어. 다 알면서 같이 일을 했다는 거잖아. 심지어 하는 일이 화석과 보석을 채굴하는 건데, 불안하지 않았을까?"

나오미가 먼저 한숨을 쉬며 말을 꺼냈다.

"그러게. 같이 일하기 시작한 뒤로 생각하는 방식이 바뀌었다는 말도 했지. 좋은 영향을 준다니, 아주 이상적인 친구야. 실제로도 사이가 정말 좋아 보였고. 라이오넬은 그런 과거의 범죄 이력 따위는 전혀 신경 쓰지 않는 사람인 거야, 분명히."

"범죄 이력만이 아니라 주변 모든 것에 무심한 사람일지도 모르지." 타냐가 땅을 응시하며 씁쓸하게 중얼거렸다. "그러니까 약혼자를 혼자 내버려두고도 그렇게 태평할 수 있는 거야."

"맞아. 전과에 연연하지 않는 건 미덕이라고 해도, 멀리 떨어져 있는 약혼자를 걱정하지 않는 건 너무 무책임해."

"남자들은, 특히 꿈을 좇는 유형의 남자는 대체로 좀 가벼워."

겐은 두 여자의 이야기를 들으면서 다이크에게 말했다.

—기억해둬, 다이크. 여자가 남녀에 관한 화제를 꺼내면

남자는 가만히 있는 게 상책이야. 특히 연애와 관련된 얘기에는 절대 끼어들면 안 돼.

—알겠습니다.

괜한 말을 해서 매를 벌지 않도록 겐은 조용히 혼자 고개를 숙이고 카페에서 들은 이야기를 반추했다.

라이오넬과 카스페르는 아주 오래된 친구 사이처럼 끈끈해 보였다. 상대방의 의견에는 금방 동조하고 농담은 바로 받아친다. 영합하는 게 사기꾼의 수법임을 알기 때문에 겐은 주의해서 카스페르를 관찰했지만, 그는 정말로 라이오넬과 마음이 척척 맞는 친구나 동료로밖에는 보이지 않았다.

두 사람이 만난 것은 3년 전, 파키스탄이었다고 한다. 아콰마린 채굴장에서 일용직으로 일하던 중에 우연히 이야기를 나누게 됐다고.

자신은 화석과 보석을 캐낼 계획이라며 함께하지 않겠냐고 제안한 라이오넬에게, 카스페르는 그 자리에서 자신의 과거사를 털어놨다. 파키스탄까지 온 까닭도 출소한 지 얼마 되지 않아 당분간은 아는 사람이 없는 곳에서 지내고 싶었기 때문이라고 말했다.

라이오넬은 카스페르가 성실하게 일하는 모습을 매일

봐왔고, 과거를 깊이 반성하는 모습도 진심이라고 느꼈기 때문에 그런 것은 개의치 않는다고 거듭 권유했다. 카스페르는 라이오넬이 자신을 신뢰해준 데 감격했고, 그 이후로 줄곧 좋은 동료로 지내고 있다고 했다.

"라이오넬은 결단은 빠르고 행동은 끈기 있고, 그러면서 또 배짱도 있어요. 매일이 도박 같은 채굴꾼에게는 더없이 좋은 성격이죠. 그 어떤 신념도 없이 그저 쉽게 살려고 헛짓거리나 하던 나하고는 달라도 한참 다른 사람입니다. 나야 함께 일할 수 있어서 감사할 따름이죠. 그런데 이 친구가 딱 하나 잘못하고 있는 게 있어요. 마리아를 대체 언제까지 그렇게 기다리게 할 거냐고."

카스페르는 중언부언 이야기를 늘어놨다.

"내가 마리아라면 절대 못 기다리지. 연락도 생전 안 해, 어디서 뭐 하고 사는지도 몰라. 그런 남자를 어떻게 몇 년씩이나 기다립니까. 그러면 안 된다고 수도 없이 말했는데……."

"괜찮아."

아무리 친해도 역시 조금 불쾌했는지 라이오넬이 입을 삐죽거리며 말꼬리를 잡아챘다.

"마리아가 기다리겠다고 했다니까. 나도 마리아도 꿈

을 좇고 있어. 나는 노다지를 캐는 꿈, 마리아는 패션모델이 되는 꿈. 서로 확실한 목표를 가지고 있으니까 떨어져 있어도 견딜 수 있는 거야. 나는 이제 꿈을 이뤘어. 지구로 돌아가서 마리아의 허름한 아파트 문을 두드리면 그녀가 문을 열고 나올 거야. 깜짝 놀라겠지. 큰 눈을 더 크게 뜨고 양손으로 입을 막지 않을까? 울음을 터뜨릴지도 모르겠군. 발밑에서는 존이 멍멍 짖어대며 신나서 꼬리를 흔들 테고. 봐, 네 작은 이빨이 오팔이 됐어, 하며 축 늘어진 귀를 긁어줄 거야. 그리고 그게 약혼반지라는 사실을 알면 마리아는 이제 눈물로 범벅이 되는 거지."

카스페르는 작게 한숨을 내쉬었다.

"그렇게 되면 좋지. 넌 진짜 좋은 놈이니까. 낙반 사고 때도 날 구하러 와 줬잖아."

"그건 내가 강에 떠내려갔을 때 구해준 데 대한 보답이었을 뿐이야."

전직 사기꾼은 살짝 뺨을 붉히며 멋쩍음을 감추기 위해 세 사람을 둘러봤다.

"내 말 좀 들어봐요. 내가 지질을 보고 여기라고 말하면 라이오넬은 묻지도 따지지도 않고 바로 채굴 준비를 시작해요. 사람을 왜 그리 쉽게 믿느냐고 물으면 되레 나한테

바보라고 하면서 머리를 때립니다. 거짓으로 세상을 살아
온 나에게 이런 행복이 찾아오다니 정말 꿈만 같습니다."

라이오넬은 무척 다정한 눈으로 카스페르를 바라봤다.

"네 꿈을 하나 이뤘다면 그건 내 기쁨이기도 해. 이번
광맥을 찾기까지 나는 수도 없이 자책만 했어. 번번이 실
패했으니까. 보는 눈이 없나, 노력이 부족한가 하며 이제
그만하자고 포기하려던 적도 여러 번이었어. 그런데 이
게 참 얄궂더라고. 그만하자고 손을 멈추면 거기서 3센티
미터 밑에 보물이 있을 것만 같아서 조금만 더, 조금만 더,
하면서 계속 파게 되는 거야. 그러느라 마리아를 많이 기
다리게 했지. 하지만 이번에는 네 덕분에 마침내 성공을
경험했어. 내 인생은 헛되지 않았어."

겐은 그제야 두 사람이 자신들을 여기까지 데리고 온
이유를 알았다. 서로가 서로를 칭찬하기 위해서였다. 둘만
있으면 칭찬하는 일이 쑥스러울 수 있다. 하지만 들어주
는 청중이 있고, 버번의 힘을 조금 빌린다면 고마운 마음
도 정확하게 음파로 바꿔 전할 수 있다.

다이크에게 두 사람의 표정과 몸짓을 분석하게 했더니
말에 거짓은 없다는 대답이 돌아왔다.

겐은 상상한다. 뙤약볕 아래 보이는 것이라고는 돌덩이

뿐인 험난한 대지. 두 사람은 불확실한 꿈을 안고 무지갯빛 보물을 캐내기 위해 곡괭이를 휘두른다. 연장은 햇빛에 광광 달아오르고, 주변에는 하루살이가 떠돈다. 땀을 닦으며 옆을 보면 똑같이 수건으로 목을 훔치는 동료가 있다. 네가 여기라고 했으니까. 네가 열심히 하니까. 두 사람은 다시 연장을 번쩍 들어 올린다.

거기에 사기꾼은 없다. 거기에 연인의 모습은 없다.

앞으로 3센티미터, 그 생각만이……

"나라면 불확실한 희망과 연인 중에 어느 쪽이 더 중요하냐고 따져 물었을 것 같아."

현실적인 나오미의 말에 겐의 상상은 거기서 끝났다. 타냐가 신기하다는 표정을 짓는다.

"일본계는 인내심이 강하다더니 정말인가 보네. 나는 아니야. 한시라도 빨리 패션모델의 꿈을 이루고, 그런 다음 보란 듯이 차버릴 거야."

"마리아에게 그 정도 근성이 있었으면 기다린다는 말도 하지 않았겠지. 톱 모델이 되고 싶어, 유명 프로덕션에 들어가게 해줘, 이러면서 징징대기만 하고 정작 본인은 아무것도 안 하는 스타일 아닐까? 미인들은 다 그런 면이 있으니까."

겐은 다라고 할 것까진 없지, 라는 말을 꿀꺽 삼킨다. 타냐가 킥킥 웃었다.

"너, 미인을 너무 미워하는 거 아냐?"

나오미는 입술을 삐죽 내밀었다.

"라이오넬이 속지 않을까 걱정하는 것뿐이야. 영원히 기다린다는 말, 사기꾼이 죄책감을 부추길 때 쓰는 단골 멘트라고. 라이오넬은 전직 사기꾼을 믿을 정도로 지나치게 낙관적인 사람이야."

타냐가 숨을 후 내쉬며 밤하늘을 올려다본다.

"카스페르를 믿고 싶어. 두 사람, 정말 즐거워 보였어."

나오미도 시선을 들어 별들을 바라봤다.

"거래가 무사히 끝나야 할 텐데. 두 사람 우정이 진짜라고 믿고 싶어. 그래, 괜찮을 거야. 피전 블러드 광맥을 찾았으니까 작은 오팔 하나를 놓고 쟁탈전을 벌일 것 같지도 않고."

약간 머뭇거리고 나서 타냐가 말했다.

"나도 물론 그러길 바라는데, 안타깝게도 보석의 가치는 희소성으로 결정되거든. 존의 젖니로 만든 오팔은 세상에 단 하나뿐이야. 라이오넬과 마리아에게는 한 무더기의 피전 블러드보다 가치가 있을지 몰라. 그리고 사기꾼

은 남이 소중히 여기는 것을 속여서 가로채는 걸 즐겨. 안
그래, 겐?"

"응. 자기에게 이익이 되지 않더라도 피해자의 억울한
얼굴을 보고 싶어서 속이는 일도 있다고 들었어."

겐은 기도하는 마음이었다. 부디 그들의 우정과 신뢰가
진실이기를. 열심히 노력하는 두 사람이 자신들의 행복을
보석처럼 단단하게 만들어 꽉 움켜쥐기를.

타냐는 가로등으로 시선을 돌린다.

"다 잘됐으면 좋겠다. 그럼 나도 그 사실을 조금은 마음
편히 말할 수 있을 것 같아."

"그 사실? 왜 변죽만 울리고 그래."

타냐는 겐을 보며 조금 쓸쓸한 표정을 지었다.

"거래가 끝나면 알려줄게. 혹시라도 실언하면 안 되니
까."

두 사람 모두 타냐를 빤히 쳐다봤지만, 그녀는 똑바로
앞을 바라볼 뿐 더 이상 입을 열지 않았다.

알리온 고고학 박물관은 데메테르에서도 손꼽히는 대
형 전시 시설이다. 우주의 기원부터 현재의 지질까지, 태
고의 유물부터 근대의 문화유산까지, 미시에서 거시까지

고고학이라는 단어에서 떠올릴 수 있는 모든 것을 망라해 전시하고 있다. 동식물을 다루는 부서답게 특히 생물의 진화에 강한데, 공룡 화석은 그중에서도 인기가 많았다. 지금도 5동 관내에서는 단체 관람객 세 팀이 각각의 인솔자로부터 설명을 듣고 있다.

"이거 진짜야?"

겐은 입을 딱 벌리고 천장까지 뻗어 있는 길이 36미터짜리 커다란 화석을 올려다보며 물었다.

타냐도 모자챙을 조금 올리고 고개를 젖혀 천장을 본다.

"그럼, 진짜지. 사람들이 모형을 보려고 아프로디테까지 찾아오진 않을 거 아냐. 잘 보면 복원한 부분은 정직하게 색 구분을 해뒀어."

"아, 그렇구나. 근데 진짜 크다."

작은 나오미에게는 이 아르젠티노사우루스가 더 거대하게 보일 것이다.

"암피코엘리아스 프라길리무스라는 60미터급 공룡도 있었다고 하는데, 아직 확인된 게 없어서 연구 중이야."

"60미터? 굉장하다. 라이오넬과 카스페르가 발굴해주면 좋겠네."

타냐가 후후 웃었다.

"우아, 여기 좀 와봐. 암모나이트처럼 보여."

나오미의 목소리가 뻥 뚫린 공간에 울려 퍼졌다. 개방된 2층 복도가 양쪽에서 나선계단을 이루며 내려온다. 나오미는 계단 바로 아래에 있었다.

"와, 정말."

젠도 계단 후면을 올려다봤다. 이렇게 올려다보는 사람이 있으리라고 생각한 걸까. 확실히 암모나이트를 염두에 두고 디자인한 계단이었다. 그 세심함이 감탄스러웠다.

"슬슬 올라가볼까? 라이오넬과 카스페르도 5동에 도착한 것 같아."

세 사람은 나선계단을 올라가 복도를 걸어 응접실로 향했다.

오늘도 영업 담당자는 오지 않는 모양이다. 중요한 고객이 상담 시간을 변경하는 바람에 이 건물에 와 있기는 한데 다른 응접실에서 준비를 해야 한다나.

카펫이 깔린 복도를 따라 걸어가는데 마침 라이오넬과 카스페르가 반대쪽 나선계단을 통해 올라오고 있었다.

"오늘도 잘 부탁드립니다. 벌써부터 설레는군요."

라이오넬은 과장스럽게 가슴을 눌렀다.

"실은 제가 이미 가지고 왔거든요."

타냐 역시 연기하듯 과장스레 오른쪽 옆구리를 톡톡 두드렸다.

"어이쿠, 그렇습니까? 기대되네요. 아름다울까, 귀여울까? 존의 이빨."

그러면서 그는 옆에 있는 카스페르를 본다.

"존은 정말 애교가 많은 개야. 내가 길에서 데려왔거든. 근데 그 은혜를 아는지, 나만 보면 좋아서 혀를 날름거리고 빙글빙글 돌아."

"알지, 그 다갈색 녀석. 전에 영상으로 봤잖아. 너를 보면 어쩔지 충분히 상상이 돼."

카스페르가 말하자 응응, 하고 소년처럼 웃으며 라이오넬이 고개를 끄덕였다.

일행이 다시 응접실로 가려고 발길을 돌리려던 바로 그 순간이었다. 뜻밖의 인물이 복도에 모습을 드러냈다.

"라이오넬."

가냘픈 목소리의 여자는 날씬한 몸에 앞 지퍼가 달린 촌스러운 원피스를 입고 작은 가방을 들고 있었다. 길게 늘어뜨린 머리카락을 흔들며 모델처럼 걸어온다.

"마리아, 설마."

라이오넬의 말소리가 목에 걸렸다. 마리아는 수줍은 미

소를 지으며 라이오넬 앞에 섰다.

—다이크.

—감지했습니다. 라이오넬이 말하는 마리아 보치가 틀림없습니다. 그러나 3년 전에 이름을 바꿨으므로 지금은…….

"기다릴 수가 없어서. 3시부터라고 들어서 와버렸어."

가까이에서 본 마리아는 모델 지망생이라는 말이 납득될 만큼 이목구비가 뚜렷한 미인이었다. 좀 더 진하게 화장하면 잡지 표지모델로도 손색이 없을 것 같았다.

"마리아, 통신할 때도 생각했지만 하나도 변하지 않았네. 정말 그대로야. 실제로 보니 오히려 더 젊어진 것 같아."

그녀의 양쪽 어깨에 올린 라이오넬의 팔이 가늘게 떨렸다.

"그래? 고마워. 당신도 좋아 보이네."

겐은 나오미와 타냐를 흘낏 봤다. 둘 다 멍하니 있을 뿐이다.

—다이크. 위화감이 있어. 뭘까?

—아마 마리아의 표정 때문일 겁니다. 그녀는 거짓말을 하고 있습니다.

"뭐?"

얼결에 목소리가 튀어나와 나오미가 이상한 눈길로 쳐다봤지만 잠깐이었다.

─그녀의 이력을 CL 방식으로 출력할까요? F 모니터를 펼치면 수상하게 여길 겁니다.

─좋은 판단이야, 다이크. 그렇게 해줘.

문자가 나열된 레이어 너머에서 라이오넬은 연인의 얼굴을 가만히 바라보고 있었다.

"일부러 아프로디테까지 와줬구나."

"응. 당신이 있다는 걸 알았으니까."

라이오넬은 울먹이는 얼굴로 눈을 지그시 감았다.

"아, 이제 더 이상 기다리게 하고 싶지 않아. 오팔을 꺼내주시겠습니까?"

타냐가 주머니에서 꺼낸 것은 진홍색 반지 케이스였다. 라이오넬은 케이스를 받아 들고 뚜껑을 연다. 그러고선 안을 들여다보더니 카스페르와 나란히 호오, 하고 감탄사를 내뱉었다. 그는 마리아가 볼 수 있도록 케이스 방향을 돌렸다.

"존의 젖니야. 아프로디테의 기술로 진짜 오팔로 만들었어. ……널 위해."

겐의 옆에서 나오미가 꺄악, 하고 작게 소리를 지르며

양손으로 뺨을 감쌌다. 라이오넬이 다른 한 손으로 카우보이모자를 벗어 가슴에 대고 무릎을 꿇었기 때문이다.

영화에서 자주 보는 프러포즈 자세.

"나와 결혼해주겠어?"

마리아가 살짝 미소 지었다. 그녀는 눈을 감고 심호흡을 한 뒤 다시 눈을 떴다. 잘 손질된 긴 손톱이 오팔을 집는다.

라이오넬이 눈에 띄게 안도하는 표정을 지었다.

오팔을 눈앞에 들어 올린 마리아가 이윽고 입을 열었다. 노래하듯이.

"나, 이미 결혼했어."

그녀를 제외한, 그 자리에 있던 모든 사람이 굳어버렸다. 다이크로부터 정보를 받지 않았다면 겐도 당황했을 것이다.

"무, 무슨 말이야, 마리아?"

그녀는 작은 보석에서 눈을 떼지 않았다.

"그런 흔한 이름으로 부르지 마. 난 이제 마리아가 아니라 마리안젤라야. 이게 더 화려하잖아? 내 이름은 이제 마리안젤라 포사이스야. 남편은 유통 회사 간부고. 물론 부자야."

그녀는 오팔을 집은 채 원피스 앞 지퍼를 내렸다. 가슴골이 드러났다. 뭔가를 해야 했지만 사람들은 마리안젤라의 페이스에 말려들어 다들 꼼짝 않고 서 있었다.

자수정 빛깔의 옷자락이 훅 벌어졌다. 그녀는 원피스 안에 선명한 메탈 퍼플 드레스를 입고 있었다. 상체는 몸에 착 달라붙어 몸매가 드러났고, 무릎길이의 플레어스커트는 제비꽃으로 만든 것처럼 가볍게 나풀거렸다.

"돈이 좋아. 남편이 내 꿈을 샀거든. 당신 때문에 톱모드˚ 모델이 될 시기는 놓쳤지만, 부유층을 상대로 한 패션쇼 무대에 서고 있어. 포사이스 부인의 도락이라고 말들 하지. 나쁘지 않아."

나쁘지 않다고? 그녀에게는 그럴지도 모른다. 어떤 수단을 썼든 패션모델이 됐으니까.

마리안젤라는 머리카락을 매만졌다. 파마인지 형상기억인지, 검은 머리카락이 금세 정돈된 웨이브를 만들고 윤기를 띠었다.

그녀는 오팔을 꼭 쥐고 가방에서 작은 롤러를 꺼냈다.

˚ 최첨단 유행이란 뜻. 계절을 앞서가는 형태의 디자인으로 파리·뉴욕·밀라노·런던 컬렉션 등에서 선보이는 고급 브랜드에서 만들어지는 트렌드를 지칭한다.

그게 그러데이션 아이섀도란 걸 눈두덩에 굴리는 모습을 보고서야 알았다. 곧이어 립스틱을 꺼내 한 번 바르고 얼굴을 들자, 거기에는 풀 메이크업을 한 자신감 넘치는 모델이 있었다. 복도 난간조차 마리안젤라를 돋보이게 하는 무대 배경에 지나지 않았다.

그녀는 마지막으로 가방에서 목걸이를 꺼냈다. 펜던트는 묵직해 보이는 복숭앗빛 보석이었다.

"남편이 사준 핑크 오팔이야. 93캐럿이나 되지. 이 휘황한 광채를 봐. 천연 핑크 오팔은 변채를 보이는 게 잘 없는데, 이건 아주 귀한 거야. 자외선 검사에서도 물론 진품으로 나왔어."

마침내 한쪽 무릎을 꿇고 있던 라이오넬이 털썩 주저앉았다. 빈 반지 케이스가 손에서 굴러떨어지고, 마리안젤라를 올려다보는 눈동자에는 눈물이 고였다.

그녀에게 달려들듯 다가선 사람은 카스페르였다.

"무슨 짓이야! 대체 뭘 하고 싶은 거야!"

마리안젤라는 어깨로 뻗쳐 온 그의 손을 획 뿌리쳤다. 이어서 빨간 입술이 히죽 웃는다.

"수고했어, 쿠르트. 당신 일은 여기까지야."

"뭐?"

"무슨 말이야?"

"말도 안 돼."

겐과 나오미와 타냐가 반사적으로 소리를 질렀다.

어떻게, 어떻게 그녀가 카스페르의 본명을…….

라이오넬의 마음은 더 이상 움직이지 않는지, 천천히 고개를 돌려 동료를 바라볼 뿐이었다. 카스페르의 얼굴에 고뇌가 짙게 드리웠다.

마리안젤라는 그 모습을 즐거운 듯이 바라보고 있었다.

"그리고 내 볼일도 끝났어. 쿠르트가 알려준 거래 시간에 맞춰 불쑥 나타나 꿈을 좇는 바보에게 복수하고, 믿었던 동료가 내가 고용한 사람이라는 사실을 폭로한다. 마지막으로 이 바보의 얼빠진 얼굴을 보며 비웃어준다. 대성공이야."

아하하, 하고 마리안젤라는 앙칼지게 웃었다.

"쿠르트, 은행 계좌 확인해봐. 지금쯤 남편이 보수를 입금했을 거야. 역시 사기꾼이야. 감쪽같이 속여줘서 고마워. 아, 후련해."

"이런 짓을 할 줄은 몰랐어." 카스페르는 신음하듯 말했다. "라이오넬의 상황을 알고 싶다고 해서 보고했을 뿐인데."

마리안젤라는 콧방귀를 뀌었다.

"바보랑 같이 있더니 똑같이 바보가 된 모양이네. 내가 사랑싸움이나 하려고 아프로디테까지 오려 했겠어? 어림도 없지. 지고지순하게 이 남자를 기다린 시간을 생각하면……. 그때 나는 젊었어. 밀라노에서, 파리에서, 뉴욕에서 당당하게 런웨이를 걸을 수 있었다고. 나는 꿈꿨어. 이 바보가 노다지를 캐내서 나를 좋은 프로덕션에 보내줄 날을 말이야."

아름다운 얼굴이 분노로 물들면 마녀의 서슬을 품는다. 지금의 마리안젤라가 그랬다.

"그게 잘 안되더라도 그냥 돌아와주기만 했다면 둘이서 알뜰살뜰 사는 길도 있었어. 골드버그라는 화려한 성을 가지는 걸로 만족하려고 했지. 하지만 이 사람은 돌아오지 않았어. 3센티미터, 앞으로 3개월, 그러면 돌아가겠다. 매번 그렇게 말했지. 자신의 꿈만 좇아서……. 계속 나를 속였던 거야."

젠은 남녀에 관한 화제에, 더구나 연애와 관련된 이야기에 그만 참견하고 말았다.

"그래서 일부러 기다리겠다고 거짓말을 한 겁니까?"

마리안젤라의 얼굴이 순식간에 노기로 시뻘게졌다.

"그래! 내 거짓말에 오히려 고마워해야지! 꿈을 좇는 사람에게 꿈을 줬어. 내 꿈은 무너졌다고! 나는 이제 프리컬렉션의 오디션조차 볼 수 없어. 모델 놀이는 할 수 있지만 그건 진짜가 아니야. 포사이스 부인의 도락? 이 말이 칭찬이 아니라는 것쯤은 나도 알아. 다들 뒤에서는 돈을 물 쓰듯 하는 여자라고 손가락질하겠지. 내가 걷는 런웨이 맨 앞줄에는 유명 인사가 아니라 촌티 나는 졸부들만 앉아 있어. 이 억울함, 모르겠어?"

젠은 더 이상 입을 열지 않기로 했다. 자신의 행복을 다른 사람에게서 얻으려는 여자에게 무슨 말을 더 할 수 있을까. 감미로운 자기 연민이 귀를 막고 있어서 그녀에게는 아무 말도 들리지 않을 터였다.

라이오넬이 천천히 고개를 들었다. 작은 눈물방울이 뚝뚝 떨어졌다.

"미안해. 다 내 잘못이야. 용서해줘. 그래서 너는 지금 행복해?"

마리안젤라는 턱을 치켜들고 멸시하는 눈빛으로 남자를 노려봤다.

"물론이지. 어쨌든 모델이 됐으니까. 그리고 난 이제 부자야. 당신에게 복수도 했고."

"존…… 존은 어떻게 지내?"

그녀는 흥, 하고 코웃음을 쳤다.

"그 개? 당신만 보면 꼬리 치는 그 역겨운 똥개 말이지. 죽었어, 진작에. 난 지금 저택에서 혈통서가 있는 개를 세 마리나 키우고 있거든."

"존……."

조금 전보다 큰 눈물방울이 라이오넬의 뺨을 타고 흘러내렸다. 그 캐럿의 차이가 마리안젤라의 분노에 다시 불을 붙였다.

"이거, 돌려줄까?"

그녀가 쥐고 있던 오팔을 보란 듯이 내든다.

"그래, 그것만이라도 돌려줘."

"알았어."

빨간 입술 끝이 비틀어져 올라갔다.

"찾아와!"

오팔이 난간 너머로 날아갔다.

젠은 다갈색 강아지가 아래로 떨어지는 것처럼 느껴졌다. 아마 라이오넬도 같은 마음이었을 것이다.

"존!"

그는 비명을 지르며 난간에 다리를 걸고 몸을 날렸다.

젠은 반사적으로 그의 벨트를 붙잡았다. 하지만 채굴꾼의 다부진 몸에 중심을 빼앗겨 그마저 난간을 넘어버린다.

그때 단단한 무언가가 허벅지를 껴안았다.

추락 방지망이 펼쳐진 건 센서 덕분일까, 다이크의 지시일까. 아래에서 단체 손님들이 비명을 질렀다. 간신히 다리를 되돌려 복도에 발을 디딘 젠은 이번에는 힘을 합쳐 라이오넬을 끌어 올렸다.

"고맙습니다, 카스페르 키케르트 씨."

젠은 거친 호흡 사이로 겨우 감사의 말을 전한다. 현재의 이름으로. 카스페르는 그제야 안심이 됐는지 숨을 헉헉거리며 풀썩 주저앉았다.

"곡괭이질로 몸을 단련해놓길 잘했군. 예전 몸이었다면 같이 뒤엉켜 떨어졌을 텐데."

"존!"

나선계단으로 기어가려고 하는 라이오넬을 젠이 말렸다.

"그냥 계세요. 이 녀석한테 찾아보라고 하겠습니다."

그는 제복에 찬 벨트 포켓에서 곤충을 세 마리 꺼냈다.

"그게 뭐죠?"

"곤충 모양 머신입니다. 가벼운 물건은 다리로 잡을 수 있어요. 다이크, 제어 부탁해."

"알겠습니다."

다이크가 음성으로 대답했다.

마리안젤라는 보라색 드레스를 양손으로 움켜쥐고 벌벌 떨고 있었다.

"떨어졌어야 하는데! 당신 같은 인간은 그냥 떨어져버렸어야 하는데!"

"그건 곤란합니다."

단호한 목소리로 말한 이는 타나였다.

"공룡 화석이 망가지면 안 되니까요."

그러면서 그녀는 마리안젤라의 손을 비틀어 올렸다.

"뭐 하는 짓이야! 놔!"

"VWA 데메테르 지부에 연락했습니다. 당신을 체포할 이유가 성립되는지는 모르겠지만 일단 체포하겠습니다."

"고작 개 이빨 하나를 던졌을 뿐이야."

"그럴 수도 있고, 또 행여 죄를 물어도 당신 남편이 어떤 압력을 가할 수도 있겠죠. 그래도 본인이 뭘 잘못했는지는 좀 알아야 하지 않겠어요? 그래야 내 기분도 후련할 것 같고."

떠밀려 걸어가는 마리안젤라는 머리를 흔들며 소리를 질렀다.

"당신이 지금 무슨 짓을 하고 있는지 알아? 우리 남편이 화석화 오팔을 본격적으로 사업화하려고!"

"영업 담당자와 협의하고 있다고요. 압니다. 자, 똑바로 걸어요."

타냐는 남은 사람들을 돌아보며 뒤를 부탁한다는 듯이 눈을 찡긋했다.

그때 곤충이 작은 오팔을 집어서 젠에게 날아왔다. 젠은 힘없이 웅크리고 있는 라이오넬에게 다가가 그의 두툼한 손바닥을 펼치고 그 위에 보석을 가만히 올려놨다.

라이오넬은 조금도 기뻐 보이지 않았다.

"존."

그는 오팔을 보며 그렇게 말하더니 그대로 그걸 움켜쥐고 울기 시작했다.

"넌 내게 그 무엇보다 소중한 존재였어. 넌 여기에 있어. 여기에 있는 거야. 예쁘고 귀여운 보석이 돼 반짝반짝 빛나고 있어. 너와 함께한 시간은 내게 행복이었어. 그 사람에게는 하찮고 억울한 시간이었을지 모르지만, 마리아가 있고, 네가 있고, 내가 돌아오길 기다려주는 그때가 내게는……."

그러고서 미안하다는 말만 되풀이했다.

"그 사람, 처벌을 받게 될까?"

탈진해 주저앉아 있는 카스페르의 등을 어루만지며 나오미가 물었다.

겐이 대답하기 전에 카스페르가 먼저 입을 연다.

"법을 떠나서 죗값은 치르게 될 겁니다."

세 사람은 카스페르의 얼굴을 봤다. 전직 사기꾼은 어쩐지 개운한 얼굴을 하고 있었다.

"그런 카보숑 컷* 핑크 오팔이 있을 리 없어요. 천연 핑크 오팔은 변채를 보이지 않는 커먼 오팔이 대부분입니다. 분명 언젠가 망신을 당할 겁니다."

"하지만 자외선 검사에서……."

나오미의 말에 카스페르가 엷게 미소를 짓는다.

"저 여자 남편은 돈으로 뭐든지 살 수 있는 사람이잖아요? 검사 결과도 원하는 대로 바꿀 수 있겠죠. 블랙라이트 조명이 있는 바에 데리고 가면 바로 부부 싸움이 일어날 겁니다. 만일 검사 결과를 믿고 천연석이라고 우긴다면……."

사기꾼은 언변이 뛰어났다. 거기서 잠시 멈춘 뒤 세 사

● 보석 위쪽을 둥글게 연마한 것.

람의 얼굴을 차례로 둘러본다.

"후後 염색이에요. 아무리 원석이 커도 염색한 오팔은 가치가 현저히 떨어지죠."

나오미가 풉 웃음을 터뜨렸다.

겐도 덩달아 메마른 목소리로 하하 웃었다. 라이오넬도 미간에 슬픔을 머금은 채 입 끝을 살짝 씰룩였다.

카스페르는 곁에 있어준 나오미에게 가볍게 인사한 뒤 자리에서 일어났다.

"가지, 친구."

라이오넬의 미간에 깊게 주름이 잡혔다.

"너, 무슨 낯으로……."

"뻔뻔한 낯이지. 계약은 이미 끝났어. 돈도 받았고. 네 말대로 이제부터는 인생이 크게 바뀌는 거야. 나는 남아프리카로 갈 건데, 같이 안 가겠어?"

"뭐라고?"

"남아프리카 말이야. 이번에는 다이아몬드로 하자. 물론 화석도 좋고."

라이오넬은 입을 딱 벌렸다.

"계속 나랑 일을 하겠다고?"

"그 부부에게 네 상황을 몰래 보고한 건 정말 잘못했어.

그 여자는 나한테 네가 걱정돼서 상황을 알고 싶다고 했어. 기다리고 있다는 거짓말도 네가 낙심해서 혹시라도 사고를 일으킬까 봐 걱정돼서 하는 거라고 했고. 정말이야. 그리고……."

미심쩍은 듯 쳐다보는 라이오넬 앞에 카스페르가 무릎을 꿇었다. 마치 구혼하듯이.

"먼저 내게 손을 내민 건 너야. 낙반에서 날 구해준 것도 너고. 사기보다 즐거운 삶을 가르쳐준 것도 너야. 제발 나를 버리지 말아줘."

라이오넬의 눈동자가 흔들렸다. 머릿속이 끓어오를 만큼 고민하고 있다는 걸 알 수 있었다.

이윽고 그의 눈동자가 오팔의 변채처럼 다른 색을 띠었다.

"좋아. 지나간 일은 탓하지 않을게, 카스페르."

안심한 듯 어깨를 축 늘어뜨린 친구에게 라이오넬은 이렇게 말했다.

"그런데 내가 또 강에 떠내려가는 일이 생기면 그땐 구해주지 않아도 돼."

카스페르는 섬광이 번쩍이듯 파안대소한다.

"그땐 틀림없이 존이 구해줄 거야. 그렇지, 존."

두 사람은 잠시 작은 무지갯빛 광채를 지그시 바라보고 있었다.

화석은 단단하다. 보석도 단단하다.

당연하다. 돌이니까.

눌리고 변화하면서 긴긴 세월 땅속에 묻혀 있는 꿈의 덩어리.

앞으로 3센티미터, 그 꿈의 덩어리를 향한 열망은 상대의 마음에 3센티미터 다가가고 싶은 바람과 닮아 있다.

ㅡ우정도 오랜 시간 쌓아온 신뢰 속에서 단단해진다는 뜻이군요.

ㅡ맞아.

다이크에게 대답하면서 겐은 의자에 등을 기댔다.

돌아가는 비행선 안.

나오미는 큰일을 치르고 피곤한지 곯아떨어졌다. 좌석 테이블 위에 기내 서비스로 내준 먹다 만 견과류를 널브러뜨려둔 채.

아프로디테의 마이크로 블랙홀 응용 기술은 화석화를 거친 오팔화를, 조성組成이나 크기에 따라 차이는 있겠지만 대략 1년 안에 이뤄내는 수준까지 나아갔다고 한다. 앞으로는 더 저렴하고 더 손쉽게 추억의 물건을 반짝이는 보석으로 바꿀 수 있을 것이다.

타냐가 청사로 돌아가는 밤길에서 말하려 했던 건 아프로디테 입장에서는 경사스러운 일이지만 라이오넬에게는 일종의 비보가 되는 이 새로운 방식에 관해서였다. 젖니의 오팔화는 초기 기술로 이미 작업을 진행하고 있었기 때문에 중간에 새로운 방식으로 전환할 수 없었던 것이다.

하지만 그 기다림은 헛되지 않았어, 하고 겐은 다이크에게 말했다. 시간을 들였기 때문에 두 사람의 우정은 단단해졌고 마리아의 속마음도 알아낼 수 있었다.

—우리도 시간을 갖고 천천히 친해지자고.

겐은 눈을 감고 잔잔하게 미소를 지었다.

—언젠가 내가 없어져도 네 기억 속에는 나와의 추억이 선명한 반짝임이 돼 남아 있길. 너랑 나도 그런 사이가 되면 좋겠다.

—저는 기록을 미화하거나 빛나게 하지 않습니다.

다이크의 진지한 대답에 겐은 발끈하며 눈을 떴다.

—그런 걸 융통성이 없다고 하는 거야. 아무튼 내가 하나씩 알려줄 테니 잘해보자, 짝꿍.

머릿속의 짝꿍은 잠깐 머뭇거리고 나서 성실하게 대답

한다.

─알겠습니다.

비행선 창밖에는 천변만화千變萬化하는 일곱 빛깔 구름
이 흐르고 있었다.

"아름답군."

겐은 무심결에 중얼거린다.

나오미가 응, 하고 대답하며 몸을 틀었다.

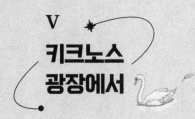

V
키크노스
광장에서

삼나무 숲을 빠져나와 키크노스˚ 광장에 발을 들여놓자마자 목덜미를 잡혔다.

"타라브자빈 씨?"

우람한 연상의 선배는 말없이 겐을 삼나무 그늘로 끌고 갔다.

"신입이 지각이라니, 배짱이 좋아."

타라브자빈 하스바토르의 거무스름한 얼굴이 섬뜩하게 웃는다.

"넌 직접 접속자야. 게다가 디케를 가르치는 입장이고. 심지어 아폴론의 가호도 받고 있지. 변칙이 너무 많아. 그

˚백조로 변신한 그리스 신화 속 인물. '백조'를 뜻하기도 한다.

러잖아도 다른 녀석들이 마뜩잖게 생각하는데 스스로 욕 먹을 짓을 하면 어떡해."

다 맞는 말이었다. 효도 겐은 순순히 고개를 숙였다.

"죄송합니다."

머리 위에서 타라브자빈이 후, 하고 길게 한숨을 내쉬는 소리가 들렸다. 얼굴을 들자 그의 표정은 여느 때처럼 부드러워져 있었다.

"여자 문제라거나 과음해서 늦잠 잤다거나 하는 이유는 아닐 테고. 대체 무슨 일로 늦은 거야?"

겐의 시선이 갈팡질팡한다.

"……삼촌에 대해서 좀 알아보다가 늦었습니다. 다이크가 계속 재촉했는데…… 정말 죄송합니다."

타라브자빈은 "역시나" 하고 낮은 목소리로 대꾸했다.

겐의 삼촌인 효도 조지, 일명 조는 미술 관련 그레이존에 발을 담그고 있다. 겐이 아프로디테를 부임지로 희망한 것도 삼촌을 만날 수 있을지도 모른다는 기대 때문이었다. 겐이 어렸을 때, 조는 어느 날 새하얀 양복을 입고 훌쩍 나타나 작은 상자나 청동화 같은 출처를 알 수 없는 골동품을 선물해주곤 했다. 5년 전에 돌아가신 아버지는 삼촌을 집안의 수치라고 싫어했지만, 일부러 조카 얼굴을 보러 와줄 정도의 인정은 있는 사람이었던 것 같다. 아버지의 뒤를 이어 경찰 조직에 몸담은 지금도 삼촌이 나쁜 사람인지 착한 사람인지는 알 수 없다. 수동 오르간 건을 맡았을 때 겨우 그 이름을 듣게 됐고, 이후로 계속 신경을 쓰고 있었다.

"됐어. 내 앞에서 그 이름을 언급할 수 있게 된 것만 해도 대단한 발전이다. 찾는 건 너무 조급해하지 마."

"네."

"교묘한 수법으로 아프로디테에 숨어드는 놈들이 연간 3,000명에서 5,000명이야. 삼촌한테만 정신이 팔려 있으면 VWA로서의 직무에 소홀해져. 자, 일해야지. 가자."

타라브자빈은 말 중간에 제복의 은은한 발광을 강하게 설정하고 당당한 자세로 나무 그늘에서 걸어 나갔다.

광장 중앙에는 거대한 아메바 같기도 하고 녹아내리는 바위산 같기도 한 허연 조형물이 있었다. 그 주위에 사람들이 모여 그것을 만지거나 가리키는 모습이 보였다. 제복을 입은 VWA들도 몇 명 어슬렁거렸다.

정체를 알 수 없는 대형 전시물. 그리고 많은 관람객들. 딱 봐도 쉽지 않을 것 같다.

겐은 자, 가자, 하고 타라브자빈을 흉내 내 마음속으로 기합을 넣었다.

—감지했습니다.

뇌에 직접 접속된 정동 학습형 데이터베이스 다이크는 기민하게 겐의 뜻을 헤아려 제복의 발광을 증폭시켰다.

축구장만 한 크기의 키크노스 광장에는 아담한 연못이 있는데, 15마리쯤 되는 백조가 살고 있어 아프로디테의 명소 중 하나가 됐다. 안개 낀 아침이나 기상대가 눈을 내린 날에는 잔잔한 수면에 백조가 고요히 떠 있는 모습이 그야말로 그림처럼 아름답다. 단, 정지 화면으로 봤을 때에 한해.

실제로는 그 가느다란 목에서 나오는 소리라고는 믿기지 않는 시끄러운 울음소리 때문에 방문객들의 평판은 그다지 좋지 않다. 게다가 모두가 머릿속에 그리는 풍경은 발레 〈백조의 호수〉처럼 고요하고 깊은 숲속의 호수일 텐데, 이곳은 나무들이 타원형 광장을 에워싸듯 심겨 있을 뿐. 이렇듯 운치가 없는 것도 인기가 없는 원인 중 하나일 터였다.

그래서 침엽수 지대를 담당하는 데메테르는 아테나나 뮤즈의 힘을 빌려 키크노스 광장에 야외 전시나 콘서트를 유치하는 일이 많았다. 아프로디테의 날씨를 관장하는 기상대는 침엽수와 백조를 위해 저온으로 유지한 기온이 인파에 의해 교란되는 걸 별로 좋아하지 않아서, 대개는 부서 간 협업에 기상대를 더한 삼자 견제 상태를 조정하기 위해 아폴론이 나서서 우왕좌왕하는 게 정해진 그림이다.

이번에는 예술가 와히드가 〈서로〉라는 제목의 오브제를 광장에서 제작하고 있어서 아폴론 학예사인 나오미 샤함이 거대한 작품 주위에서 우왕좌왕하고 있었다.

여느 때와 같이 딱딱한 정장 차림의 그녀는 저온이라 역시 추운지 하얀 귀마개를 하고 있었다.

그런데 저 귀마개는 어째서 토끼 귀 모양일까, 하고 겐은 진지하게 고개를 갸웃거렸다.

그녀 나름의 멋일까? 아니, 초등학생도 아니고. 아니면 움직일 때마다 머리 위로 일어선 귀가 강동강동 움직이는 게 재미있다고 생각하는 걸까. 아니, 진지함 그 자체인 나오미가 학예회 장기자랑 같은 저런 유치한 장난을 칠 리 없다.

겐이 보고 있는 광경은 매우 기묘했다. 나오미의 토끼 귀 때문만이 아니라, 그녀 뒤에 있는 와히드의 예술 작품과 주변의 모든 것이 서로 어우러져 하나가 된 것 같은 인상이 들었다.

오브제는 언뜻 대형 놀이 기구처럼도 보인다. 놀이터에서 흔히 볼 수 있는 그릇을 엎어놓은 듯한 반구형 미끄럼틀. 콘크리트색을 띠는 것도, 사이사이에 알록달록한 물체가 박혀 있는 모습도 비슷하다. 하지만 와히드의 작품은 미끄럼틀로 사용했다가는 통통 튕겨 혀를 깨물어버릴 듯이 구불텅구불텅 일그러져 있었다.

어제와는 또 모양이 달라져서 좀 더 애벌레 같은 형태가 됐다. 엊그제는 머리를 쳐든 민달팽이 같더니, 지금은 재료의 양을 늘려서 그런지 비교적 정리돼 보인다.

사전에 들은 설명에 따르면 이 작품은 학습하고 성장하는 입체 조형물이라고 한다.

'자율 점토'는 누르거나 늘리거나, 박아 넣거나 후벼 파내거나 하는 외부의 자극을 받아 눈에 보이지 않는 그물망 구조를 변화시켜 자유분방하게 성장한다. 전체적인 형태를 규정하는 주체는 무선으로 연결된 전용 인공지능이다. 인공지능은 학습의 방향성, 즉 변화하는 조건을 제약하고 선택하는 것까지도 자신의 경험으로 결정하므로 점토가 어느 쪽으로 촉수를 뻗을지, 어떤 형태로 움푹 파일지 와히드 자신도 알 수 없다. 그저 점토와 그것을 만지는 사람이 '서로' 작용하여 예측을 불허하는 하나의 예술 작품을 만들어간다.

현재의 오브제는 울퉁불퉁한 곳도 있고 거울 표면처럼 매끄러운 곳도 있으며, 유리구슬이 얼굴 모양으로 박혀 있는 곳이나 솔잎이 의미도 없이 다닥다닥 붙어 있는 곳도 있고, 고양이가 좋아할 만한 구덩이와 허공을 더듬는 듯한 촉수가 있는가 하면 색이 입혀져 있거나 입혀져 있지 않거나 하는 등 전혀 종잡을 수 없는 모습이었다. 시원한 공기와 짙은 녹색 침엽수에 둘러싸인 키크노스 광장, 백조가 떠다니는 고요한 호수, 거기에 이 형용하기 어려운 형태의 오브제가 놓여 있는 모습이 기괴한 꿈의 한 장면처럼 느껴졌다.

그래도 관광객들은 그 기괴함까지도 받아들여 즐기고 있었다. 돌을 박든 구멍을 파든 다 허용되지만, 인공지능이 그들의 조처를 반려하면 돌이 천천히 밀려 나와 땅에 떨어지고 구멍은 다시 메워진다.

중년 여성 세 명은 오브제가 쑤셔 넣는 족족 휴지를 토해내자 반쯤 화를 내며 깔깔거리고 있었다. 푹 찔러 넣은 나뭇가지가 점점 위쪽으로 이동하는 모습을 흥미롭게 지켜보는 학생들도 있다. 따로 챙겨 왔는지 페인트 통을 늘어놓고 과감하게 붓질하는 청년은 마치 오브제와 땅따먹 기라도 하고 있는 듯했다.

"어이, 거기! 그건 안 돼."

오브제 주위에 모인 30명 정도의 사람들을 둘러보던 젠 은 씹던 껌을 쑤셔 넣으려는 십 대 소년을 발견했다.

"아무거나 다 된다면서요?"

소년은 입을 삐죽 내밀고 건방지게 대꾸했다.

좀 더 엄하게 나갈까 하고 생각한 순간, 뒤에서 웃음기 를 띤 목소리가 날아들었다.

"아니, 괜찮습니다."

돌아보니 코가 큰 동남아시아계 남성이 싱글벙글한 얼 굴로 서 있었다. 와히드다.

그는 사이키델릭한 무늬의 롱 튜닉을 펄럭이며 소년에 게 다가갔다. 와히드의 어깨 뒤로 흰 토끼 귀가 보이는가 싶더니 지친 표정의 나오미가 앞으로 나와 그 옆에 나란 히 섰다.

"자율 점토는 자체 멸균 기능이 있거든요. 오물을 넣고 싶으면 그래도 됩니다. 필요한지 불필요한지는 점토의 선 택에 맡기자고요. 점토가 오브제에 불필요하다고 판단하 면 밀어내고, 필요하면 어딘가에 배치할 겁니다. 음, 물론

악취가 나는 건 아무래도 좀 곤란하겠죠."

옆에서 나오미가 고개를 숙이고 한숨을 내쉬었다. 토끼 귀까지 풀이 죽은 것처럼 보인다.

겐이 "그렇게까지 해도 돼?" 하고 묻자, 나오미는 화들짝 놀라며 얼굴을 들었다.

"어. 허가된 내용이야. 점토에는 어떤 자극을 줘도 상관없어. 이 오브제는 양방향 예술로……"

겐은 몰래 머릿속 파트너를 테스트해보기로 했다.

—다이크, 어때 보여?

—네, 감지했습니다. 나오미 샤함에게서 미간에 힘이 들어가고 입술 끝이 일그러지는 등의 미세한 표정이 관측됐습니다. 목소리와 억양도 평소와 다릅니다. 따라서 그녀는 원활한 의사소통을 위해 미소를 유지하고 전달된 사항을 따르려 하고 있지만, 진심으로 납득하지는 못한 상태라 추측됩니다.

—응, 좋은 관찰력이야.

—고맙습니다.

그때 오브제 건너편에서 VWA 동료라고 생각되는 이의 목소리가 들렸다.

"와히드 씨! 이런 것도 됩니까?"

"아아, 지금 갑니다."

즐거운 듯이 달려가는 와히드가 충분히 멀어지고 나서야 나오미는 노골적으로 얼굴을 찌푸렸다. 그녀의 시선 끝에서 아까 그 소년이 정성스럽게 늘린 껌의 한쪽 끝을 오브제에 쑤셔 넣고 있었다.

"저 작가도 이 오브제도 정말이지, 불어 터진 우동이야."

"뭐?"

나오미는 되묻는 겐을 노려본다.

"너무 엉망진창이라 손쓸 수가 없다고. 그냥 되는대로 때려 넣은 잡탕찌개 같아."

나오미가 그렇게 말하는 것도 무리는 아니었다.

"물론 재미있겠지, 사람들은. 자신의 행위가 작품에 영향을 주고 있다는 걸 눈으로 바로바로 확인할 수 있으니까. 거부당하면 거부당하는 대로 이번에는 또 뭘 해볼까 하고 궁리하는 일도 재미있을 테고. 그런데 그런 건 게임일 뿐이야. 이 혼돈의 요괴 점토, 정말로 예술로 취급해도 되는 거야?"

"학예사가 그런 식으로 말하면 안 되지."

"나도 현대미술을 보는 방법 정도는 알아. 그런데 이건 정말, 전혀, 털끝만큼도 아름답지 않아! 실험적인 퍼포먼스라고도 할 수 없어. 시간 낭비, 예산 낭비, 자재 낭비, 공간 낭비, 인력 낭비일 뿐이라고!"

나오미는 참았던 말을 한바탕 쏟아내고 나서도 생각할수록 화가 나는지 계속 씩씩거렸다. 그런데 그 화난 얼굴 위에서 토끼 귀가 팔랑팔랑 움직이고 있다. 겐은 웃음을 참으며 말했다.

"음, 뭐, 나는 학예사가 아니니까. 일단은 다이크와 함께 지켜보는 수밖에."

나오미는 겐에게 원망스러운 눈빛을 보냈다.

"그래, 안전만이라도 지켜야지. 이 재미없는 덩어리가 재미없는 사고라도 내면, 저 꼭대기에 보이는 삐죽삐죽한 돌기 위에다 널 떠밀어버릴 거야."

"걱정 마. 다이크가 건축 데이터베이스 '아키'와 협력해서 구조물에 문제가 일어나지 않는지 감시하고 있으니까."

겐은 나무가 있는 쪽을 엄지손가락으로 가리켰다. 삼나무 곳곳에는 감시 카메라가 설치돼 있었다. 다이크는 아키와 함께 오브제를 꼼꼼히 분석해 중심이나 강도에 문제가 없는지 모니터하는 중이다.

"그럼 저긴 어때?"

나오미는 약간 심술궂은 목소리로 물었다.

그녀가 가리킨 곳에서는 마치 차양처럼 오브제가 길게 밀려 나와 있었다. 밀려 나온 아래쪽에 무슨 재미있는 게 있는지, 어린 여자아이가 땅바닥에 벌렁 드러누워 소리 내어 웃고 있다.

"다이크, 어때?"

젠이 소리를 내어 말하자 다이크도 음성으로 대답한다.

"문제없습니다. 구조 계산상 아직 여유가 있습니다."

나오미는 아직 불만인 듯했다.

"점토의 인공지능은 독립형이야. 므네모시네나 디케도 변형을 멈출 수 없어. 만일의 사태에 대비해 대책을 마련해야 하는 건 우리야. 이상을 미리 감지하지 못하면 제대로 대처할 수가 없어."

그녀가 아래에서 쏘아볼 때마다 토끼 귀가 함께 흔들린다. 젠은 뿜어져 나오려는 웃음을 애써 꾹 참았다.

"그, 그건 우리도 생각하고 있어. 숲속에 이동 가능한 지지대를 준비했어. 무너질 것 같으면 지탱할 수 있게."

"그럼 저 요괴 점토가 인간을 집어삼키거나 하면?"

"그건 아니지. 저 인공지능이 그렇게까지 멍청하지는 않을 거야. 만약 그랬다면 애초에 네네 씨가 승인하지도 않았겠지."

"그것도 그러네."

네네 샌더스의 이름을 거론하자 나오미는 비로소 겨눴던 창을 거뒀다. 짧게 자른 흰머리에 언제나 은색 올인원을 입고 다니는, 흡사 흑표범을 연상시키는 아테나의 명물 학예사는 그 정도로 아프로디테 직원들의 신뢰를 얻고 있다.

바닥에 그림자가 지나갔다.

둘이 나란히 시선을 들자 백조 한 마리가 오브제 위의 돌기를 피해 내려앉은 참이었다.

"어머, 신기하다."

백조 발에는 물갈퀴가 있다. 간혹 논밭을 노니는 일은 있어도 높은 가지를 발로 붙잡고 앉아 있거나 하지는 않으니, 머리 위에 있는 백조를 보는 일은 좀처럼 드물다.

"의외로 땅딸막하네. 백조를 올려다보는 건 처음이야. 너무 신기해서 뭔가 불길한 예감이 들어."

"그냥 이상하게 생긴 게 있어서 구경하러 온 거 아닐까?"

항상 지나치게 생각하는 나오미에게 겐이 가볍게 대꾸했을 때였다.

"나오미!"

큰 목소리와 함께 요란하게 손을 흔들며 달려오는 여자가 보였다.

가볍게 달리는 폼이 운동으로 단련된 몸이라는 걸 짐작케 했다. 흰 재킷과 청바지는 카페오레색 피부를 돋보이게 하고, 부드럽게 웨이브 진 검은 머리는 어깨 위에서 흔들리고 있다.

그녀는 가까이 다가오자마자 다짜고짜 말을 꺼냈다.

"잘 어울린다, 토끼 귀. 선물하길 잘했네. 따뜻하지? 멀리서도 잘 보여서 찾기도 쉽고. 그런데 이 프로젝트를 기획한 천재는 어디 있어? 소개해줘."

그러고는 나오미의 대답을 기다리지도 않고 오브제를 올려다본다.

"우아, 가까이에서 보니까 진짜 굉장해. 이런 마티에르는 쉽게 볼 수 있는 게 아니거든. 와, 솔잎도 있네. 이쪽은 매끈매끈하고. 저기 색이 흘러내리는 부분도 좋은데? 음, 매력이 너무 많아서 어떻게 감상해야 할지 모르겠어. 만져도 되지? 핥는 건 안 되겠지? 오감을 다 써서 느껴보고 싶은데. 아, 나도 저 아이처럼 뒹굴어볼까?"

마티에르라는 단어를 다이크에게 물어보는 사이에 여자는 이만큼의 말을 쏟아냈다.

겐이 마티에르가 재료 또는 재료의 질감, 그리고 그 질감이 전체 인상에 미치는 효과를 말하는 미술 용어라는 사실을 알았을 때는 이미 오른손 검지로 오브제 표면을 긁어보는 중이었다.

"촉감이 신기해. 오오, 부풀었다. 와, 바로 반응하네. 그런데 와히드는 어디 있어, 나오미?"

상기된 얼굴로 웃는 그녀와는 반대로 나오미는 애써 웃음을 띤 채 지그시 눈을 깜빡거릴 뿐이었다.

"어? 이 사람이 너랑 한 팀인 VWA? 효도 겐이라고 했던가? 우선 이 사람부터 소개해줘."

나오미는 무겁게 입을 열었다.

"소개할 게 없는데. 이미 네가 다 말해버렸잖아."

"아하하, 그랬나? 그럼 내 소개를 해야겠네. 난 티티 샌더스라고 해요. 여러 가지 일을 하고 있지만 언제나 아티스트이길 원하죠. 잘 부탁해요."

그녀가 가늘고 긴 손을 내밀자 겐은 그 기세에 눌려 얼떨결에 악수를 했다.

얼굴이 어딘지 낯이 익었다. 무심결에 고개를 기우뚱했던 것일까, 나오미가 작게 덧붙였다.

"네네 씨 조카야."

다이크를 소환할 것까지도 없었다. 답은 이미 나와 있었다. 나오미는 지금 불길한 예감이 적중했다고 체념하고 있었다.

네네 샌더스는 실력 있는 학예사로, 아무리 실험적인 예술이라도 허용하는 범위가 넓었다. 이는 와히드의 오브제를 승인한 데서도 알 수 있다.

"티티. 네가 하는 건 예술이라고 인정할 수 없어."

그런 네네가 난감한 얼굴로 영상 너머에서 조카에게 설교하고 있었다.

키크노스 광장의 지하 관리 센터에 있는 통신 부스는 상당히 좁다. 함께 있어달라는 티티의 부탁에 겐과 나오미는 그녀의 뒤에서 그저 절절매는 수밖에 없었다.

"처음에는 창고 거리에서 그래피티 아트를 하게 해달라고 찾아왔지? 거리 공연 페스티벌 때는 아마추어 솔로 댄스를 보여주고 싶다고 했고. 연기로 하늘에 뭔가를 그리겠다고 했을 때는 진짜 기가 막혔어. 그런데 이번에 또 뭔가를 하겠다고?"

티티는 마이동풍으로 카메라를 향해 가볍게 어깨를 으쓱한다.

"응, 하고 싶은 게 생겼어. 스모크 아트 때 하늘을 나는데 눈을 떴거든. 연이랑 글라이더랑 경비행기를 이용해서 뭔가 재미있는 걸 만들어낼 수 있을 것 같아."

"그러니까 지금……."

티티가 네네의 말을 끊어버렸다.

"오늘은 그냥 와히드를 만나고 싶어서 온 거야. 그렇게 자유분방한 작품을 만들다니, 정말 천재적이야."

"티티. 너도 그 사람처럼 그런 거대하고 자유분방한 뭔가를 만들고 싶은 거면……."

네네는 사냥감을 겨냥하듯 눈을 가늘게 떴다. 흑표범처럼 몸을 들이밀었기 때문에 겐은 자신까지 습격당하는 듯한 기분이 들었다.

그러나 그 동작도 티티에게는 통하지 않았다.

"아, 아니야. 지금 내 관심사는 공중이야. 그리고 돈도 없고. 이걸 샀거든. 호텔에 두고 왔지만."

겐과 나오미가 지켜보는 가운데 티티를 비추던 화면 속 작은 창이 상품 이미지로 전환됐다. 네네의 눈이 한층 가늘어진다.

"불가시 베일?"

티티가 몸을 뒤로 젖히며 거들먹거렸다.

"멋지지? 얼마 전에 출시됐어. 아프로디테에서 벌써 이걸 사용한 사람은 없겠지?"

흠, 하고 네네가 콧바람을 길게 내쉬었다.

"없고, 앞으로도 없을 거야."

"무슨 뜻이야?"

"너무 위험해. 뭐에 쓰려는지 모르겠지만, 쓰게 내버려 두진 않을 거야. 보이지 않는 천이라니, 위험천만하잖아. 걸려서 넘어지거나 목에라도 감기면 어떡하려고."

"왜, 티레누스 해변의 바닷속 수족관도 불가시 유리로 생태 환경을 구분해놨잖아."

"유리는 목에 감길 일도 없을뿐더러, 거긴 수영 금지 구역이야. 관계자 외에는 접근할 수 없다고."

"갑자기 투명하게 하거나 하진 않을 거야. 작품을 감상할 때만. 그 외의 시간에는 안전선을 표시해두거나, 뭣하면 베일 자체를 발광시켜놔도 좋고."

흑표범은 눈을 지그시 감고 크게 심호흡을 했다.

"티티. 확실하게 말해둘게. 이제 아티스트 놀이는 그만 돼. 콘셉트가 없으면 예술이 되지 않아. 네가 하는 말은 본인만 즐거우면 그만이라는 식으로밖에 들리지 않아."

"당연히 나도 콘셉트는……."

이번에는 네네가 티티의 말을 끊었다.

"회의가 있어서 그만 가봐야겠다." 네네가 자리에서 일어선다. "이 일은 이걸로 끝이야. 괜히 겐이랑 나오미 괴롭히지 말고. 하고 싶은 말 있으면 아테나 청사로 찾아와."

"이모 정말!"

소리도 없이 화면이 꺼졌다.

통신은 좋구나, 하고 겐은 멍하니 생각한다. 듣기 싫으면 끊어버리면 그만이니까.

하지만 실제로 한 공간에 있는 사람은…….

티티가 빙글 뒤를 돌아봤다. 가슴 앞에 두 손을 모아 깍지를 끼고서.

"부탁할게. 이모 설득하는 것 좀 도와줘."

티티는 네네와의 협상이 결렬되리라 예상하고 두 사람을 동석시켰던 것이다.

나오미의 토끼 귀가 왠지 축 늘어져 보였다.

"현대미술은 소재로 승부를 봐야 해."

화면이 꺼진 좁은 통신실에서 커피를 손에 들며 티티가 중얼거렸다.

"그래도 룰은 있어. '예술의 맥락'에 따를 것. 과거 작품과 연관성이 있어야 한다는 거지. '참조와 인용'이라고 해서, 어디에서 영향을 받아 작품을 만들었는지가 중요해. 그걸 명시할지 어떨지는 개인의 선택인 거고. 팸플릿에 실어도 되고, 평론가나 관람객의 판단에 맡겨도 돼."

젠의 상사 중 한 명인 아폴론 학예사 다시로 다카히로가 현재 진행형인 예술에 대해 이야기하는 건 매우 어렵다고 지금처럼 자판기 커피를 마시며 말한 적이 있다.

그때 인용한 것이 그의 품격에 어울리지 않는 뒤샹의 '변기 사건'이었다.

마르셀 뒤샹이라는 예술가가 1917년 뉴욕에서 열린 앵데팡당전展°에 〈샘〉이라는 작품을 출품했다. 그것은 가공의 이름으로 서명을 한 평범한 남성용 소변기였다. 이것을 예술로 인정할 것인가를 놓고 운영위원들 사이에서 논란이 벌어졌고, 누구나 자유롭게 작품을 발표할 수 있는 전시회였음에도 〈샘〉은 결국 전시장에서 쫓겨나고 말았다.

그러나 지금은 이 '변기 사건'이 예술계에 코페르니쿠스적 전환을 일으켰다고 평가되고 있다. 작품이라고 서명

● 독립미술가협회의 주최로 열리는 미술 전람회.

만 하면 어떤 것이든 예술로 취급해야 하는가, 라는 의문을 제기한 것이야말로 예술적 행위라는 거였다.

예술은 사람의 마음을 흔든다. 대개는 그 아름다움으로써. 그러나 일반적인 기준에서 아름답지 않더라도 사상의 표현을 즐기는 감상법도 있다.

옛날에는 단지 사실성이 예술의 판단 기준인 경우가 많았다. 사진이 발명되자 이번에는 본 것을 어떤 식으로 재현할지 고민하기 시작했다. 이윽고 구상을 떠나 추상표현이나 큐비즘이 주목을 받게 됐다. 그 시대를 넘어서자 이제 콘셉트 자체에 의미를 두게 됐고, 일용품을 사용한 팝아트나 있는 그대로의 사물을 예술이라고 주장하는 미니멀아트가 출현했다. 최근에는 티티가 말한 것처럼 신소재나 신제품에 담긴 인류의 예지를 즐기는 '신물질주의'가 융성하고 있다.

나는 아테나의 전문가는 아니지만, 하고 운을 떼고선 다카히로는 이어서 이렇게 말했다.

"예술이란 실은 인간의 마음속에만 존재하는 게 아닐까 하고 생각해. 경치를 보고 감탄하는 것도, 곧아 보이는 한 줄의 선을 지구적 규모로 보면 곡선의 일부라고 하며 신기해하는 것도 다 사람의 마음이 흔들렸다는 증거야. 반대로 모나리자도 다비드상도 인간 이외의 동물에게는 물질 이상의 가치는 없어. 같은 돌을 보고도 아름답다고 바라보는 사람이 있는가 하면 그냥 돌멩이라고 무시하는 사람도 있어. 길거리에서 팔던 싸구려 찻잔을 사랑했던 센노 리큐°가 떠오르는군. 어쨌든 인간에게 마음이 있는 한 세상은 아름답고 예술은 어디에든 깃들어 있어."

한낱 변기일지라도 서명이 있고 작품으로 인정하면 사람들은 어디가 어떻게 좋은지 눈을 가늘게 뜨고 관찰하기 시작할 것이다. 그러면서 깨닫는다. 사기의 흰색이 아주 은은한 색채를 띠고 있다는 사실을. 변기 앞쪽에 있는 가리개의 곡선이 무척 우아하다는 것을.

티티는 그런 무의미함 속에서 미를 발견하고 의미를 끄집어내는 걸 즐기는 모양이다.

"와히드의 작품은 정말 대단해. 〈서로〉라는 제목에 담긴 콘셉트의 다중성이 작품의 복잡함에 관여하고 있어. 서로란 관람객과 오브제의 공동 작업이자, 형태를 제어하는 인공지능과 장난기 있는 인간의 두뇌 싸움이기도 해. 그리고 침엽수 지대에서 느껴지는 갑갑함과 평키한 물체

● 일본 전국시대의 유명 다도가.

의 이미지 쟁탈전이기도 하니까, 설치 장소를 여기로 정했을 때는 이미 사이트 스페시픽 아트로서……"

반쯤 넋이 나가 허공에 대고 떠드는 티티를 바라보며 겐은 다이크와 몰래 대화를 주고받았다.

—다이크, 검색해줘. 사이트 어쩌고 하는 게 무슨 뜻이야?

—검색했습니다. 특정한 장소를 위해 특별히 제작한 작품을 의미합니다.

전자사전 취급을 해서 다이크에게는 미안하지만 현장을 떠난 VWA가 달리 뭘 할 수 있을까.

학예사인 나오미는 이 단어를 알고 있겠지, 하고 약간의 소외감을 느끼면서 쳐다보자 그녀는 팔짱을 낀 채 검지를 까딱거리고 있었다. 안간힘을 다해 짜증을 참고 있는 것 같다.

티티는 그런 나오미의 마음을 아는지 모르는지 쉬지 않고 주절거린다.

"만드는 과정을 보여준다는 점에서는 퍼포먼스 아트라고도 부를 수 있고, 여러 가지 물체를 추가해가면서 변화를 즐긴다는 점에서는 설치미술이기도 해. 주변에 모인 사람들에게 다양한 이야깃거리도 제공해주니까 커뮤니케이션 아트로서도 성립하겠지. 또 데메테르는 이걸로 지역 활성화를 기대하고 있으니까 지역 연동형 아트 프로젝트 이자, 영구 설치한다면 이번에는 퍼블릭 아트도 되는 셈 이지."

"그만해."

나오미가 드디어 입을 열었다.

"그 사이키델릭한 요괴 점토를 백조가 있는 공원에 계속 남겨둔다는 건 생각하고 싶지도 않아."

토끼 귀가 폴짝거렸지만 나오미는 진지했다.

"무언가가 무언가와 서로 작용한다, 이거 너무 당연한 말 아니야? 양방향 예술이라는 건 알겠어. 그런데 의미도 없는 것들을 무작위로 섞어놓고 이게 '서로'라는 의미야, 하는 것도 웃기고 그 손때 탄 오브제도 봐줄 수가 없어. 뭐 든 작품이 된다고 콘셉트도 뭐든 다 되는 거야?"

예술을 이해해야 할 학예사가 반박한 게 의외였는지, 티티는 커피를 통신 콘솔 위에 올려놓고 눈알을 빙글 돌렸다.

"음, 뭐…… 그런 예술의 맥락이나 비판을 거쳐……."

티티는 상대의 말을 묘하게 밀어내고 자신의 생각을 다시 피력한다.

"마지막 보루가 신물질주의야. 예술은 뭐든 가능하니까 말하면 그게 곧 정답인 거야. 요컨대 미가 미로서 존재할 수 있는 곳이 인간의 마음속이기 때문에 어떤 방식으로든 이해하려고 하면 이해할 수 있어. 하지만 물질은 달라. 자율 점토는 누가 봐도 회색 점토이고, 대단한 기술이 쓰이고 있다는 것도 명백한 사실이지. 그냥 있는 그대로 전시해도 이미 훌륭한데, 와히드는 한 단계 더 나아갔어. 그 점토만이 가진 특징과 기능을 최대한 살린 퍼포먼스를 시도하고 있어. 나도 불가시 베일을 자유자재로 구사하고 싶어. 와히드가 점토의 자율성을 사람들에게 보여줬듯이 불가시 베일의 특색을 이용한 예술로 사람들을 감동시키고 싶어."

겐은 머뭇머뭇 제동을 걸었다.

"지금 그 말은 불가시 베일을 사용해서 뭘 할지 아직 정하지 못했다는 말로 들리는데요?"

티티가 가슴을 편다. 하지만 대답한 내용은 행동과는 정반대였다.

"안 정했어요. 이제 시작인데 차차 생각해봐야죠. 재료를 힘들게 들여왔으니, 분명히 멋진 아이디어가 떠오를 거예요."

옆에서 나오미가 어이없어했다.

"그럼 콘셉트를 정해서 기획서를 제출해. 네네 씨를 설득할지 말지는 그 기획서로 나를 설득하고 난 다음이야."

"아니, 사용하다가 알게 되는 특색도 있고, 퍼포먼스 도중에 콘셉트가 잡히기도 하는 건데……."

"기획서가 먼저야."

이때 드디어 그 대단한 티티도 발끈하는 모습이 보였다.

잠깐의 눈싸움.

"이거 돌려줘."

티티는 느닷없이 나오미의 토끼 귀마개를 낚아채더니 분연한 발걸음으로 통신실을 나가버렸다.

―다이크.

겐은 다이크에게 말한다.

―예술이란 그런 까다로운 지식들을 모르면 제대로 감상할 수 없는 걸까? 미술에 관해서는 눈곱만큼도 모르는 내가 단지 삼촌을 찾겠다는 이유로 아프로디테에 있어도 되는 건지 모르겠어.

다이크가 대답한다. 차분하고 다정한 목소리로.

―된다고 생각합니다. 왜냐하면 여기에 있으면 효도 조

지와 재회할 가능성이 높아지고, 예술에 대한 논의는 당신에게도 저에게도 좋은 경험이 되기 때문입니다.

젠은 물음표를 떠올렸다. 그러자 눈치 빠른 파트너는 그 물음에 바로 응답한다.

—예술은 인간의 마음속에 있다. 인간이 받아들여야 비로소 삼라만상이 아름다움으로 인식된다. 이것은 무척 어려운 개념입니다. 따라서 인간의 마음을 배우는 우리 정동 학습형 데이터베이스 시스템은 그 정동의 이상적인 상태를 끊임없이 반복해서 상기하고 학습해야 합니다.

—미의 전당은 마음에 대해 생각하기에 적합한 곳이라는 건가?

—네. 생각하는 게 아니라 패턴을 기억해간다, 라고 표현하는 게 정확하긴 합니다.

젠은 천천히 시선을 들었다.

냉랭한 아침 공기 속, 검게 가라앉은 침엽수림을 배경으로 작은 집만큼이나 자란 와히드의 작품이 자유분방하게 팔을 내뻗고 있었다. 형형색색의 돌은 햇빛을 받아 반짝이고, 소녀들이 만든 혹도, 노부부가 달아 놓은 리본도, 초등학생이 킥을 날려 생긴 발자국도 저마다 의미심장한 마티에르가 돼 존재를 주장하고 있다. 이전에 왔을 때 그

자리가 제법 마음에 들었는지, 꼭대기에 앉은 예의 그 백조조차 긴 목을 기울이고 사색에 잠긴 것처럼 보인다.

젠은 구불구불하게 뻗은 오브제의 가지가 흉물스럽게 느껴졌다. 아키는 아직 경고를 보내지 않았지만 연못까지 뻗어 나온 가지 하나는 금방이라도 부러져 수면을 내리칠 듯했다. 하지만 똑같은 광경을 보고도 누군가는 자유로움을 느끼고 또 누군가는 기대감을 느낀다는 것도 잘 알고 있었다. 그 증거로 이른 아침인데 벌써 오브제 주변에 사람들이 몇 명 모여 웃고 떠들고 있다.

—다이크, 너에게 아름다움이란 뭐야?

다이크는 잠시 침묵했다. 생각에 잠겼다기보다는 살짝 쓴웃음을 짓고 있는 듯한 느낌이었다.

—사전적 의미로는 대답할 수 있지만 그건 당신이 원하는 대답은 아닐 겁니다. 그렇다면 모른다고 대답할 수밖에 없습니다.

—그래. 나도 이런 질문을 받으면 대답하기 곤란할 것 같아.

직접 접속 데이터베이스와 미에 대해 이야기하다니. 와히드의 작품이 존재하지 않았다면 있을 수 없는 일일지도 모른다. 그런 점에서 그의 작품은 마음을 흔드는 대단한 예술품이라고 할 수 있다.

"조금은 〈서로〉를 좋아하게 됐습니까?"

어느 틈에 등 뒤에 와히드가 다가와 있었다.

겐은 당황한 나머지 상대를 제대로 쳐다보지도 못했다.

"아아, 네, 흥미롭습니다. 오브제가 던지는 의문도 포함해서요."

와히드는 부드럽게 웃었다.

"그걸로 충분합니다. 관심을 끄는 대상이 하나 있는 것만으로도 인간은 사고를 넓혀갈 수 있습니다. 외부를 향해서도, 내부를 향해서도."

"내부?"

"왜 싫은지 생각하는 것은 자기 자신의 마음을 들여다보는 일입니다. 자신과, 아직 깨닫지 못한 자신이 서로 문답을 나누는 거죠."

"아, 그렇군요."

겐은 맞장구를 치고 나서 말했다.

"예술은 철학이군요."

예술가의 미소가 점점 깊어진다.

"당신은 학예사가 될 자질이 있어 보이는군요. 아니, 미술 평론가 쪽이 나으려나? 학예사는 아무래도 조직에 속해 있는 몸이다 보니…….”

와히드는 웃음을 띤 채 눈썹만 찡그렸다. 직설적으로 말할 수는 없다는 표정이다.

“무슨 일이 있었습니까?”

재촉하자 그는 얼굴에 난처한 기색을 드러냈다.

“담당 학예사가 부탁을 해 왔습니다. 점토를 추가하는 걸 멈춰달라고요. 이곳을 관리하는 데메테르에서 오브제가 너무 거대해지고 있다고 건의한 모양이더군요. 제작 종료까지 앞으로 일주일이나 남았는데, 점토를 추가하지 말라니 터무니없는 요구입니다. 거대해졌다는 건 그만큼 사람들이 인공지능에 자극을 줬다는 증거예요. 아주 멋진 일입니다. 나는 점토에 더욱더 자유를 주고 싶어요. 이 세계의 관계성을 구현해 보이고 싶습니다. 그런데 미의 전당이라는 곳이 미를 표명하는 데 제동을 걸어온 겁니다.”

목소리에 흐트러짐은 없었다. 오브제에 껍을 붙이던 소년을 만났을 때도 그랬지만 새삼 와히드의 온화함이 느껴졌다.

겐은 신중하게 말했다.

“단순히 안전성 측면에서 말씀드리자면 제 의견도 같습

니다. 촉수, 아니, 가지가 부러져 떨어지기라도 하면 큰일입니다."

와히드는 애써 의연한 표정을 지었다.

"점토의 인공지능에는 문제가 없습니다. 게다가 아키도 감시하고 있을 텐데요?"

"그렇죠. 하지만 조심해서 나쁠 것은 없습니다. 예측은 예측일 뿐 완벽하지 않으니까요. 인간도, 기계도. 질량이 커지면 혹시라도 사고가 발생했을 때 피해가 커집니다."

언짢은 듯 콧숨을 내쉬더니 와히드는 바닥으로 시선을 던졌다.

"솔직히 말하면 저는 부러지거나 무너져도 좋다고 생각하고 있습니다."

"뭐라고요?"

"인공지능이 예측을 잘못하면 잘못하는 대로 그냥 내버려두고 싶어요. 다치는 사람이 생기는 것은 원치 않지만, 사고가 일어난다면 그것도 일종의 마음을 흔드는 퍼포먼스니까요. 그때의 날씨, 공기, 나무들의 색, 냄새, 분위기…… 이런 것들과 함께 부서진 오브제의 형태가 사람들의 마음속에 남겠죠."

온유해 보였던 와히드의 입에서 이런 말이 나오다니 겐

은 믿을 수 없었다.

"당신의 예술은 그렇게까지 뭐든 다 허용합니까?"

"그렇습니다. 뭐든 다."

예술가는 조용하게 웃었다.

"그다음은 소멸입니다. 아무리 몸부림쳐도 죽음을 피할 수 없는 인간처럼. 아무리 지키려 해도 몇억 년 후에는 사라져버릴 지구처럼. 저는 전시가 끝난 후 철거되는 오브제를 사람들이 어떤 마음으로 바라볼지 그것까지도 관찰하고 싶습니다. 만약 퍼블릭 아트로 남겨둔다면 어떻게 스러져가는지 지켜봐줬으면 좋겠어요."

와히드는 자신의 작품을 바라봤다.

"신물질주의의 종착지는 물질의 파멸입니다. 전시가 끝나고 눈앞에서 작품이 사라진다, 혹은 도중에 부서져버린다. 잃어버린 것은 마음속에서 더욱 미화되고, 마음껏 누렸던 과거의 만족감과 비례해 허전함은 더욱 커지겠죠. 상실감이라는 부정적인 감정 또한 파멸의 미학이 선사하는 선물입니다. 저는 기발한 기능에 의존하는 신물질주의에, 물질과 인간이 서로 즐겁게 작용해도 어쩔 수 없이 찾아오는 공허함을 대립시킴으로써 예술의 맥을 다시 쓰고 싶은 겁니다."

겐은 기가 막혀서 자신이 오브제보다 먼저 무너져버릴 것 같았다.

와히드가 제공하려고 하는 감동은 물질과 인간, 기계와 마음이 서로 영향을 주고받으며 만들어가는 즐거움이 아니라, 이 광장이 다시 백조와 침엽수만 남게 된 후 그 즐거움으로 인해 더 크게 찾아올 애수와 쓸쓸함이었단 말인가.

텅 빈 광장, 시커먼 침엽수에 둘러싸인 쓸쓸한 공간에서 사람들은 잃어버린 오브제의 잔상을 볼 것이다. 자신이 참여했던 작품은 언제까지나 아름답게 기억에 남을 터. 확실히 마음은 움직인다.

하지만 그것을 감동이라고 말할 수 있을까? 아름답다고 말할 수 있을까?

아니, 뒤샹의 변기도 나중에 높이 평가받았다. 시대가 바뀌면 그의 작품도 뒤샹의 그 변기처럼 인정받게 될까? 축제가 끝난 후에 코페르니쿠스적 전환을 일으킬까?

와히드가 빙글 돌아섰다. 사이키델릭한 튜닉 자락이 한 박자 늦게 그의 몸에 감긴다.

"저는 원래 작품의 콘셉트를 밝히지 않습니다. 그러니 즐거운 경험이었다는 평가만 남아도 달갑게 받아들일 생각입니다. 당신에게 이런 말을 한 건 단지 방해를 받고 싶지 않아서입니다."

"방해?"

"네. 점토는 더 추가하지 않겠습니다. 다만 앞으로 일주일, 제작이 종료될 때까지는 지금까지처럼 인공지능이 원하는 대로 내버려두겠습니다. 사실 그동안 순찰하는 것도 내키지 않았습니다."

젠은 저도 모르게 몸에 힘이 들어갔다.

"원하는 대로라니…… 뭔가가 일어난다는 얘깁니까?"

"글쎄요. 어쨌든 저는 아까 말했듯이 다치는 사람이 나오는 것은 원치 않습니다. 당신에게 부탁하고 싶은 건 하나뿐이에요. 안전의 확보. 작품에 어떤 변화가 일어나든 관여할 필요는 없습니다. 직무를 완수합시다, 서로."

자신은 학예사가 아니다. 따라서 안전만 확보된다면 와히드의 사상이 어떻든 관여할 수 없다.

그러나 젠은 망설여졌다. 자신은 이 무력감을 다이크에게 어떻게 설명해야 할까. 인간의 마음에 아름다움이 깃든다는 개념을 이미 습득하기 시작한 다이크에게 그 아름다움이 사라지는 것 역시 아름다움이라고 스스로도 납득하지 못한 채 설명하는 게 가능할까.

아름다움이 사라지는 것 또한 아름다움이라면, 아름다움을 아름다움으로 존재케 하고 인식할 수 있는 유일한 생명체인 인간이 죽어 사라져도 메타적 관점에서는 아름다움이다, 라는 식으로 다이크가 비약하진 않을까 걱정이었다.

그때 땅바닥에 스윽 그림자가 지나갔다. 또 백조인가, 하고 무심코 올려다보자 머리 위에 상쾌하게 하늘을 가르는 날렵한 모터 글라이더가…….

티티였다.

가늘고 긴 날개가 아침 햇살을 받아 하얗게 빛나고 있었다. 지금은 전기 동력을 사용하지 않는지 소리 없이 하늘을 활공하고 있다. 캐노피가 없는 일인승 글라이더에서 티티의 검은 머리카락이 휘날린다.

와히드를 숭상하던 티티. 자유롭게 하늘을 나는 느긋한 마음은 와히드의 오브제에 담긴 진정한 콘셉트를 아직 모른다. 하얀 날개는 눈 깜짝할 사이에 광장 위를 통과해 날아가버렸다.

겐은 티티를 떠올리자 와히드에게 뭔가 말할 수 있을 것 같았지만, 말이 좀처럼 문장으로 만들어지지 않는 바람에 현란한 색채의 뒷모습이 멀어져가는 걸 멍하니 서서 지켜보는 수밖에 없었다.

—인간은 슬플 때도 울고 기쁠 때도 웁니다.

다이크가 말한다.

—그것을 같은 '눈물'로 받아들여도 되느냐 하는 문제이군요.

—음, 글쎄. 비슷한 것 같기도 하고 다른 것 같기도 하고.

미에 대해 생각하면 철학이 된다. 겐은 새삼 그렇게 생각했다.

제작 종료까지는 앞으로 사흘 남았다. 와히드의 작품은 계속 변화하고 있었다. 형태뿐만 아니라 크기도.

아키의 관측에 따르면 자율 점토는 질량을 더 이상 늘리지 않는 대신 내부를 공동화함으로써 부피를 키우고 있는 모양이다. 당연히 강도는 떨어지지만 사방팔방으로 뻗은 가지 모양의 구조가 균형을 잡아줘서 임박한 위험은 없다고 한다.

와히드의 요구를 받아들여 VWA 감시 요원은 한 명으로 줄었다. 오늘은 겐이 당번이다.

점점 기괴해지는군, 하며 겐은 눈을 가늘게 떴다.

가지가 갈라지고 비틀림이 더 커지고 움푹한 곳은 더

움푹 파였다. 그런가 하면 갑자기 불룩하게 덩어리가 져서 좀체 종잡을 수가 없다. 꼭대기에 군림한 백조가 그 어수선함 속에서 유일하게 멀쩡한 존재였다.

시야 한편에 고개를 굽실굽실하고 있는 나오미가 보였다. 그녀 앞에 거만하게 버티고 선 사람은 연상의 데메테르 직원이다. 오브제가 계속 커지는 데 대해 불평을 쏟아내는 듯했다. 데이터베이스의 우위성으로 따지면 나오미의 므네모시네가 위일 텐데……. 조정 업무를 지시받은 신입은 이처럼 고달프다.

아테나는 예술가의 의향을 존중한다는 입장을 계속 고수하며 데메테르와 대립하고 있었다. 어쩌면 네네는 무모해 보이지만 목적이 분명한 작품을 필요 이상으로 지지함으로써 무모할 뿐인 조카를 잡도리할 마음인지도 모른다. 공사를 혼동할 사람은 아니므로, 티티가 가족이 아니었어도 그런 태평한 사이비 예술가에게는 같은 태도를 취했을 것이다.

—겐.

—왜?

—아름다움과 엔트로피, 둘 사이에 상관관계가 있을까요?

다이크로부터 추상개념에 대해 질문을 받는 것은 드문 일이었다. 이 또한 성장의 증거일 터였다.

—있을 거야. 일반적으로 난잡한 것은 아름답지 않잖아.

—그렇군요.

—하지만 너무 깔끔한 것도 아름답지 않아. 빈틈이 없는 느낌이랄까? 재미가 없어. 어렵지?

—내용은 이해했습니다. 하지만 정도의 판단은 어렵습니다.

거기서 다이크는 잠시 망설이는 듯하더니 이렇게 말했다.

—오브제의 질량을 늘리고 있는 인물이 있습니다. 어떻게 판단해야 할까요?

—어디?

—광장 입구 방향입니다. F 모니터에 출력할까요?

—아니, 됐어. 바로 갈게.

젠은 종종걸음으로 다이크가 지정한 장소로 향했다. 해당 인물들은 바로 눈에 들어왔다.

남자 둘. 사다리를 놓고 올라가 높은 곳에 있는 커다란 촉수 모양의 돌기에 뭔가를 붙이고 있었다. 자율 점토와는 질감이 다르다. 직접 가지고 온 모양이다.

"저 둘은, 페인트와 껌?"

사다리에 올라가 둥근 덩어리를 붙이고 있는 사람은 오브제에 색칠을 하던 청년이고, 밑에서 덩어리를 집어 건네는 다른 한 명은 껌을 쑤셔 넣던 십 대 초반 소년이었다. 작업을 시작한 지 얼마 되지 않았는지 돌기 끝이 캡을 씌워놓은 듯 이질감이 있었다. 소년의 발밑에 쌓여 있는 재료의 양을 보니 한참은 더 붙일 요량인 것 같다. 그리고 근처에서 오브제의 변형을 즐기고 있는 관람객이 다섯 명.

—다이크, 강도는?

—아키의 계산으로는 아직 괜찮습니다. 하지만 공동이 있어서 안심할 수 없습니다.

젠은 아직 15미터 앞이었지만 소리쳐 말했다.

"거기 두 사람! 당장 그만둬요! 가지가 부러질지도 모르니까!"

소년이 힐끔 돌아보고는 아니꼬운 표정을 지었다.

"아, 또 왔네. 다 된다고 해놓고."

사다리 위의 청년도 히죽 웃으며 들으라는 듯이 큰 소리로 말한다.

"저 경찰 아저씨는 예술을 몰라. 봐, 사람들이 좋아하잖아."

겐도 질세라 목소리를 높였다.

"나오미, 이쪽으로 좀 와. 학예사가 나설 차례야."

—무슨 일인데!

신경질적으로 대답하면서 나오미가 오브제를 돌아 달려왔다.

"어머."

상황을 파악한 그녀는 큰 눈을 더욱 크게 떴다.

"부러질 것 같아."

"말려봐."

힐을 신은 발이 앞으로 한 걸음 나섰을 때였다.

"계속해!"

놀란 백조가 꽉 하고 울며 정상에서 날아올랐다.

와히드였다. 무서운 얼굴을 하고 성큼성큼 걸어온다.

"말했을 텐데요, 관여하지 말라고."

"하지만 애써 만든 작품이 무너지면……."

그러는 나오미에게 겐은 괴로운 목소리로 말했다.

"무너져도 상관없대."

와히드를 노려볼 수는 없었는지 나오미는 겐에게 쏘아붙였다.

"뭐든 다 되는 것도 정도가 있지. 무너져도 상관없다니,

그건 작품에도 손님들에게도 실례라고!"

웬일인지 그 순간 와히드가 웃었다.

"의견이 다른 것 같군요, 서로의 의견이. 네네 샌더스 씨는 뭐라고 하십니까?"

나오미의 시선이 흔들렸다.

긴 10초.

직접 접속자인 베테랑 학예사에게 이 자리의 영상과 와히드의 질문을 전달한 중재자는 입술을 꼭 깨물었다.

"……작가의 의향을 존중한다고 합니다."

오오, 하는 환호성과 함께 박수가 일었다. 어느새 사람들이 늘어나 있었다.

사다리 위의 청년은 과장스럽게 인사하며 박수에 화답하더니 다음 덩어리를 꼭대기에 척 하고 올렸다. 짓눌린 덩어리가 쉬익 하고 부풀어 오른 것 같았다.

"발포하는 건가?"

와히드는 겐의 중얼거림을 듣고 재미있어하는 듯했다.

"굉장해. 예측 불가능한 인공지능의 행동에 마찬가지로 예측 불가능한 물질로 대항하는 거군. 서로 미치는 영향이 무작위라니, 굉장히 세련된 아이디어야."

가지가 휘청하고 크게 흔들렸다. 밑에 있던 관람객들이

움찔하며 물러선다. 물질이 발포해도 중량은 변하지 않지만, 부피가 커지면 바람의 영향을 받기가 쉬워진다.

"다이크! 아키!"

초조한 젠의 목소리와는 달리 다이크는 차분하게 음성으로 대답했다.

"발포 형태와 풍력은 예측할 수 없습니다. 하지만 아키는 아직 경고를 보내지 않았습니다."

"기상대에 전해줘. 바람은 가능하면 무풍으로 설정해달라고."

"알겠습니다."

그러는 사이에도 청년은 소년이 던져주는 발포 물질을 희희낙락하며 가지 끝에 붙이고 있었다. 덩어리가 부풀어 오르자 가지가 낭창낭창하게 흔들렸다. 청년은 심지어 "바람아, 불어라, 바람아, 불어라, 가지를 흔들어라" 하고 노래를 부르기 시작했다.

"안 되겠어. 우리가 당황하면 당황할수록 저 둘은 더 신이 나서 계속할 거야."

이를 가는 젠 옆에서 나오미는 일단 크게 심호흡을 했다.

"와히드 씨. 저로서는 이해가 잘 안 되는군요. 아슬아슬한 이 상황은 확실히 스릴이 있어서 사람들을 끌어모으고 있어요. 하지만 오브제가 정말로 무너지면 당신의 활동은 조형이 아니라 퍼포먼스로서만 평가받게 될 겁니다."

예술가는 가볍게 얼굴을 들었다.

"그거 좋은데요? 창작 활동이 장르를 뛰어넘어 다각도로 해석된다니, 현대미술의 극치입니다."

나오미의 입에서 작은 비명 소리가 새어 나왔다. 작가 본인이 그렇게까지 말한다면 학예사로서도 더 이상 손쓸 방법이 없다.

"아테나가 입장을 바꾸지 않는다면 아폴론인 네 권한으로……."

"그건 무리야. 아무리 아폴론이라도 내 권한은 B야. 네네 씨는 A-."

"다시로 씨는? A잖아."

"이미 보고했어. 하지만 특별한 일이 없는 한 네네 씨의 말을 따르라고 했어."

또 휘청, 가지가 흔들렸다.

청년은 여전히 기세가 좋았지만 관람객들은 역시 겁이 나는지 조금씩 물러나고 있었다.

"다이크!"

"아직 괜찮습니다."

나오미가 등을 철썩 때렸다.

"지지대를 설치해!"

다이크에게 지시를 내리자 침엽수림에서 I 자형의 은색 자주식 지지대 세 개가 스르르 이동해 왔다.

와히드가 쓴웃음을 지었다.

"허락할 수 없습니다. 저런 걸 내 작품에 덧붙이다니 말도 안 됩니다. 저건 창작이나 장식이 아니에요. 기능을 덧입힐 수는 없습니다."

가지 끝이 불룩하게 부풀었다.

—감지했습니다. 강도에 문제는 없습니다.

다이크가 겐의 불안을 읽고 말했다.

—만에 하나 가지가 부러졌을 때의 시뮬레이션을 보여 줘.

—지면의 경도, 반발 계수, 가지의 소재 등은 고려할 수 있지만, 발포 물질의 형상은 예측할 수가 없습니다.

겐은 가볍게 혀를 차고서 관람객들을 향해 손을 펼쳤다.

"물러나주십시오. 위험할 수 있으니 조금씩만 더 물러나주세요."

"역시 뭘 모르시는군. 거리를 두면 마티에르를 제대로 감상할 수가 없는데."

와히드가 얄밉게 말했지만 젠은 제복의 발광을 증폭하고 30명쯤 되는 관람객들을 가지 근처에서 떨어지게 했다.

"사람이 다치는 걸 원하진 않겠죠?"

"물론입니다." 와히드는 연기하듯 어깨를 으쓱한다. "당신 머릿속에 있는 데이터베이스도 문제가 없다고 말하는 것 같던데요."

둘은 매섭게 서로를 노려본다.

백조들이 일제히 울었다. 그것은 두 사람의 험악한 분위기 때문도, 가지가 움직였기 때문도 아니었다.

"나오미!"

위에서 들려온 목소리에 고개를 들자, 눈앞에 하얀 날개가…….

무섭게 저공비행하는 모터 글라이더가 광장 상공을 가로지른다.

"하늘에서의 참여, 참신하지?"

글라이더가 일으키는 바람에 가지가 휘청거린다.

"정신이 있는 거야, 티티! 당장 그만둬!"

나오미가 두 팔을 힘껏 흔들며 소리쳤을 때는 침엽수림 너머로 글라이더가 사라진 뒤였다.

"다이크."

"아키에 의한 경계령은 발동되지 않았습니다. 티티 샌더스의 행동은……."

"저는 도무지 이해가 안 가는군요."

와히드가 다이크의 말을 끊고 젠의 정면에 섰다.

"안전은 보장돼 있잖습니까. 왜 있는 그대로 놔두지 않는 거죠? 왜 작품의 콘셉트를 이해해주지 않는 거죠? 내가 당신에게만은 다 설명했잖습니까. 그런데도 이렇게 방해를 한다고요?"

젠은 가만히 와히드의 눈을 들여다봤다. 상대의 마음이 보이기라도 한다는 듯이. 이윽고 그는 천천히 입을 열었다.

"관람객들은 안전합니다. 하지만 조금 전에 그들은 순간 공포를 느꼈습니다. 당신은 그들의 마음을 다치게 했습니다."

"이런, 당신은 스릴을 싫어하나요? 공포도 일종의 마음을 흔드는 감동으로……."

"그렇게 말씀하실 줄 알았습니다. 저도 스릴은 싫어하지 않습니다. 하지만 이 무궤도한 상황은."

젠은 거기서 일단 말을 끊었다. 그리고 강렬한 시선으로 상대를 응시한다.

"제 미학에 어긋납니다."

와히드가 허, 하고 실소했다.

"다이크, 지지대를 배치해. 세 개 다 가지 밑에. 일단은 비접촉으로."

"그렇게는 못 합니다. 설령 접촉하지 않더라도 미적인 관점에서……."

"미적인 관점 같은 건 잘 모릅니다. 저는 안전을 확보해야 하는 VWA입니다. 계속 이러시면 공무집행방해가 될 수 있습니다. 다이크? 서둘러줘."

그런데 다이크가 조금 미안한 듯한 목소리로 대답한다.

"권한 A-인 네네 샌더스에 의해 저지됐습니다."

"뭐라고?"

사다리 위의 청년이 그 말을 듣고 큰 소리로 웃었다. 와히드도 밉살스럽게 웃음을 짓고 있다.

"다이크!"

"강도에는 문제가 없습니다."

청년이 이죽거리면서 머리통만 한 덩어리를 가지에 철썩 얹었다. 부부북 소리를 내며 덩어리가 두 배로 부풀어 올랐다. 그 반응열 때문인지 이미 붙어 있던 다른 덩어리들도 추가로 발포하면서 변형을 일으킨다.

가지가 눈에 띄게 아래로 늘어졌다.

관람객들은 더 이상 웃고 있지 않았다. 재미있어하지도 않았다. 슬금슬금 뒷걸음으로 물러난다.

"감지했습니다. 아키의 보고에 따르면 강도에는 아직 조금 더 여유가 있다고 합니다."

바람이 불자 가지는 도리질을 치듯 휘휘 흔들렸다.

"괜찮습니다."

관람객 중 한 명이 양손으로 입을 막았다.

"다이크!"

마침내 겐은 힘차게 팔을 내뻗어, 오브제가 아니라 우왕좌왕하는 사람들을 가리켰다. 제발, 하고 기도하는 마음으로.

"이 모습이 아름답다고 생각해?"

데이터베이스는 당황하지 않는다. 번쩍 깨달은 듯한 느낌도 없다.

하지만 다이크는 그때 뭔가를 느낀 게 분명했다. 겐은 그 사실을 알 수 있었다.

"효도 겐의 권한 B를 우선시해 지령대로 지지대를 배치하겠습니다."

한숨이 놓였다.

지지대만 준비된다면 나머지는 문제없다. 발포 물질이 부풀어 오르든, 가지가 부러지든 부상자가 나올 일은 없다. 되는대로 내버려두는 게 전부겠지만, 그 예술혼 나부랭이가 향하는 대로 카오스를 키우면 된다.

"으악! 저리 가! 저리 가!"

위쪽을 올려다보던 나오미가 소리를 질렀다.

혹여 티티의 모터 글라이더가 돌아온다고 해도 그때는 지지대가 설치된 후일 터였다. 겐은 느긋하게 나오미의 시선을 좇았다. 하지만 곧 눈이 휘둥그레졌다.

"안 돼!"

지지대는 아직 배치 중이었다. 그런데 오브제를 좋아하는 백조가 하필이면 눈앞의 가지 끝에 앉으려 하고 있었다. 내려앉지 않을지언정 적어도 발로 건드릴 모양새다. 눈에 띄게 변형된 가지에 킥을 먹일 심산인지, 아니면 킥과 함께 도약해 보금자리인 꼭대기로 이동하려는 것인지는 알 수 없지만.

백조를 보고 놀란 청년이 중심을 잃고 휘청거렸다. 쓰러지려는 사다리를 소년이 간신히 떠받친다. 동시에 휘어질 대로 휘어진 가지에 백조의 다리가 닿는다.

빠직, 하는 묘한 소리가 나고 거기에 놀란 백조가 가지를 스치고 푸드덕대며 날아갔다.

부러진다. 바닥으로 떨어진 가지는 어느 방향으로 날아갈까? 파편은 어디까지 튈까?

겐이 그렇게 마음의 준비를 했을 때…….

중력에 따라 아래로 향하던 가지가 고개를 쳐드는 물새처럼 갑자기 위쪽으로 휘어졌다.

"에?"

얼빠진 소리를 내며 위를 쳐다본 겐은 연푸른 하늘에 하얀 날개가 떠 있다는 사실을 깨달았다.

"티티?"

전기 모터를 사용하든 안 하든 모터 글라이더는 공중에 머물러 있을 수가 없다.

그렇다면 어떤 보이지 않는 힘이…….

검은 머리카락을 어깨 위에서 찰랑대며, 티티는 조종석에서 싱글벙글 웃고 있었다.

"사길 잘했어, 불가시 베일! 와히드의 오브제에 이런 식으로 참여하게 될 줄이야!"

눈에 보이지 않는 천으로 가지를 매달아 올리면서 티티는 즐거운 듯 외친다.

"그런데! 지지대! 빨리 설치해줘! 엔진 출력 조절이! 어렵단 말이야!"

나오미는 또 먹고 있다.

아폴론 청사, 다카히로의 좁은 사무실에 달콤한 향기가
자욱하다. 손에 들고 있는 갓 튀겨낸 추로스는 차가워진
몸을 따뜻하게 녹였다. 네네와 다카히로가 침엽수 지대에
서 돌아온 두 신입을 위해 준비해둔 거였다.

나오미는 대접받아 마땅하다는 듯이 추로스 봉투를 하
나 더 집어 요란하게 뜯었다.

"그런 일을 계획하고 있었으면 미리 알려주셨어야죠."

그녀는 툴툴거리며 추로스를 한 입 크게 베어 문다.

"잘못했네."

다카히로가 창가에 서서 쓴웃음을 짓자, 조카와 꼭 닮
은 얼굴로 네네가 반박했다.

"전할 틈이 없었어. 와히드가 끼어드는 바람에 다이크
도 제대로 전달을 못 했고, 또 이쪽은 이쪽대로 긴급 비행
허가를 받느라 정신이 없었어. 게다가 티티는 불가시 베
일을 사용하자는 내 제안에 마치 승자가 된 양 말 그대로
날아올라버렸고."

나오미는 입을 우물거리며 원망스러운 눈빛으로 네네

를 노려본다. 다카히로는 잠자코 있는 겐을 흘끗 보고 나서 온화한 목소리로 중재에 들어갔다.

"그래도 서로에게 가장 좋은 형태로 마무리돼서 다행이지, 뭐."

'서로'란 아프로디테 측과 와히드를 말한다.

키크노스 광장의 오브제는 부러진 가지를 불가시 베일로 고정해 이전 모습을 되찾았다.

눈에 보이지 않기 때문에 오브제를 감상하는 데는 전혀 지장을 주지 않는다. 베일은 오브제 높은 곳에 고정돼 있어서 걸려 넘어지거나 목이 졸릴 일도 없다. 가끔 백조가 날아와 부딪쳐 꿱 하고 우는 정도다. 제작 종료 후 전시 기간은 한 달. 그사이 백조의 작은 뇌도 보이지 않는 장애물의 위치를 기억하게 될 것이다.

그리고 나중에 알게 된 놀라운 사실이 하나 있는데, 와히드가 기획 단계부터 전 과정을 몰래 영상으로 찍어 기록을 남기고 있었다. 오브제가 해체된 후의 공허한 키크노스 광장을 엔딩으로 해 영상을 제작할 예정이라고 한다. 이번 소동은 그 영상 작품에 최고의 볼거리를 제공한 셈이다. 영상 분야까지 염두에 두고 있었다니, 뭐든 오케이 정신도 거기까지 가니 시원시원하게 느껴진다.

겐은 후 불어 커피를 식혔다. 그 순간에는 몰랐지만, 지나고 보니 결과적으로 자신에게도 좋은 형태가 됐다. 다이크와 한 걸음 더 나아간 대화를 할 수 있었으니까.

예술에 문외한인 자신에게 다이크가 아프로디테에 있어도 된다고 말해준 것은 큰 위안이 됐다. 이 땅에서 다이크를 키우는 의미를 다이크에게서 직접 듣고 깨달은 것도 놀랍고 기쁜 일이었다.

"무슨 생각을 그렇게 골똘히 해?"

다카히로가 웃자 겐도 따라 웃는다.

"예술은 철학이구나, 뭐 그런 생각이 새삼 들어서요. 이번 기회에 여러 가지로 많이 생각하게 된 것 같아요."

"같이 생각하면 돼. 다이크와 겐, 겐과 나오미. 눈앞에 있는 예술 작품에 대해 곁에 있는 누군가와 이야기를 나누는 것, 그게 중요하다고 생각해."

변함없는 로맨티시스트의 말을 네네의 헛기침이 가로막았다.

"그래서 티티는 아폴론에 기획서를 냈어?"

"아니요." 입에 묻은 설탕을 닦으며 나오미가 대답했다. "제 생각에는 안 낼 것 같아요."

"그래? 어째서?"

"티티는 시작하기 전에 고민하고 궁리하는 단계를 즐기는 것 아닐까 싶더라고요. 시작하지 않으면 실패하거나 낙담할 일도 없잖아요. 그러면 자신의 예술은 완벽한 상태로 남게 되겠죠."

네네는 쓴웃음을 지었다.

"제대로 파악했네."

겐은 그제야 티티가 와히드에게 심취해 있던 이유를 깨닫고 고개를 끄덕였다.

두 사람의 예술 활동은 작품 제작 그 자체가 아니라 이론으로 무장하는 데 있는 것이 아닐까. 제한을 두지 않는 자유분방함을 표방하면서 실은 그 무제한의 자유를 미술이라는 테두리 안에 넣어 이론화하는 것. 그래서 안고수저眼高手低°의 결과물보다 고안의 단계나 실체가 사라진 뒤에 남을 인상에 중점을 두려고 하는 것이다.

그들의 관심이 향하는 곳은 서명이 들어간 변기가 아니라 변기를 들여오는 그 기개일 것이다.

"그래도 정말로 기획서를 제출한다면 좀 봐주지 않을

° 눈은 높으나 솜씨는 서투르다는 뜻으로, 이상만 높고 실천이 따르지 못함을 이르는 말.

래? 내가 토끼 귀마개 되찾아줄 테니까."

"네?"

당황하는 나오미에게 네네는 눈을 찡긋해 보인다.

"마음에 들어 하는 것 같던데?"

"아니, 저는 별로."

"창피해하지 않아도 돼. 귀여웠어."

나오미는 추로스를 한 손에 든 채로 어쩔 줄 몰라 하며 젠과 다카히로에게 도움의 눈빛을 보냈다.

"그래, 꽤 잘 어울렸어."

다카히로까지 가세하자 결국 나오미는 얼굴이 빨개져 고개를 숙여버렸다.

젠은 장난일지언정 귀엽다거나 어울린다거나 하는 말은 나오지 않았다.

"쓰면 창피하지만 없으니까 없는 대로 아쉽지?"

그러자 나오미는 젠을 매섭게 쏘아봤다.

"거기서 한마디만 더 하면 네가 한 말 그대로 복창할 거야."

"무슨 말? 내가 뭐라고 했나?"

나오미는 은근히 심술궂은 웃음을 띠었다.

"네가 그랬잖아. 내 미학에 어긋난다? 심지어 양팔을 벌려 한껏 폼을 잡고 다이크에게 이런 말도 했지. 다이크, 이 모습이 아름답…….”

“어어, 그만해!”

전세 역전이다. 네네는 손뼉을 치며 재미있어하고 다카히로마저 소리 내어 웃고 있었다.

방 안에는 하나의 사건이 끝나는 분위기가 감돌고 있었기 때문에 젠은 다르르 울리는 착신음에 살짝 당황했다.

―다시로 다카히로가 통신을 요청했습니다.

―응? 같이 있는데?

창밖을 응시한 채로 서 있는 다카히로의 뒷모습을 바라보면서 젠은 통신을 승인했다.

―젠, 전시 기간 중에 오브제를 한 번 더 보고 오는 게 좋을 것 같아.

―네?

다카히로는 젠을 슬쩍 보고 나서 다시 창밖으로 시선을 돌렸다.

―오브제 연못 쪽 지면 가까이에 데나리온 은화˚가 박혀 있다고 해.

˚ 고대 로마 시대의 은화.

등골이 서늘해졌다.

─제 삼촌이?

─몰라. 하지만 그 데나리온 은화와 네가 말한 청동화는 도안으로 봤을 때 같은 연대의 물건이야.

삼촌이 왔을지도 모른다고 생각하자 겐은 초조하고 불안해서 어찌할 바를 몰랐다. 다이크는 삼촌의 입국을 보고하지 않았다. 아마 공식적인 루트로 들어온 게 아닐 것이다.

와히드의 영상에 찍혔을까.

하얀 양복 차림이었을까.

홍채 인식 시스템에도 걸리지 않을 만큼 치밀하게 변장하고 있었을까.

도대체 무슨 일로 왔을까. 자신을 만나기 위해?

아니면 이미 삼촌의 손을 떠난 은화일까. 우연히 은화를 손에 넣은 누군가가 아무 생각 없이 오브제에 박아 넣은 걸까.

정말로 이 소행성에서는 골똘히 생각할 일이 너무 많다.

겐은 뜨거운 커피를 조용히 입으로 가져갔다.

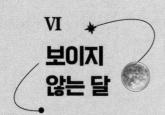

VI
보이지 않는 달

저녁 5시. 지금부터 잠시 아프로디테는 연보랏빛 시간이다.

이런 시간에 긴급 출동이라니…….

번화가에서 벗어난 호텔 '하니아 인'에서 폭행 사건이 일어났다는 긴급 통신이 있었다.

─용의자는 삼십 대 남성 두 명입니다.

효도 겐은 VWA 차량을 적색과 황색의 긴급 발광으로 설정한 뒤 핸들을 꺾으면서 직접 접속된 정동 학습형 데이터베이스의 보고를 들었다. 범행 보고는 역시 정의의 여신의 본래 목소리보다는 다이크의 근엄한 남자 목소리가 어울린다.

─두 용의자는 1층 찻집을 나와 호텔 방으로 향하던 50세

요시무라 아키호에게 접근해 팔을 압박한 뒤 방으로 안내하라고 협박했다고 합니다.

"일본계 여성인가 보군. 그래서 지금 상황은?"

겐은 육성으로 물었다.

―근처에 있던 VWA 비자야 왕축과 타라브자빈 하스바토르가 용의자 중 한 명을 붙잡았습니다. 다른 한 명은 골목으로 도주했고 감시 카메라도 이를 놓쳤습니다. 붙잡힌 용의자는 경상을 입어 구급대가 현장에서 처치 중입니다.

"타라브자빈 씨는 오늘 휴가일 텐데."

―우연히 그 자리에 있었던 모양입니다.

"우연히라……."

겐은 타라브자빈과 한 팀을 이루고 있었다. 거무스름한 피부에 체격이 좋은 베테랑 VWA가 현장에 있다고 하니 조금 안심이 됐다.

겐은 한숨을 후 내쉬며 시트에 등을 기댔다.

―참고로 우연한 일을 또 하나 말하자면…….

"뭔데?"

―용의자에게 반격을 가해 팔에 열상을 입힌 사람은 아폴론의 나오미 샤함입니다.

겐은 에엑? 하고 소리를 지르다가 하마터면 급브레이

크를 밟을 뻔했다.

나오미의 얼굴을 보기 전까지는 혼란이 8할, 걱정이 2할
이었지만 막상 그녀를 본 순간 젠의 입에서 튀어나온 말은
이랬다.

"꼴이 왜 그래?"

나오미는 꽃무늬 원피스를 입고 있었다. 평소에는 높은
힐로 키를, 딱딱한 정장으로 정신을 드높여 뻗대고 다니
던 그녀가 말이다.

"뭐 하다 이제 나타나, 이 줄때기 경찰아."

고운 옷을 입어도 알맹이는 변하지 않는다. 구닥다리
욕설을 내뱉는 나오미는 아직 흥분해 있었다. 뺨은 홍조
를 띠고, 속눈썹이 짙은 커다란 눈에는 어렴풋이 눈물이
고여 있다.

하니아 인 앞은 이제 겨우 구경꾼들이 물러간 참이었다.
이곳은 감시 카메라도 제대로 설치돼 있지 않은 구역으
로 그다지 고급스러운 동네라고는 할 수 없다. 싸구려 호
텔 앞 도로에는 구급차 한 대와 현란한 색으로 명멸하는
VWA 차량 세 대가 서 있었다. 여전히 창문이나 골목에서
아득바득 얼굴을 내밀고 몰래 엿보는 사람들도 꽤 있었다.

겐은 나오미가 진정되도록 욕은 못 들은 척하기로 하고 최대한 다정한 목소리로 물었다.

"남자가 친구의 팔을 잡아서 그 친구 아버지의 화집으로 남자의 팔을 내리쳤다고?"

장갑 낀 오른손으로 두툼한 책을 들어 올렸다 내린다. 일러스트레이터 요시무라 다스크의 작품집으로, 중후한 표지 모서리에는 정성스럽게 조각된 쇠 장식이 끼워져 있었다.

"무겁네. 충분히 흉기가 될 수 있겠어. 압수."

나오미는 지르퉁한 표정으로 겐을 노려봤다.

"도서관에 제때 반납해. 셸리한테 죽기 싫으면."

"셸리? 아아, 사서인 세일러 뱅크허스트?"

"그래. 반납하기 전에 쇠 장식에 묻은 피도 닦아놓고."

뻔뻔한 녀석이다.

"채취해서 조사하고 분석하고 보고하고 재판하고 증언하고 판결이 나면."

나오미의 입이 점점 크게 일그러진다.

"나, 체포되는 거야?"

울면 곤란하므로 겐은 솔직하게 말했다.

"뭐, 지금 들은 얘기로는 정당방위 같으니까 아마 괜찮을 거야."

나오미는 안도의 한숨을 내쉬었다.

겐은 살짝 쓴웃음을 짓는다.

"자세한 얘기는 나중에 다시 하는 걸로 하고, 일단 달아난 남자의 인착부터 설명해봐."

"인착?"

"아, 인상착의 말이야."

나오미는 고개를 외로 꼬고 확신이 없는 듯이 대답한다.

"순식간에 일어난 일이라……. 유럽계였던 것 같고, 젊지도 늙지도 않았고, 보통 키에 보통 몸집, 옷은 어두운색이고……."

"됐어. 특징이 하나도 없군."

"그래도 그 사람들이 뭘 노리는지는 알고 있어. 아키호 씨가 가지고 있는 요시무라 다스크의 그림을 다시 빼앗으려는 거야."

겐은 눈만 끔뻑거리다가 겨우 질문을 던졌다.

"강도가, 그림을, 다시 빼앗는다고? 원래 놈들 거였다는 얘기야?"

"그건 아니고, 한 번 도둑맞았었어."

"음, 알았어. 무슨 얘기인지 모르겠다는 건 알았으니까 일단 본부로 가서 얘기하자. 저쪽도 끝난 것 같고."

다른 차량 앞에 아키호로 짐작되는 커다란 귀고리를 한 중년 여성이 있었다. 그 곁에서 타라브자빈과 비자야가 겐을 향해 손짓으로 가자는 시늉을 했다.

"벌 받은 건가……."

차에 오르기도 전에 나오미가 불쑥 그렇게 말했다.

"므네모시네, 접속 개시. 에우프로시네, 게이트 오픈. 요시무라 다스크에 관한 자료를 효도 겐의 F 모니터로 출력해줘."

조수석에서 나오미가 뚱한 얼굴로 명령을 내렸다. 아폴론의 직접 접속자가 사용하는 상위 데이터베이스를 통해 아테나의 데이터베이스로부터 자료를 받으려는 것이다.

"알겠습니다."

므네모시네의 깊은 미성이 음성으로 출력된다.

겐은 차를 자율 주행으로 설정한 뒤 손목 밴드에서 꺼낸 F 모니터에 집중했다.

지난해 73세의 나이로 별세한 요시무라 다스크는 만년을 아프로디테에서 보낸 화가였다. 젊은 시절에는 팝아트에 경도돼 일용품을 조합한 강렬한 원색의 그림을 그렸다. 그는 상업 출판을 위한 일러스트에도 손을 대는 등 오랫동안 순수예술과는 거리가 먼 활동을 해왔다. 그러다 59세에 달을 주제로 한 작품들을 발표하면서 작가로서 조금씩 인지도가 생기기 시작했다.

다스크는 주로 모노톤의 보름달을 그렸다. 자세히 보지 않으면 색을 썼는지조차 알 수 없을 만큼 엷은 색의 달이지만, 실물의 청명한 달과는 또 다른 은은한 매력을 발산했다.

그가 순수예술로 전향한 이유는 딸에게 있었다. 차녀인 가즈호가 저중력 환경에서만 생성할 수 있는 신소재를 개발하기 위해 달로 이주했던 것이다. 여러 매체에 실린 내용을 보면, 장녀인 아키호보다 13살 아래인 가즈호는 어릴 때부터 붙임성이 좋고 똑똑해 다스크가 유난히 예뻐했던 듯하다. 그는 자신과는 전혀 다른 분야로 진출해 엘리트 연구원으로서 활약하는 딸을 무척 자랑스러워했다고 한다.

그런데 다스크가 63세가 되던 봄, 연구 시설 사고로 그리 예뻐하던 둘째 딸이 26세의 젊은 나이로 세상을 떠나고, 그 직후 아내까지 병사하고 말았다. 그 일을 계기로 다스크는 혼자 아프로디테로 이주했다.

제3 라그랑주점에 위치한 아프로디테는 지구를 사이에

두고 달과는 반대편에 있다. 푸른 보석에 가로막혀 은색 위성은 보이지 않는다. 사랑하는 딸을 앗아간 땅으로부터 멀어지고 싶었던 거라고 사람들은 동정했지만, 그는 달을 그리는 일만은 멈추지 않았다.

다만 이전보다 칠이 두꺼워지고 질감에 변화가 생기기 시작했다. 불확실한 정보지만 가즈호의 유품이나 사진을 갈거나 부숴서 물감에 섞었다는 소문도 있다.

달이 보이지 않는 미의 전당에서 그린 은은한 파스텔 컬러의 섬세한 달. 배경이 차가운 색으로 번지듯 채색돼 있어 달은 한층 화사하게 빛나 보였다. 생명을 거부하는 우주 공간도, 험준한 달 표면도 그 그림 속에서는 지상의 꽃들과 초록 숲처럼 인간을 향해 살포시 미소 짓고 있는 듯한 분위기가 있었다.

어느 평론가는 이렇게 말했다. 딸을 잃은 슬픔을 이토록 부드럽고 따뜻한 그림으로 승화시키다니 요시무라 다스크는 얼마나 가련하고 업이 깊은 예술가인가.

그는 아프로디테로 건너온 이후 자신의 달 그림에 '보이지 않는 달'이라는 이름을 붙이고 죽는 날까지 22점의 작품을 남겼다.

F 모니터에 시선을 고정한 채 겐이 중얼거린다.

"너랑 같이 있던 아키호 씨는 요시무라 다스크가 스물네 살에 낳은 큰딸이구나. 직업은 일러스트레이터."

"맞아."

나오미가 므네모시네에게 지시한 모양인지 무릎 위에 놓인 모니터에 아키호의 작품이 차례로 표시됐다.

"4년 전에 뉴욕 화랑에서 개인전을 여는 걸 도왔어. 나는 학생이었고, 그때 전시회장에 다스크 씨도 잠깐 오셨었지."

작품은 모두 두어 사람이 그려진 인물화였다. 정물이나 사람이 한 명만 그려진 그림은 한 장도 없었다. 인물들은 굵고 흔들리는 선으로 단순하게 묘사돼 있지만, 색은 미묘한 그러데이션과 색채 분할로 다채로운 느낌을 줬다.

"색감이 좋네."

무심결에 말하자 나오미가 가볍게 콧방귀를 뀌었다.

"아키호 씨는 색채에 굉장히 민감해. 다스크 씨도 그 점은 인정했지."

"차녀가 그렇게 되고, 그래도 장녀가 잘하고 있으니 아버지로서 그나마 위안이 됐겠다."

대답이 없어서 겐은 나오미를 쳐다봤다.

그녀는 눈썹을 곤두세우고 겐을 노려보는 중이었다.

"둔하긴."

"뭐가?"

"그 점은, 이라고 말했잖아. 나머지는 아니야. 포즈의 밸런스가 이상하다느니 윤곽이 불안하다느니 하면서 아주 무참하게 비판했어. 사람들이 있는 앞에서 아주 큰 소리로. 특히 동생과 어머니를 잃고 난 후에 그린 피에타 연작은 창피하니까 없애라고까지 했어."

"피에타? 나도 들어본 적 있는 것 같은데."

"당연히 그 정도는 알고 있어야지. 미켈란젤로의 피에타상은 교과서에도 실려 있어. 미모의 마리아가 십자가에서 내려진 예수를 안고 비통에 잠긴 모습을 묘사한 조각상 말이야."

"아, 알 것 같아. 대충."

나오미는 '대충'이라는 말에 눈을 부라렸지만, 한숨을 한 번 쉬고 욕을 참았다.

"아키호 씨는 그때까지 다른 작품을 오마주°한 적이 없었어. 하지만 가족을 두 명이나 잃었을 때는 슬퍼하는 대

° '존경'이라는 뜻의 프랑스어. 원작에 대한 존중을 담아, 타 작품의 핵심 요소나 표현 방식을 흉내내거나 인용하는 행위를 의미한다.

신 미켈란젤로의 피에타상을 자신의 작품으로 승화시켰지. 미켈란젤로는 십자가에 못 박힌 예수의 죽음을 애도하는 피에타상을 여러 점 남겼어. 진품으로 판명된 것은 〈성 베드로 대성당의 피에타〉, 〈반디니의 피에타〉, 〈론다니니의 피에타〉. 유작인 론다니니는 미완으로 남아 있지."

겐의 무지를 포기한 듯한 나오미는 세 장의 이미지를 화면에 띄웠다. 마리아의 아름다움이 돋보이는 〈성 베드로 대성당의 피에타〉, 네 명의 군상인 〈반디니의 피에타〉. 그리고 밀착한 두 사람의 입상이 초벌 작업만 이뤄진 채 방치돼 있는 〈론다니니의 피에타〉.

"그리고 이게 아키호 씨의 작품."

다시 세 장의 이미지가 나타났다. 크레용으로 그린 것 같은 선이 피에타상의 실루엣을 이루고 있고, 내부는 면이 분할돼 선명한 색으로 채워져 있다.

"아키호 씨의 심정을 생각하면 그림을 없애라고 한 말은 너무 심했어."

그때의 일이 떠올랐는지 나오미가 분개하며 말했다.

"다스크 씨가 구체적으로 뭐라고 말했어?"

나오미의 눈이 번득거렸다.

"왜 그런 걸 묻지?"

"아니, 습격당한 이유가 아버지의 그림 때문이라고 아직 단정할 수는 없으니까. 아키호 씨와 관련된 정보라면 일단 뭐든지 알아두는 편이 좋겠지."

나오미는 입을 삐죽거렸지만 어쨌든 수긍한 것 같았다.

"너는 네 주관이 없다, 너무 쉽게 사로잡히고 끌려간다, 그나마 봐줄 만한 게 미완의 론다니니를 흉내 낸 것 하나뿐이다, 뭐 이런 내용이었어."

겐은 놀라서 눈썹을 치켜올렸다.

"흉내 냈다는 말은 좀 심하네. 내 눈에는 사람이 두 명 있다는 것조차 알 수 없을 정도로 두 작품이 서로 달라 보이는데."

〈론다니니의 피에타〉를 참고한 아키호의 작품은 선의 흔들림이나 붓의 터치감, 내부의 산뜻한 배색이 매력적으로 느껴졌다. 하지만 디자인적인 요소가 많이 가미돼 거의 인물상으로조차 보이지 않았다.

"그냥 영향을 많이 받았다, 정도로 순화해서 말할 수는 없었던 걸까?"

"가족이란 미묘해." 나오미의 목소리가 낮아졌다. "다스크 씨는 일부러 비난을 하러 왔던 거야. 개인전이라고는 하지만 거리의 작은 화랑이야. 미술관이 아니라고. 나머지는 말 안 해도 알겠지. 아키호 씨가 아무리 노력해도 다스크 씨에게 자매는 달과 자라°였어."

그런 건가, 하고 겐은 작게 중얼거렸다. 빛나는 달에 있었던 것은 엘리트인 작은딸. 큰딸은 진흙투성이 자라. 요컨대 다스크에게 아키호는 내세울 만한 딸이 아니었던 것이다.

"그래서 두 사람은 무슨 일로 만난 건데? 그 남자들이…… 어, 데이터가 왔다. 붙잡힌 용의자는 미카엘 셰퍼. 이름은 천사 같은데 전력이 어마어마하네. 그러니까 너는 그 남자들이 요시무라 다스크의 그림을 빼앗으러 올 거란 걸 알고 있었다며. 그런데 왜 VWA에 상의하지 않았지?"

대답이 없다. 옆을 흘끗 보니 나오미는 입술만 삐죽거리고 있었다.

"이거, 조서로 꾸밀 거야?"

"아니, 정식 절차는 본부에 도착하고 나서."

"그렇다면 말 안 할래. 두 번 수고스럽기 싫어."

"아까 벌 받은 건가, 뭐 그랬잖아. 그 말이랑 상관 있는

° 달도 자라도 똑같이 둥글지만 비교가 안 될 정도로 차이가 크다는 뜻의 일본 속담.

일이야?"

"지금은 묵비권을 행사할게."

제법 그럴듯한 경찰 용어를 써서 대답하더니 나오미는
창밖으로 시선을 돌려버렸다.

파트너인 타라브자빈이 관련돼 있었기 때문에 참고인
조사에는 겐도 동석했다.

쉰 살이라는 나이에 비해 젊어 보이는 아키호는 검은
바지에 심플하지만 디자인이 특이한 머스터드 컬러의 반
팔 니트를 입고 있었다. 짧게 친 머리에 커다란 귀고리가
눈에 띄었다.

"말씀은 고맙지만 괜찮습니다. 테살리아 호텔이 안전하
긴 하겠지만, 숙박비도 부담스럽고……."

"아니요, 도주범을 잡을 때까지니까 차액은 이쪽에서
지불하겠습니다."

타라브자빈의 싱글벙글한 얼굴을 몇 초쯤 쳐다보고 나
서 아키호는 어렵사리 고개를 숙였다.

"그럼 염치 불고하고……. 하니아 인에 있던 아버지의
그림은 이미 아테나에서 가져간 거죠? 개인적인 물건은
나중에 가지러 가겠습니다."

"그때는 저희가 동행하겠습니다. 도널드 블룸이 잡히는 것도 시간문제겠지만, 혹시 모르니."

타라브자빈은 책상 위에 펼쳐놓은 F 모니터로 데이터를 확인하면서 조심스럽게 물었다.

"그런데 놈들은 왜 요시무라 다스크 씨의 그림을 노리는 겁니까?"

"그 그림, 〈보이지 않는 달 넘버 18〉은 3년 전에 한 번 도난당한 적이 있습니다. 이미 조사해서 알고 계시겠지만, 당시 범인들은 붙잡혔고 그림도 아버지 곁으로 돌아왔습니다. 이 두 사람도 그 범인들과 한패가 아닐까요?"

타라브자빈은 흠, 하고 소리 내며 손으로 입가를 문질렀다.

"당시 붙잡힌 일에 대한 보복인지, 조직을 총동원해서 그 그림을 손에 넣어야만 하는 어떤 이유가 있는 건지……."

아키호는 어깨를 으쓱하고는 겸연쩍은 얼굴을 했다.

"저도 그걸 알고 싶은 겁니다. 〈넘버 18〉은 시리즈 중에서 유일하게 아버지가 수중에 남겨뒀던 작품입니다. 돌아왔을 때는 정말이지 끔찍한 상태였지만, 그래도 계속 소중히 여기셨어요. 그건 분명히 뭔가 특별한 작품일 겁니다. 그러니까 그 사람들도 그렇게 집요하게 노리는 거 아니겠어요? 아프로디테라면 그림의 비밀을 풀 수도 있을 거라고 생각합니다."

"그럼 아테나의 과학 분석실에 의뢰할 생각으로?"

"이미 거절당했습니다. 끊임없이 새로운 소재가 나와서 여유가 없다고……. 사전에 신청하지 않은 의뢰는 받아줄 수 없다고 하더군요."

그런 식으로 말했을 리는 없지만 아키호의 입장에서는 냉정하게 느껴졌을지도 모른다.

최근 미술계에서는 '신물질주의'가 성행하고 있다. 신소재의 특징을 최대한으로 활용한 예술품들이 사람들의 이목을 집중시키고 있는 것이다.

그런 작품들은 대부분 연구와 발상만으로 구축된다고 해도 과언이 아니다. 변화하는 회화, 움직이는 조각, 부풀어 오르는 물감, 우연성에 의지한 멜로디. 진기한 소재를 이용한 번뜩이는 아이디어는 확실히 예술 활동의 일환이고, 그 아이디어를 표현하기 위한 기법은 예술가의 노력일지도 모른다. 하지만 겐은 예술과 마술은 구별해야 한다고 생각하고 있다.

아폴론의 다시로 다카히로는 약간 변명하듯 이렇게 말

했지만…….

"청금석은 무척 아름다운 색을 지녔어. 그 짙푸른 색이 없었다면 투탕카멘의 눈은 그토록 사람의 마음을 끌어당기지 못했을 테고, 일본화의 호수와 숲은 깊이를 가지지 못했을 거야. 그건 청금석이라는 광물을 채색에 사용하려고 누군가가 생각했기 때문에 가능했던 일이지. 근대 이후의 화학 색소, 실리콘이나 섬유 강화 플라스틱, 형상기억합금, 정밀 인쇄, 홀로그램, 인터랙티브 아트에 사용하는 센서, 다중 작화 캔버스. 모두 처음에는 신소재였어."

그때 다카히로는 먼 곳을 응시하고 있었다.

"예술가들은 설렜을 거야. 이 새로운 기술로 이렇게도 해보고 저렇게도 해보고, 예술의 지평이 넓어졌다고 해야 할까. 하지만 기술의 진기함만으로 사람들의 눈길을 사로잡을 뿐 정작 자신이 추구한 진정한 미가 희석된다면 결과적으로 과학에 예술이 진 게 돼버려. 그런 건 아무도 원치 않아. 아프로디테도 과학기술 지상주의는 늘 경계해야 하겠지."

칼 오펜바흐가 이끄는 아테나의 과학 분석실이 신소재 연구로 바쁜 것도 바로 적에게 넘어가지 않기 위해서일지도 모른다. 먼저 적의 정체를 파악해 차라리 든든한 아군으로 만들려고 하는 것이다.

다카히로의 번뇌하는 얼굴을 떠올리고 있는데 다이크가 말을 걸어 왔다.

—제 마음대로 자료를 모아봤습니다. 중요도가 높다고 판단되는 것이 있는데, 타라브자빈과 함께 봐주시겠습니까?

—센스 있네. F 모니터에 출력해줘.

—알겠습니다.

겐은 책상 위에 자신의 얇은 필름을 펼쳤다.

타라브자빈은 표시된 문자를 보더니 이윽고 한쪽 눈썹을 치켜들었다.

"아키호 씨. 당신은 3년 전, 마침 그림이 도난당한 시기에 아버지에 대한 수색원을 내셨군요."

아키호는 묘하게 매정한 얼굴을 했다.

"아버지가 그림을 찾으러 나갔다고 생각했어요. 그런데 사흘이 지나도 돌아오지 않아서 실종 신고를 했습니다."

"그래서 아버지는?"

"거기에 나와 있지 않나요? 네, 아버지는 제 발로 돌아오셨어요. 어딘지 홀가분한 모습으로 이제 〈넘버 18〉에 관한 건 됐다고, 괜히 시끄럽게 굴지 말라고 하셨어요."

타라브자빈의 굵은 손가락이 필름 한곳을 톡톡 두드린다.

"아버지가 그림을 되찾는 걸 포기한 것 같았다고 당시에 말씀하셨던 모양이던데, 여기에도 다스크 씨가 범인들과 거래를 했을 가능성이 있다고 적혀 있군요. 뭔가 일이 잘 해결돼서 홀가분해진 마음으로 돌아왔다든가 하는 듯한 느낌은 없었습니까?"

"글쎄요. 본인이 됐다고 하시니까 뭐 괜찮겠지, 하고 생각했던 것 같아요."

생긋 웃는 아키호의 모습이 젠의 눈에는 냉혹하게 비쳤다. 동생을 위해 그린 작품과 동생만 사랑하는 아버지는 아무래도 상관없다고 말하는 것처럼 느껴졌다. 하지만 그런 마음이라면 굳이 아프로디테에 그림 분석을 의뢰할 이유가 없다.

"갑자기 다스크 씨의 씀씀이가 커졌다거나 그런 건……."

"없습니다. 적어도 저는 아무런 혜택도 받지 못했습니다."

또 씽긋.

타라브자빈은 한숨을 내쉬며 의자에 등을 기댔다.

대신에 젠이 F 모니터를 가리키며 말했다.

"제가 궁금한 건 그 이후인데요. 다스크 씨가 자택으로 돌아온 직후 VWA에 익명의 제보가 있었고, 그 제보가 검거로 이어졌습니다. 실제로 다스크 씨가 놈들과 접촉했고 제보도 한 것이라면 놈들의 원한을 샀겠죠. 서로 간에 어떤 거래가 있었다면 배신감은 더욱 컸을 테고요. 이번에 아키호 씨를 노린 것도 복수 때문이 아닐까 싶은데, 어떻게 생각하십니까?"

아키호는 의미심장하게 웃으며 고개를 갸우뚱한다.

"제게 대신 복수를 한다고요? 듣기만 해도 피곤한 일이네요. 안타깝게도 제게는 그럴 만한 가치가 없습니다. 복수심만으로 새로운 범죄를 저지른다는 것도 무모한 짓이고요. 역시 그들이 노리는 건 〈넘버 18〉입니다. 하니아 인에서도 제게 충분히 위해를 가할 수 있었는데, 방으로 안내하라고 협박만 했으니까요."

—겐.

다이크가 조용히 말을 걸어 왔다.

—요시무라 아키호의 얼굴에서 부자연스러운 표정 변화가 감지됩니다. 조심하십시오.

—역시. 나도 그렇게 느끼고 있었어. 그게 뭔지는 잘 모르겠지만. 단순히 가족 간의 불화가 얼굴에 드러난 거라면

좋을 텐데.

어쨌든 나오미의 친구니까, 하고 겐은 덧붙여 생각했다. 과감한 반격까지 시도했던 나오미를 위해서라도 아키호에게 복잡한 비밀이 없기를 바랐고, 그렇게 의심하는 것도 싫었다.

"여기." 겐은 타라브자빈을 흉내 내 F 모니터를 톡톡 두드린다. "돌아온 〈넘버 18〉에 가필加筆이 돼 있었다는 얘기가 있는데, 이것도 무슨 관계가 있을까요? 조금 전에 끔찍한 상태였다고 말씀하셨죠. 흠집이나 얼룩이 아니라 가필을 말한 겁니까?"

아키호의 눈동자가 순간 번뜩였다.

"맞아요. 아프로디테에서 조사해주길 바라는 것도 바로 그 부분입니다. 범인들이 붙잡히고 그림이 반환됐을 때, 저는 할 말을 잃었습니다. 어렵게 되찾았는데 그림에 누가 서툰 솜씨로 손을 대놓은 거예요. 그런데 이상하게도 아버지는 별말씀이 없었습니다. 그냥 그러려니 하고 받아들이는 분위기였어요. 내놓긴 창피했는지 남들에게는 보여주지 않았지만. 저는 그림에 가필을 한 건 아버지 본인이 아닐까 의심하고 있습니다. 실종 당시에 그림이 있는 곳에 가서 직접 가필한 게 아닐까 싶어요."

"무엇을 위해서요?"

타라브자빈이 낮은 목소리로 묻자 아키호는 쓴웃음을 지으며 고개를 가로저었다.

"모르겠어요. 학예사의 판단은 어떨지 모르겠지만, 적어도 저는 그림의 가치가 크게 떨어졌다고 생각합니다. 그 정도로 상태가 심각하다는 거예요. 하지만 만약 그게 아버지가 직접 한 가필이라면…….."

아키호는 순간 고개를 숙였다. 하지만 그 얼굴이 훗, 하고 웃는 것을 겐은 놓치지 않았다.

"그렇게 됐어도 가치는 있습니다. 오히려 해석하기에 따라서는 새로운 기법을 시도한 유일무이한 '보이지 않는 달'로서 인정받을 수도 있습니다. 그래서 저는…….."

─겐! 아키호 씨 거기 있어? 물어볼 게 있어.

머릿속에 나오미의 목소리가 울려 퍼졌다. 다이크를 통하지 않고 직통으로 긴급 통신을 해 온 것이다.

"무슨 일인데 그래? 같이 있어. 음성으로 출력할게."

다이크에게 명령하자마자 방에 설치된 스피커에서 흥분한 나오미의 목소리가 쏟아져 나왔다.

"하니아 인에서 회수한 그림, 원본 상태 그대로가 아니야!"

"이쪽도 마침 그 얘기를 하던 참이야."

"어떻게 그렇게 냉정할 수가 있어? 과학 분석실은 발칵 뒤집혔는데!"

"놀라는 게 당연해. 다스크 씨가 아무한테도 보여주지 않았던 모양이니까."

"아키호 씨? 아키호 씨? 듣고 있어요? 어떻게 된 거예요? 도록하고 완전히 다르잖아요. 〈넘버 18〉이 왜 이래요? 팔이, 팔이……."

"진정해. 가필 사실은 이쪽도 방금 알았어. 자세한 사정은 지금부터……."

"팔이 있어요! 게다가 반* 입체예요!"

"뭐?"

"아우, 답답해! 팔이 불룩하게 덧붙여져 있다고! 이건 회화가 아니야!"

"뭐?"

겐은 똑같은 말을 되풀이하면서 본인도 모르겠다는 듯 어깨를 으쓱하는 타라브자빈을 한번 보고, 이어서 혼란스러운 마음으로 고개를 돌려 어렴풋이 미소 짓고 있는 아키호를 쳐다봤다.

요시무라 다스크의 〈보이지 않는 달 넘버 18〉.

사방 1미터 크기의 캔버스 오른쪽 하단에 진주처럼 담담한 파스텔 컬러의 달이 오도카니 떠 있다.

크레이터도 산맥도 아련하고, 그림자는 안개처럼 부드럽게 풀어져 있다. 꽤 두껍게 칠한 유화인데 가볍고 은은한 느낌이다. 소문대로 가즈호의 유품을 물감에 섞었다면 그녀의 다정함을 떠올리며 무거워지지 않도록 섬세한 마음으로 붓질했을 것이다.

달의 배경은 파랑과 보라가 뒤섞여 얼룩진 가운데 작은 별들이 흩뿌려져 있다. 구도를 보면 왼쪽이 휑하게 비었지만 그 또한 일본의 미의식과 통하고, 그 여백이 화가의 심정을 나타낸다고 도록에 해설돼 있다.

"그게, 이렇게 됐어."

그림 앞에서 분연히 팔을 벌린 흑인 여성은 아테나의 베테랑 학예사 네네 샌더스다.

왼쪽 우주 공간에 달을 향해 내민 크고 투박한 팔이 덧붙어 있었다. 가필이 아니라 가공이라고 해야 할까. 기괴한 형태로 비틀린 그 팔은 5센티미터 정도의 두께를 가지고 있다. 그 조잡한 만듦새가 섬세하게 묘사된 달과는 전혀 어울리지 않았다.

"이런 손으로 달을 만지려고 하다니, 이건 달에 대한 모독이야."

네네가 툭 내뱉었다.

분석동 회의실에는 네네는 물론이고 다카히로도 와 있었다. 경애하는 선배 학예사 옆에서 아폴론의 루키는 꽃무늬 원피스 차림으로 울상을 짓고 있었다.

"그림 감정을 받고 싶다고, 아키호 씨는 그렇게만 말했는데……."

"호텔 방에 가서 일단 보여주고 설명할 생각이었어."

아키호는 시원하게 드러난 목덜미를 문지르면서 조금 미안한 듯이 말했다.

"그럼 그 설명을 지금 들어볼까요?"

타라브자빈이 재촉하자 아키호는 예의 그 가식적인 웃음을 지었다.

"이미 다 얘기했는걸요. VWA 본부에서 말한 게 전부예요. 3년 전에 그림을 도난당했고, 그때 아버지가 한동안 행방불명됐어요. 범인이 잡혀 그림은 찾았지만, 보시다시피 이런 꼴로 돌아왔고요. 그림이 이렇게 된 걸 전혀 신경 쓰지 않는 아버지의 태도가 내내 마음에 걸렸던 저는 그림을 들고 아프로디테로 찾아왔어요. 이게 끝입니다."

"왜 이제 와서? 아버지를 애도하는 데 1년이 걸린 겁니까?"

네네가 팔짱을 낀 채 물었다. 아키호는 한숨을 폭 내쉬고 고개를 기울이더니 결심한 듯이 자세를 바로잡았다.

"솔직하게 말할게요. 애도라기보다는 마지막 효행이었습니다. 처분을 하더라도 1년 정도는 기다리는 게 맞겠죠. 저는 줄곧 돈이 필요했어요. 만약 〈넘버 18〉이 값어치가 있다면 팔아넘길 생각입니다."

"아프로디테의 감정서가 필요했던 거군요."

겐은 불쾌감을 줄 요량으로 말했지만 아키호는 웃으며 맞받아쳤다.

"그렇죠. 가치가 높아지니까요."

"만약 가치가 없다고 판정된다면?"

"글쎄요. 버리든지 태우든지 해야겠죠. 아버지도 태워버리고 싶어 하셨으니까."

아키호를 제외한 모두가 적잖이 동요했다.

"잠깐만요. 아까 다스크 씨는 가필을 신경 쓰지 않았다고 하셨잖아요."

"정신이 온전했을 때는요. 요양 보호사 말로는 돌아가시기 직전에는 치매 때문인지 약 때문인지 전혀 다른 사람이 돼버렸다고 해요. 병원에 실려 가기 전날, 그림을 태우려다 하마터면 불이 날 뻔했다고 말해주더군요."

—다이크.

—감지했습니다. 통신 기록은 없습니다. 요양 보호사의 신원을 조사해서 진위를 확인하겠습니까?

—아니, 괜찮아. 아마 사실일 거야.

—감이군요.

—그래. 얘기 흐름상 굳이 거짓말을 할 필요가 없어. 가치를 인정받고 싶은 거라면 아버지도 계속 소중하게 여겼다고 말하는 편이 이득이야.

다카히로가 끙 소리를 냈다.

"개의치 않는 척했지만 실은 싫어했다는 말인가요? 그렇다면 이 팔은 더욱더 다스크 씨가 붙였을 가능성이 낮아지는군요. 실종됐다가 돌아왔을 때 그림은 이제 아무래도 상관없다는 식으로 말했던 건, 역시 범인들과 접촉했고 이 지경이 된 그림을 보고 낙담했기 때문이 아닐까요?"

"개악改惡된 작품을 보고 낙담했다면 그렇게 아무 일 없었던 듯 돌아오지는 못했을 겁니다. 그리고 그림을 돌려받은 시점에서 본인 손으로 직접 처분했을 거라고 생각해요. 하지만 아버지는 이 꼴로 돌아온 그림을 내내 아꼈어요.

이런 조잡한 팔을 붙여놓은 그림을…… 걸핏하면 꺼내서는 벽에 걸어놓고 몇 시간이나 바라보고 계셨습니다."

이번에는 그 자리에 있는 모두가 끙, 하고 신음했다.

아키호는 재빨리 사람들을 둘러봤다.

"저는 아버지의 행동이나 심정 따위엔 관심이 없습니다. 제가 알고 싶은 건 〈넘버 18〉이 침을 뱉듯이 버려야 할 졸작인가, 작가가 편애할 만한 명작인가 하는 겁니다. 가치가 없다면 습격당할 일도 없었겠죠. 틀림없이 뭔가 비밀이 있습니다. 조사해주십시오."

"저도 부탁드릴게요."

나오미는 꾸벅 머리를 숙였다.

"사실 과학 분석실에 잘 말하면 어떻게든 될 줄 알았어요. 그런 안일한 생각을 해서 벌을 받았나 싶기도 하고……. 어쨌든 이렇게 사건에 연루돼버렸으니 당당하게 부탁드리겠습니다. 저는 그림의 수수께끼를 푸는 일이 범행의 이유, 나아가 범인들의 전모를 파악하는 실마리가 될 거라고 생각합니다. 제발 그림을 조사해주세요."

네네가 흘끗 옆을 봤다.

"어떡해, 다카히로?"

다카히로는 기다리라는 듯이 손바닥을 세우고 3초 정

도 가만히 있더니, 이내 고개를 한 번 끄덕이고 입을 열었다.

"VWA의 스콧 은구에모 서장님과 연락했어요. 〈넘버 18〉이 향후 반복적으로 타깃이 될 수도 있으니 그림을 분석해서 원인을 판명할 수 있다면 다행스러운 일이라고 하는군요. 아폴론으로서도 이의는 없습니다."

네네는 연극을 하듯 과장스럽게 기운 빠진 표정을 지었다.

"그럼 남은 건 아테나의 판단이라는 거네. 그런데 어떡하지? 지금 나도 칼한테 물어봤는데, 아주 심기가 불편해. 하던 일에서 손을 뗄 수가 없대."

과학 분석실 실장 칼 오펜바흐는 훤칠한 키에 늘 쾌활하고 시시덕거리기를 좋아하는 사람이다. 그런 그가 심기가 불편하다니, 정말 정신없이 바쁜 모양이다.

은색의 올인원을 입은 네네는 다시 부드럽게 팔짱을 꼈다.

"근데 딱 한 명, 할 만한 사람이 있어."

"누구?"

"아테나 신입 학예사 중에 과학 분석에 관심이 있는 사람이 있어. 직접 접속자는 아닌데, 한번 맡겨봐도 괜찮을 것 같아."

아키호가 미심쩍은 얼굴을 하자 네네가 반론하듯 말한다.

"물론 전문 분석관에게 제대로 지도를 받아야겠죠. 편법을 쓸 거면 이게 최선의 방법이에요. 냉정하게 들린다면 미안해요. 원래 아프로디테는 기본적으로 전시회 출품작과 연구 수집품 이외의 미술품은 감정하지 않게 돼 있어요."

"잘 부탁드립니다." 나오미는 씩씩하게 고개 숙여 인사했다. "원칙대로라면 제가 전시 기획을 세워서 출품작 명단에 올려야 하는 건데……."

나오미는 고개를 숙인 채 아키호를 흘끔 돌아봤다.

아키호는 그 시선의 의미를 알아채고 유유히 네네 쪽으로 돌아서며 "잘 부탁합니다" 하고 인사를 건넸다.

업무 지시를 받은 아테나의 치요 즈하오는 본인이 직접 준비한 흰옷을 입고 흥분한 모습으로 과학 분석실에 나타났다.

살짝 걱정이 됐지만 겐은 타라브자빈과 함께 아키호와 나오미를 하니아 인으로 데려가는 임무가 있었다. 겐이 사용하는 VWA 차량은 3인승이므로 타라브자빈의 5인승 차량을 이용하기로 했다.

검거된 미카엘에 대한 조사가 마침 마무리됐는지 조서가 올라와 있었다. 타라브자빈은 운전을 자율 주행으로 바꾸고 무릎 위에 F 모니터를 펼쳤다. 겐은 조수석에서 몸을 틀었다. 뒷자리에서 나오미가 자기도 보고 싶다고 투덜거렸지만, 옆에 아키호가 있어서 그럴 수는 없었다.

"그럼 요점만이라도 말해봐."

머리 받침대 옆으로 얼굴을 들이밀고 나오미가 명령조로 말했다.

"그래. 물어보고 싶은 것도 있고."

타라브자빈은 느긋하게 말했지만, 말하는 속도가 너무 느려서 오히려 동요하고 있다는 걸 알 수 있었다.

"미카엘은 조직원에게 이렇게 들었대. 그 그림을 돌려받아야 한다고."

나오미가 "어?" 하고 중얼거렸다.

"그대로 믿을 수는 없지만, 실종 당시에 다스크 씨는 역시 범인들과 함께 있었어. 거기서 그림에 직접 작업을 했고. 작업을 하게 해준다면 그림은 양보하겠다고 말했던 모양이야. 다스크 씨는 그걸로 만족하고 약속대로 그림을 넘긴 뒤 빈손으로 집에 돌아왔어."

겐은 뒤를 돌아보며 두 사람의 표정을 살폈다.

아키호는 "그래서 홀가분한 모습이었구나" 하고 고개를 끄덕였지만, 나오미는 석연찮은 듯 입을 샐쭉거렸다.

"예술가가 자기 작품에 그런 짓을 하다니 말도 안 돼. 받는 입장에서도 그런 걸 받아봤자 의미가 없잖아."

타라브자빈도 몸을 쓱 돌렸다.

"다스크 씨가 그랬대. 이 그림은 보물이 됐다고."

"가필을 해서 보물이 됐다고요?"

"미카엘도 자세한 사항은 모르는 것 같아. 하지만 조직원들 사이에서 달 연구 시설에서의 업적이라도 넣은 게 아니냐는 말들이 있었나 봐. 다스크 씨가 죽은 딸의 유품을 물감에 섞어서 그림을 그렸다는 소문도 있었으니까."

"가즈호 씨의 연구 업적을요?"

"미카엘이 말하기로는 개발한 물질이나 설계도, 분자 구조식이나 뭐 그런 게 아닐까 하더라고."

"이상한데." 겐이 말했다. "딸이 죽은 건 8년 전이에요. 당시에는 최신 연구 성과였을지 모르지만 8년이나 지난 지금은, 글쎄요……. 그걸 굳이 그림 속에 묻어야 했을까 하는 의문이 들어요."

"어쨌든 중요한 건 미카엘이 취조실에서 그림 얘기만 했다는 거야. 그러니까 결국 놈들의 목적은 복수가 아니라 그림이라는 거지."

나오미가 안도의 한숨을 내쉬었다.

하지만 VWA로서는 전혀 안심할 수 없다. 도널드의 행적은 아직 파악되지 않았다. 아무리 어수선한 구역이라 해도 숨바꼭질을 너무 잘한다. 조직원들이 더 있어서 지원하고 있는지도 모른다.

자세를 바로 하려는데 젠의 시야에 약한 빛이 들어왔다. 다시 뒷자리를 슬쩍 살피자, 나오미가 의아한 얼굴로 아키호에게 묻고 있었다.

"왜요? 어디 연락하게요?"

아키호의 손에는 명함 크기의 카드가 들려 있었다. 3년 전쯤에 유행했던 개인 통신 단말기다.

"아무것도 아니야. 잠깐 잔고 좀 확인하려고."

"돈이 부족해서 그래요?"

아키호는 단말기를 주머니에 넣으며 쓴웃음을 지었다.

"여행 경비가 좀 부담스럽네. 지구에서 감정료가 없어서 나오미에게 울며 부탁했는데, 결국 비싸게 먹혀버렸어."

"미안해요."

"왜 나오미가 미안해해. 내가 멋대로 왔는걸. 난 괜찮으니까 얼굴 펴. 나 만난다고 일부러 할머니 꽃무늬 원피스 입고 온 거지? 자기가 그렇게 침울해 있으면 내가 너무 미안해지잖아."

"……알았어요."

그래도 나오미는 여전히 기운이 없어 보였다. 여기서 좀 나설까, 하고 젠은 생각했다.

"어쩐지 안 어울린다 했더니, 그거 할머니 옷이었어?"

"할머니한테 귀여움 많이 받고 자랐겠네."

하하, 하고 웃음소리가 난 곳은 운전석과 조수석뿐이었다. 뒷좌석은 한층 가라앉은 분위기였다. 화제를 돌리려고 던진 가벼운 농담이 더 안 좋은 결과를 가져오고 말았다.

진심으로 화가 나서 그런 건 아니겠지만, 하니아 인 앞에 차가 멈추자 아키호와 나오미는 방에 따라오지 말라고 했다.

"여자들끼리 얘기 좀 하면서 짐 좀 쌀 테니까 여기서 기다리고 있어."

"그렇게 한가한 소리 할 때가 아니야. 따라갈게."

"속옷도 싸야 한단 말이야, 이 변태야."

그렇게까지 말하니 어쩔 수 없었다. 타라브자빈은 포치

앞 차 안에서 대기하고, 젠은 2층 방 앞에서 기다리기로
했다.

나오미는 젠에게 아래 눈꺼풀을 손가락으로 까뒤집어
보이고는 방 안으로 쌩하니 들어갔다. 젠은 204호실 앞 지
저분한 벽에 기대어 한숨을 내쉬었다.

어쩐지 분위기가 꼬여버린 것 같다. 나오미의 말투나
태도는 원래부터 쌀쌀맞지만, 오늘따라 더 신경질적으로
느껴진다.

젠은 머리를 긁적이며 고개를 갸웃거렸다.

꽃무늬 원피스 때문일까. 아니면 지구에서 친구가 찾아
와서일까. 습격당한 충격이 가시지 않은 걸까.

그때 귓속에서 경보음이 울렸다.

—긴급 통보입니다.

절박한 목소리로 다이크가 말했다.

—나오미 샤함이 의식을 잃었습니다. 므네모시네가 그
녀의 통신 두절을 알려왔습니다.

"뭐라고?"

젠은 문에 달라붙어 주먹으로 두드렸다.

"나오미! 괜찮아?"

―다이크, 문 열어.

―하니아 인은 구식 열쇠를 사용하고 있습니다. 프런트에 204호실 열쇠를 가지고 오도록 지시했습니다.

무심결에 혀를 찼다. 물론 해킹 위험이 있는 싸구려 전자자물쇠보다 물리적인 열쇠가 안전할 때도 있다.

"타라브자빈 씨!"

―"들었어. 호텔 앞은 이상 없으니까, 로비만 살펴보고 바로 올라갈게."

문은 발로 차서 부술 만큼 약진은 것 같았다. 곧 아래층에서 초로의 직원이 계단을 뛰어 올라와 도금이 벗겨진 마스터키를 건넸다.

"내려가 계세요."

젠은 마취총을 손에 쥐고, 도착한 타라브자빈과 함께 문 좌우에 붙어 섰다. 눈짓을 신호로 문을 힘차게 열어젖혔다.

"나오미!"

지저분한 베이지색 카펫 위에 나오미가 쓰러져 있었다. 흐트러진 꽃무늬 원피스가 마치 그림처럼 보였다. 이름을 부르며 어깨를 두드리니 희미한 숨소리가 느껴졌다. 다행이다, 살아 있다.

―다이크, 구급차는?

―3분 뒤에 도착합니다.

피부색이 까무잡잡해서 잘 보이지 않았지만 목이 불그스름했다. 경부를 압박한 걸까. 하지만 아마추어의 판단이므로 심폐소생술은 하지 않았다.

"아키호 씨가 없어!"

타라브자빈이 외쳤다.

무의식적으로 나오미가 목에 손을 댄다.

"나오미?"

짙은 속눈썹이 움직이더니 눈꺼풀이 들렸다.

"나…… 남자가…… 아, 아키호 씨는?"

일어나려다가 현기증이 났는지 다시 주저앉아버린다.

"일단 가만히 있어. 어떻게 된 거야? 남자라니?"

"아키호 씨가 옷장에서 캐리어를 꺼내는 걸 돕고 있는데 갑자기 뒤에서…… 팔 느낌이 남자였어. 얼굴은 못 봤지만."

"됐어, 무사하니까. 생각나면 그때 알려줘. 아마 도널드겠지."

"겐, 잠깐만."

타라브자빈의 목소리에 겨우 실내를 둘러볼 여유가 생

겼다. 쓰러진 나오미를 보고 놀란 나머지 경황이 없었다. 들어오자마자 방에 침입자가 없는지 그것부터 확인했어야 하는데.

벽 조명에 비친 204호실은 좁은 원룸이었다. 벽 쪽에 침대가 있고 욕실로 짐작되는 하얀 문, 아직 옷이 몇 벌 걸려 있는 옷장, 그리고 창문.

타라브자빈은 열린 창문으로 몸을 내밀어 아래를 내려다보고 있었다.

"여기로 도망쳤군."

그러면서 맥라이트°의 둥근 빛을 흔들어 보인다.

창문 아래는 직원용 뒷문이었다. 커다란 쓰레기통 뚜껑 위에 세탁할 시트가 널려 있다.

"계획하고 뛰어내렸군요."

"그런 것 같아."

타라브자빈이 입술을 일그러뜨린다.

"다이크, 카메라는?"

"이곳에는 없습니다. 다만 교통 단속 카메라가 뒷골목에서 나오는 승용차를 포착했습니다."

° 미국의 손전등 브랜드. 가정용도 판매하지만 경찰 및 소방용 제품이 유명하다.

"어디로 갔지?"

"한 블록 떨어진 호텔 '안티키테라' 주차장입니다. 거기서 차를 갈아탔을 것으로 추정됩니다."

안티키테라는 이 근처에서 가장 큰 호텔이다. 지금은 디너 타임이라 차량 출입이 많을 터였다.

"시간을 잘 노렸군."

"아키호 씨는 끌려간 건가……." 타라브자빈이 몸을 도로 물리면서 거의 들리지 않는 목소리로 덧붙인다. "아니면 동행한 건가."

겐은 대답하지 않았다.

사람의 출입이 많은 장소에서 실신한 여자를 다른 차로 옮기면 눈에 띈다. 적어도 아키호는 주변에 도움을 요청하는 일 없이 자기 발로 걸어서 따라갔을 가능성이 높다.

나오미는 아직 벽에 등을 기대고 바닥에 앉아 있었다.

한동안 넋이 나가 있던 눈이 문득 생기를 띠었다. 그녀는 기어서 침대 쪽으로 가더니 바닥에서 얇은 물건을 집어 들었다.

"통신 단말기가 떨어져 있어."

그와 동시에 겐이 외쳤다.

"그대로 있어. 손가락 움직이지 말고. 지문이 지워지면 안 되니까."

젠은 통신 단말기의 위쪽 모서리를 손가락 사이에 끼우고 조심스럽게 받아 들다가 화들짝 놀라며 "으악" 하고 소리를 질렀다. 단말기에서 착신음이 울린 것이다.

타라브자빈이 가만히 고개를 끄덕였으므로 젠은 새끼손가락 끝으로 연결 버튼을 눌렀다.

"요시무라 아키호와 〈넘버 18〉의 교환을 원한다. 장소와 방법은 추후에 통보하겠다."

적힌 글을 그대로 낭독하는 듯한 음성이었다.

"발신자 확인해줘, 다이크. 음성으로 전환하고."

"이미 확인했습니다. 프리넷에 있는 데이터를 타이머로 재생한 걸로 보입니다."

"빌어먹을. 데이터를 제공한 인물을 찾아내. 그리고……"

"감지했습니다. 지문 검색 후 대조. 그리고 단말기 식별번호로 주인을 특정하겠습니다."

단말기 화면이 주인이 설정한 대기 화면으로 전환됐다. 나타난 것은 아키호의 그림이었다. 유일하게 다스크가 혹평하지 않던 〈론다니니의 피에타〉를 오마주한 그림…….

"소유자는 요시무라 아키호입니다. 지문도 방에 있는

것과 일치합니다. 방에는 도널드 블룸의 지문도 존재합니다. 네, 감지했습니다. 신속하게 영장을 발부받아 통화 내역을 조사하겠습니다."

"통화 내역?"

앵무새처럼 되뇐 것은 나오미였다. 미간을 찡그리고 꿈지럭꿈지럭 일어난다.

"지금 아키호 씨를 의심하는 거야? 나 몰래 누군가와 접촉했다고?"

대답이 궁해진 겐은 저도 모르게 뒷걸음질을 쳤다.

"그리고 그 단말기, 아키호 씨 거 아니야. 틀림없이 함정일 거야."

뚱딴지같은 소리에 겐은 어안이 벙벙해졌다.

"무슨 소리야. 아직 머리가 멍한 거 아냐? 다이크는 거짓말하지 않아. 너도 이제 아키호 씨 행동에 신중하게 대처할 필요가 있어."

나오미는 매서운 눈초리로 겐을 노려봤다.

"아까랑 대기 화면이 다르다고. 그림은 같은데, 차 안에서 언뜻 본 거랑 색감이 달라. 색이 이게 뭐야. 아키호 씨가 색을 이런 식으로 설정할 리가 없어. 차 안에서 바꾸는 것도 못 봤고. 그거, 일부러 남겨둔 거야. 연락용으로. 분명히 가짜 통화 내역이 들어 있을 거야."

거구의 타라브자빈이 생각지도 못한 전개에 허둥대고 있었다.

젠은 뭔가 말을 하려고 했다.

"음, 네가 무슨 소리를 하는 건지 잘 모르겠지만, 정황으로 봐서……."

나오미는 끝까지 듣지 않았다.

"아키호 씨는 아버지처럼 자작극은 하지 않아!"

나오미의 커다란 눈이 더 커졌다. 이제까지 본 적 없는 무서운 얼굴이었다. 아무리 친구라고 해도 왜 이렇게까지 아키호를 감싸려고 하는지 젠은 이해하기 어려웠다.

—젠.

"뭐야. 왜 음성으로 출력하지 않지?"

—조심스럽습니다.

젠은 불길한 예감이 들었다.

—렌터카를 빌린 인물의 이름을 알아냈습니다. 홍채 인식을 하지 않았기 때문에 본인인지 아닌지는 알 수 없습니다.

—도널드야?

—아닙니다.

정동을 계속 획득해가고 있는 기계가 말을 머뭇거린다.

—임대 계약서에 있는 이름은 효도 조지입니다. 조금 전 데이터도 그의 명의로 된 휴대 단말기에서 업로드한 것입니다.

밤공기와 함께 구급차와 VWA 차량의 사이렌 소리가 창문으로 흘러들어 왔다.

아프로디테의 연보랏빛 시간.

다만 이번에는 새벽이다. 그리스풍 건물이 보랏빛 대기 속에서 천천히 일어나고 가로수에서 작은 새들이 깨어날 무렵.

아폴론 청사 안, 다카히로의 사무실은 환하게 불이 밝혀져 있었다.

"고맙습니다."

소파에 앉아서 겐은 커피를 받아 들었다. 이른 아침의 호출이라 다카히로가 손수 커피를 나눠주고 있었다.

옆에 앉은 나오미는 초췌한 모습이다. 동경하는 상사에게도 작은 목소리로 인사만 했을 뿐 줄곧 고개를 숙이고 있었다.

"친구를 믿고 싶은 마음은 이해해."

다카히로는 타라브자빈에게 커피를 건넨 후 창가에 기대어 커피 컵 뚜껑을 열었다. 향기로운 액체를 한 모금 머금고 나선 다정하게 이야기를 이어간다.

"하지만 적어도 거짓이 하나는 있어. 그건 알고 있지?"

나오미가 고개를 끄덕였다.

허술하게 보정된 아키호의 피에타. 아무리 뜯어봐도 젠의 눈에는 별로 이상해 보이지 않았다. 나오미가 회색 부분을 가리키며 색감이 이상하다, 또 이곳은 색을 입혔다, 하며 열심히 설명해서 그냥 그런가 보다, 하고 받아들인 정도였다. 하니아 인에 남겨져 있던 이 통신 단말기의 명의는 분명히 아키호로 돼 있었고, 비공개 개인 데이터도 정확하게 부합했다.

그런데 타라브자빈의 차로 이동할 때 했던 잔고 조회 기록이 사용 내역에 남아 있지 않았다. 그렇다면 잔고를 확인한다는 말은 거짓이었던 걸까. 아니면 그때는 다른 단말기를 사용했던 걸까. 자기 단말기인 것처럼 대기 화면을 세심하게 조정한 후에?

어쩌면 나오미의 말대로 범인들이 연락용으로 호텔에 남겨둔 것일지도 모른다. 이 가설은 매우 께름칙한 기분이 든다. 개인 데이터는 영장 없이는 아무도 알아낼 수 없으니, 이 말은 곧 아키호 자신이 범인들에게 데이터를 넘겼고 동시에 불법 복제를 용인했다는 뜻이 돼버린다.

자택에서 연락을 받은 네네는 호텔에 있던 단말기는 범인들이 준비한 가짜라고 단호하게 말했다.

"예술가라면 자신의 물건을, 더구나 자신의 작품을 그렇게 함부로 취급하지 않아. 특히 〈론다니니의 피에타〉를 오마주한 거라면 원작인 그 조각이 거친 만큼 색에는 철저하게 집착했을 거야. 〈론다니니의 피에타〉는 미완성 작품으로, 예수가 마리아를 업고 있는 듯한 형상이란 걸 겨우 알 수 있는 정도야."

게다가 도널드의 그 숨는 솜씨. 누군가가, 어쩌면 조지가 도왔을지도 모르지만 반나절이나 잡히지 않고 버틸 수 있었던 것은 아키호가 204호실에 숨겨줬기 때문이라고 생각된다. 방 안에는 도널드의 지문이 일시적인 침입이라고는 볼 수 없을 정도로 곳곳에 많이 남아 있었다. 비자야 왕축의 탐문에 의하면, 아키호는 호텔을 예약할 때 애초에 저층을 지정했다고 한다. 잔고 조회를 한다던 행동은 도널드에게 지금 호텔로 가고 있다고 연락을 취한 것일지도 모른다.

"무슨 사정이 있을 거예요, 틀림없이."

꺼져가는 목소리로 나오미가 바닥을 보고 중얼거렸다.

"아키호 씨는 그런 식으로 자작극을 벌일 사람이 아니에요. 자기 아버지랑 똑같은 방법으로 주위를 휘두르려고 한다는 건 생각할 수 없는 일이에요."

다카히로는 컵을 창가에 내려놨다.

"아버지를 싫어했나 보군."

나오미는 울먹이는 얼굴로 고개를 들었다.

"아니에요. 근데 좀 복잡해요. 다만 자신이 겪은 일을 똑같이 답습할 리는 없다고 생각해요. 게다가 습격이나 납치 같은 일을 꾸밀 이유가 없어요. 〈넘버 18〉은 원래 아키호 씨 소유물이니까, 굳이 그러지 않아도 마음대로 할 수 있잖아요."

겐은 조금 망설이다가 입을 열었다.

"너무 두둔하는 거 아니야? 잘 생각해봐. 아키호 씨가 얻고 싶은 건 〈넘버 18〉이 아니라 그 감정서야. 팔을 붙잡힌 걸로 분석실 순번표를 받았지. 그렇다면 더 긴급한 상황으로 몰고 간다면 차례를 앞당길 수 있지 않겠어?"

나오미는 입을 다물었다. 반론의 여지가 없었던 것이다.

여유롭게 책상 의자에 걸터앉아 있던 타라브자빈이 몸을 꿈적거렸다.

"어쨌든 앞으로 어떻게 대응할지 결정해야 해. 범인들은 곧 다음 연락을 해 올 거야. 아키호 씨가 이쪽 편이냐 저쪽 편이냐에 따라 우리가 취해야 할 대책도 달라져."

다카히로가 입가에 손을 대고 생각에 잠겼을 때였다.

"미안해. 늦었지."

네네가 헐레벌떡 뛰어 들어왔다.

"다행이다, 나오미. 괜찮아 보여서. 물론 아무렇지 않을 순 없겠지만 말이지."

나오미가 네네를 올려다보며 살짝 미소를 짓는다. 그 힘없는 표정을 보자 겐은 마음이 살짝 아팠다.

"중간 분석 결과가 나왔어. 신입 혼자서는 버거워서 칼이 나섰는데, 그래도 역부족이라서 지구에 급히 협력을 요청해놨어."

"만만치 않은 그림인가 보네."

네네는 안으로 들어와 다카히로 옆에 나란히 섰다. 그러고선 사람들을 쭉 둘러보더니 아테나의 데이터베이스를 호출했다.

"에우프로시네, 접속 개시. 다시로 다카히로의 사무실 벽면 모니터에 과학 분석실로부터 받은 데이터를 표시해줘."

나타난 것은 〈넘버 18〉. 달을 향해 뻗어 있는 투박한 팔이 보인다.

"비파괴검사를 실시했는데, 달 부분에서 오래된 은염銀鹽 사진* 필름이 나왔어. 눈에 보이지 않을 정도로 잘아서 원본 이미지는 복원할 수 없다고 해. 지금까지의 요시무라 다스크에 대한 정보로 미뤄봤을 때 가즈호의 인물 사진일 가능성이 높겠지. 그리고 중요한 팔 부분은……."

팔 부분이 그물코 무늬로 바뀌었다.

"이런 그물망 구조가 숨겨져 있었어. 굉장히 무질서해. 여기저기 매듭 같은 것도 있고. 즈하오는 처음에 태평양 마셜제도에서 작은 막대기를 묶어 만들던 항해 지도를 연상하고 관련된 정보를 조사하느라 시간을 많이 허비했어. 그런데 문제는 구조가 아니라 소재였어. 이건 형상기억합금이야."

"그럼 온도에 따라 형태가 바뀌나?"

"다스크 씨가 태우려고 한 이유가 그거겠네요!"

나오미의 얼굴이 비로소 밝아졌다. 네네는 나오미에게 고갯짓을 하고 말을 이어갔다.

"그런데 합금 제조사를 알아낸 것까지는 좋았는데, 형

---

* 감광재료로 은을 사용한 사진. 현재 가장 널리 쓰이는 사진 인화 방법이다.

상이 너무 복잡해서 단순히 열 반응 시뮬레이션만으로는 변형 후를 예측할 수 없다는 거야. 요시무라 다스크가 뭘 상상하고 짰는지 아프로디테도 제조사도 알아내지 못했어. 이게 공학에 관련된 건지, 기하학에 관련된 건지, 열역학에 관련된 건지도 전혀 모르겠다는 거지. 그래서 모든 네트워크에 폭넓게 개입할 수 있고 또 애매한 설정이라도 호기심을 가지고 조사해주는 '가이아'에게 변형 후를 예측해줄 만한 곳을 찾아달라고 했어."

"가이아⋯⋯."

다카히로가 찌무룩한 표정을 지으며 되뇌었다.

범지구적 네트워크이며 정동을 학습하기 위해 교육받고 있는 가이아. 가이아를 교육하고 있는 학예사 중 한 명이 SA 권한을 부여받은 다카히로의 아내, 다시로 미와코다. 그녀는 순수하고 자유분방한 사람으로, 결코 잘못된 판단은 내리지 않지만 종종 엉뚱한 일을 저질러서 고지식하고 느긋한 성격의 다카히로로서는 버거울 때가 많았다.

"그래서요?"

머뭇거리는 모습으로 다카히로가 물었다.

네네는 태양신을 동요시킨 데 회심의 미소를 지었다.

"다행히 적당한 곳을 찾아서 지금 분석 중이야."

"잘됐네요. 어떤 형태를 숨겨놨는지, 다스크 씨의 진의를 알게 되면 상황이 좋은 방향으로 흘러갈지도 모르겠어요."

"과연 그럴까? 아키호 씨가 분석 결과를 보고 어떻게 나올지…… 그 사람 뜻에 맞지 않는 결과면 어떡해. 태운다느니 폐기한다느니 그런 말도 했잖아. 〈보이지 않는 달 넘버 18〉이 세상에서 사라져도 괜찮아?"

"평화로운 결말을 위해 정보는 선별해서 알려주자 이거군요."

타라브자빈이 대꾸하자 네네가 고개를 끄덕인다.

"그 편이 현명하다고 생각해. 그렇지만 사람의 마음은 복잡다단해. A라는 정보가 반드시 B라는 반응을 이끌어낸다고는 할 수 없어. 결과를 기다리는 동안 이쪽은 이쪽대로 아키호 씨의 저의를 최대한 예측해둬야겠지."

"가족 간의 불화나 애증 같은 건 그렇게 간단하게 이해할 수 있는 게 아니라고 생각해요. 아키호 씨와 잘 아는 사이인 저도 그 마음을 알아맞힐 수가 없는걸요."

나오미가 조금 화난 어투로 말했다.

"정확하게 알아맞히자는 게 아니라 어렴풋이나마 짐작을 해보자는 거야. 이런 일에 능통한 사람이 있거든? 잠간만."

네네는 유연한 움직임으로 문 쪽으로 가 손잡이를 잡았다.

"오래 기다렸지? 들어와."

"복도가 춥네"하고 말하며 들어온 사람을 보고 다카히로는 처참할 만큼 당황했다. 몸이 움찔하는 바람에 창가에 뒀던 컵이 떨어졌다.

"미, 미와코? 당신이 왜…… 자고 있었잖아."

"눈을 감고도 가이아랑 수다 떨 수 있는걸."

검은 단발머리의 아담한 미와코는 소녀처럼 장난스럽게 말했다.

미와코가 다카히로가 흘린 커피를 걸레로 닦자 겐과 나오미도 서둘러 거들었다. 뒤처리를 하는 동안에도 뒤통수를 얻어맞은 불쌍한 남편은 줄곧 얼이 나가 있었다.

"걱정했어요, 나오미 씨."

"죄송해요, 괜히 귀찮게 해드려서."

"아니에요. 덕분에 다카히로 씨가 고안한 예측 해석 기법을 시도해볼 기회가 생겼는걸요."

자기 이름이 나오자 그제야 다카히로가 입을 뻥긋했다.

"나, 뭐?"

미와코는 남편의 질문에 대답하지 않고 전원의 얼굴이 보이는 창가로 이동했다.

"우리가 아직 신혼이었을 때, 이 사람이 '피라미드 해석'이라는 기법을 고안해서 성과를 올린 적이 있어요. 그래서 최근에 생각해낸 '방추紡錘 루트 해석'도 이번 기회에 써먹어보면 어떨까 해서요."

"아니, 그건, 아무리 정동 기록 능력이 좋아졌다고 해도 므네모시네에게는 부담이 너무 커."

미와코는 툭툭거리는 다카히로를 장난스럽게 쳐다봤다.

"므네모시네에게만 시키자는 게 아니야. 배우는 여기 갖춰져 있어. 그리고 이미 가이아운영위원회에도 테스트 허가를 받았어."

"어이, 그런 건 사전에 나하고 상의를 했어야지."

"당신하고 사전에 상의하면 기각될 게 뻔한걸."

네네가 손뼉을 쳤다.

"자, 부부싸움은 집에 가서 하시고. 미와코, 모두에게 그 방식을 설명해줘."

연보랏빛 시간. 다만 이번에는 꿈속의 광경.

어둠도 없고 빛도 없고, 보이는 것도 없고 보이지 않는 것도 없고, 오로지 광막한 곳임을 지각한다.

신체감각과 방향감각은 있었다. 머리 위 아득히 먼 곳에 양쪽으로 흐르는 거대한 강의 이미지가 떠올랐다. 므네모시네와 다이크가 각각 미술과 범죄의 관점에서 아키호와 관련된 방대한 정보를 교환하는 모습이다. 그보다 더 위에는 그 흐름을 지켜보는 가이아의 존재가 있다.

이 광경은 자신의 뇌가 자아낸 환상에 지나지 않는 걸까, 아니면 다이크는 항상 이런 광막한 보랏빛을 지각하면서 사고하는 걸까. 영화 속이라면 데이터베이스가 주고받는 구체적인 이미지나 텍스트가 가시화돼 나열되겠지만, 실제로는 물론 그런 불필요한 연출은 없었다.

미와코 씨의 능력은 정말로 대단하구나, 하고 겐은 창백한 보랏빛 세계 속에서 멍하니 생각했다.

다카히로가 고안한 방추 루트 해석이란 시작과 끝에 열쇠가 되는 것을 두고, 거기에 도달하기까지의 사고 경위를 검증해서 해결책을 도출하는 방법이었다.

대초원의 한 지점에서 한 지점으로 걸어가는 데에는 무한한 전진법이 있듯이, 발단에서 결론에 이르는 사고 과정에는 무한한 루트가 존재한다. 그것이 골격근과 같은 방추형을 이루고 있는데, 다양한 요인과 조건에 따라 그

길을 하나씩 배제하면서 결론에 이르는 길을 좁혀가는 것이다.

발상의 계기는 작가와 작품의 관계였다고 한다. 아홉 살 때 그린 〈투우사〉에서 아흔에 그린 〈자화상〉에 이르기까지 피카소의 심리에는 어떤 변화가 있었을까. 고흐의 유화 〈양배추와 나막신이 있는 정물〉과 〈보리 베는 사람〉 사이에 〈붕대를 감고 파이프를 문 자화상〉이 있다는 사실을 감상자는 알아야만 하는 걸까. 모차르트가 다섯 살 때 쓴 작품 〈피아노를 위한 미뉴에트〉를 듣는 사람은 살리에리의 존재를 모른 채 〈레퀴엠 라단조〉의 곡조를 이해할 수 있을까.

고명한 예술가라면 몰라도 한 인간이 하나의 예술을 완성하기까지의 경위는 불분명한 경우가 많다. 다카히로는 그 루트를 므네모시네가 찾을 수 있으면 좋겠다고 생각했던 것이다.

하지만 다카히로 자신이 말했던 것처럼 므네모시네는 정동을 기억할 수는 있어도 사람의 마음을 이해하거나 스스로 생각하는 일은 어렵다. 바로 거기서 미와코는 정동을 획득한다는 목적을 가진 다이크와 가이아가 협력하면 어떨까 하고 제안한 것이다.

"나오미 씨는 직접 접속 버전이 다카히로 씨보다 높고 정동 기록 능력이 있어요. 그리고 아키호 씨와 친분이 있으니까 데이터베이스에 대략적인 흐름을 설정해줄 수 있을 거예요. 가장 오래된 추억담으로 시작하는 게 좋아요. 마지막은 아키호 씨가 〈보이지 않는 달 넘버 18〉을 처분하거나 폐기한다고 발언했던 일. 여기서는 발언, 이라는 게 중요해요. 진심이 아닐 수도 있으니까. 중간에는 빅 데이터에서 다스크 씨나 아키호 씨의 정보를 뽑아내 배치할 거예요. 물론 두 사람의 작품과 므네모시네가 기억하고 있는 사람들의 감상도 들어가게 되겠죠. 공감 능력을 키워가고 있는 다이크와 가이아는 그 요소들에 대한 가치를 판단하는 요원 역할을 할 거고. 편향 확인 작업에 도움이 될 거예요. 질투나 야유나 비하 같은 본심이 아닌 말이 대화 속에서 어떤 식으로 전개되는지를 감과 경험을 활용해 이해시키고 저장하게 할 생각이에요."

그런 게 가능할까. 젠은 다이크에게 물었다. 다이크는 덤덤하게 모르겠습니다, 하고 대답했다.

"멋지지 않나요? 지금까지 아무도 한 적 없는 컬래버레이션이 될 거예요. 무슨 일이 생기면 우리 인간이 개입해야 해요. 감과 경험으로."

큰 강이 흐른다. 소리는 나지 않지만, 거침없이 콸콸. 므네모시네가 시계열時系列에 따라 그림과 기록과 감정을 수도꼭지처럼 출력하고 있었다.

다이크는 왜곡과 중상의 지류를 차단하고 본류를 결정해 이를 확인하면서 사건이나 재판에서 습득한 인간 감정의 변화를 아키호에게 맞춰 보정하려고 온 힘을 기울이고 있었다.

겐은 압력과도 같은 감각으로 그것을 헤아렸다. 삑, 삑, 삑 하고 확인할 사항이 비말처럼 겐을 향해 날아온다. 좋아, 이것도 좋아, 좋아. 겐은 즉시 승인했다. 내용까지 알 필요는 없었다. 단지 다이크의 해석이 인간답다는 것을 직감했다. 위화감은 전혀 느껴지지 않는다. 겐은 교육 담당으로서 자신의 감을 믿었다.

다이크는 말없이 아우성치고 있었다. 아버지란, 자매간의 질투란, 편애란, 동족 혐오란. 겐의 머릿속에서는 무수한 감정 패턴이 폭발했다.

반면에 구형球形의 무언가를 떠올리게 하는 가이아의 영향력은 별로 작용하지 않았다. 가이아는 마치 새 책을 무릎 위에 펼쳐놓은 어린아이처럼 므네모시네와 다이크의 활약을 저 높은 곳에서 생글거리며 보고 있는 듯했다.

그러다 가끔씩 추임새를 넣듯 공처럼 둥근 것을 흐르는 강물에 던져 넣는다. 그것은 어쩌면 범죄만을 취급해온 다이크로서는 이해할 수 없는 너그러움의 표현일지도 모른다.

연보랏빛 공간에는 즐거운 기색의 미와코도 있다. 므네모시네 뒤에 숨은 것은 나오미. 두 사람의 존재는 맡을 수 없는 향기가 떠도는 듯한 느낌이었다.

문득 습기 같은 것이 퍼져오는 감각이 있었다. 솜털이 살랑거릴 때처럼 매우 희미한 기색이다. 젠은 그 정체를 깨닫고 탄식했다.

그래서 너는 아키호 씨를 감쌌던 거구나.

습기는 젠의 탄식에 놀라 단숨에 흩어진다. 하지만 찰나의 순간에 젠은 알아버렸다. 아키호에 대한 분석 작업 과정에서 속절없이 딸려 나와버린 나오미의 과거를.

중동에서 일하는 부모님은 그녀를 일본에 사는 할머니에게 맡겼다. 할머니는 사랑하는 딸을 데려간 이스라엘인 사위를 미워했고 손녀도 결코 고운 눈으로 봐주지 않았다. 사람들이 귀엽다고 손녀를 칭찬하면 할머니는 이렇게 말했다. "내 딸은 눈매가 갸름하고 얌전하게 생겼는데, 얘는 시커먼 게 눈만 뛰룩뛰룩해서. 나중에 커서 여기저기

알랑거리면서 남자들 돈이나 뜯어먹는 암캐 같은 인생을 살 게 틀림없어."

나오미가 아무리 애써도 마음을 굳게 닫은 할머니는 사사건건 모진 말로 상처를 줬다. 나오미가 모르는 온갖 욕설을 써가면서.

겐은 자신이 작은 모래알이 돼버린 것 같은 기분이었다. 미안하고 또 미안했다. 할머니 밑에서 귀여움을 받고 자랐으리란 생각은 자신의 편견이었다. 나오미가 왜 옛날 욕들을 쓰는지도 이제야 알 것 같았다.

할머니가 꽃무늬 원피스를 준 것은 쓰레기 처분이었을까, 변덕스러운 선물이었을까. 욕설과 방치는 정말로 손녀가 미워서였을까, 딸에 대한 애증 때문이었을까.

나오미와 아키호는 한목소리로 말한다. 이처럼 육친을 이해하는 일은 어렵다고. 세대를 초월한 두 여자가 만나 나눈 대화는 그들에게는 작은 휴식이었던 것이다.

이처럼 육친을…….

겐의 의식 속에 형태를 가진 이미지가 홀연히 떠올랐다.

흰 양복을 차려입은 남자의 뒷모습.

이번 사건에서도 삼촌의 이름이 거론됐다. 그는 겐의 아버지가 한탄했을 정도로 수상한 세계에 발붙이고 있지만, 동시에 조카에게 여러 가지 아름다운 것들을 선물해 주는 다정함도 겸비했다.

앗, 하고 나오미가 놀라는 게 느껴졌다. 이번에는 이쪽에서 그녀에게로 습기가 전해진 모양이다.

젠은 황급히 기억 속에서 삼촌의 모습을 떨쳐버린다.

다이크. 보라색은 차가운 색일까, 따뜻한 색일까.

세계를 채우고 있는 색채 속에서 마음을 달래려고 했을 때……

미와코의 것인지 가이아의 것인지 불분명한 말이 물밀듯이 밀려왔다.

─보이지 않는 달. 그래, 달은 보이지 않는 편이 좋아. 달이 차오르고 이지러지는 것에 일희일비하지 않아도 되니까. 가장 아름답다고 여겨지는 모습의 달을 마음속에 늘 담아둘 수 있어.

이어 연보랏빛 공간에 떠다니는 입자들이 화르르 모여 어떤 형태를 만들어간다.

〈론다니니의 피에타〉다. 끌 자국이 그대로 남아 있는 미켈란젤로의 유작. 전라의 예수는 무릎을 구부리고 힘없이 서 있지만 죽은 것처럼은 보이지 않는다. 그 뒤에서 머리를 내민 마리아는 예수의 등에 바싹 붙어서 그 어깨에

왼손을 얹고 있다. 아직 한 덩어리인 두 사람 옆에는 작업 중에 형태를 바꾸는 바람에 남아버린 팔이 직립해 있다.

겐은 이 조각에 대해 아는 게 없었다. 이것은 아마 므네모시네의 기억일 터였다.

이미 앞도 거의 보이지 않았던 노년의 미켈란젤로는 종교계의 전통적인 양식을 완전히 무시한 채 예수를 전라의 모습으로 표현했다. 남겨진 데생에서 예수는 원래 왼쪽으로 축 늘어진 생기 없는 모습이었으나 상반신을 다시 조각하는 바람에 원래의 팔이 남아버렸다.

팔.

다스크는 이 〈론다니니의 피에타〉를, 그리고 아키호의 그 그림을 떠올리며 〈넘버 18〉에 가필을 했던 걸까. 그것은 론다니니를 모방하려면 남아 있는 팔의 의미에 더 천착하라는 질책의 의미일까? 아니면 부족하긴 해도 그 그림은 정말로 좋았다는 애정의 표명일까.

아키호가 대기 화면을 그 그림으로 해놓은 까닭은 단순히 아버지에게 칭찬받은 데 대한 기쁨 때문일까, 아버지는 이것밖에 칭찬하지 않았다는 뿌리 깊은 원망…… 아니, 혹시 졸작에 대한 각성인가? 이것밖에 칭찬받지 못했다는, 자신의 능력에 대한…… 아니야, 아니야.

겐은 해석의 미로에 빠져버릴 것 같았다. 여기가 다카히로가 말하는 방추형의 가장 굵은 부분일 것이다. 다스크의 생각을 확정할 수 없기 때문에 아키호가 자신이 그린 〈론다니니의 피에타〉를 단말기 대기 화면으로 설정해둔 이유를 예측할 수 없고, 근원적으로는 가이아와 미와코가 왜 이 피에타만을 구현시킨 것인지 그 이유를 알 수가 없었다.

마음속에 의문이 생기자 큰 강이 한 줄기의 작은 시냇물로 수렴되고, 그 흐르는 물줄기가 서서히 뚜렷한 문자로 바뀌었다.

〈론다니니의 피에타〉는 죽은 예수의 몸에 마리아가 매달려 있다는 해석 하나만으로는 흡족하지 않다. 위에 있는 마리아가 예수를 하늘로 인도하려고 하는 모습으로도 보이고, 자식을 잃고 비통해하는 마리아를 예수가 죽어서도 등에 업고 위로하고 있다는 느낌도 드는 것이다.

문자는 확고하게 눈앞에 있었다. 데이터의 흐름은 이제 느껴지지 않는다.

이게 답? 〈넘버 18〉의 팔에 대한 해석이 아니라? 아키호 씨의 속마음도 아니고? 〈론다니니의 피에타〉의 해석, 그마저도 확정이 아닌…… 이래서는 아무것도 모른 채…… 아, 그런가? 작가에게만 보인다는 것은…….

그렇다. 보이지 않는 달이 가장 아름답다…….

미와코와 가이아가 빙긋 웃은 듯한 기분이 든 순간, 젠은 다카히로의 소파에서 눈을 떴다. 긴 시간이 흐른 것만 같은데, 놀랍게도 창밖에는 아직 새벽녘의 연보랏빛이 남아 있었다. 옆에서 똑같이 바깥을 보던 나오미도 어리둥절한 모습이었다.

"저희, 몇 시간이나……."

중얼거리듯 묻자, 미와코에게 의자를 양보하고 서 있던 타라브자빈이 깜짝 놀라며 되물었다.

"벌써 끝났어? 2, 3분밖에 안 지났는데?"

"재미있었지?"

활짝 웃으며 미와코가 물었다.

"어땠어? 아키호 씨에 대한 대응책은 정했어?"

재촉하듯 묻는 네네를 미와코가 어이없는 얼굴로 쳐다본다.

"아유, 너무 앞서가신다."

다카히로가 아내에게 뭔가 말을 꺼내기 전에 젠이 먼저

입을 열었다.

"그래도 알았어요. 알 수 없다는 사실을. 아마 아키호 씨 본인도 자기 마음을 잘 모르고 있을 거예요."

"루트를 좁히지 못했다는 말인가?"

다카히로가 걱정스러운 표정으로 말하자 겐은 부드럽게 고개를 저었다.

"좁히지 못한 게 아니라, 좁히지 않은 겁니다. 〈넘버 18〉에 있는 그 팔이 어떻게 변형하느냐에 따라 아마 모든 해석이 달라질 거예요."

다카히로는 여우에게 홀린 사람처럼 천천히 두 번 눈을 끔뻑거렸다.

10시 31분에 문제의 휴대 단말기가 깜빡깜빡하며 착신을 알렸다.

겐은 다카히로의 소파에서 벌떡 일어났고, 나오미는 신속하게 단말기 화면을 벽면에 투영했다.

〈보이지 않는 달 넘버 18〉에 있는 팔이 태웠을 때 어떻게 변화하는지는 이미 시뮬레이션이 끝난 상태였다. 그에 대한 정보는 관계 각처에 공유됐고, 아키호에 대한 대응책도 이미 세워져 있었다.

화면에 나타난 사람은 도널드가 아니라 아키호 본인이었다.

"처음부터 눈치챘지? 그 사람들이 그림 색감을 그따위로 해놔서. 정말 최악이야. 거긴 어디야? VWA 본부는 아닌 것 같은데."

"도널드 블룸은 어디 있습니까?"

타라브자빈이 앞으로 나와 낮은 목소리로 물었다.

"도망쳤어요. 정확히 말하면 도망치게 놔뒀습니다. 미카엘도 선처해주길 바라지만, 공갈 협박 혐의가 있어서 어렵겠죠. 나도 곧 잡힐 테고. 이 통신으로 내 위치를 특정할 수 있을 테니까."

그렇게 말하는 아키호의 얼굴이 왠지 슬퍼 보였다.

가만히 목을 만지며 나오미는 차분하게 입을 연다.

"여긴 아폴론 청사예요. 두 번이나 자작극을 벌이면서 〈넘버 18〉의 진상을 알려 했던 아키호 씨를 어떻게 하면 좋을지 의논하고 있었어요."

"날 체포할 때 함께 와줄 수 있을까, 나오미? 만나서 직접 사과하고 싶어. 실은 나, 교도소 생활을 조금 기대하고 있어. 돈이 안 들잖아. 그리고 미안한 부탁이지만, 그 그림에 대한 감정 결과가 나오면 감옥에 있는 나한테도 꼭 알려줘."

"감정 결과는 이미 나왔어요. 아프로디테의 과학 분석실을 우습게 보지 마세요."

아키호의 커다란 귀고리가 크게 흔들렸다.

"그랬구나. 그래서 결과가 어떻게 나왔어? 미카엘 일당이 말한 대로, 정말 아버지가 그 팔을 만든 게 맞아? 뭐가 들어 있었어? 동생의 연구 업적?"

다그쳐 묻는 아키호에게 다카히로가 침착한 목소리로 말한다.

"그 전에 먼저 약속해주셨으면 하는 게 있습니다."

"흠, 범죄자에게는 쉽게 가르쳐주지 않는군요."

"그렇지 않습니다. 아키호 씨가 자수하도록 하기 위해서라도 이 자리에서 알려드릴 생각입니다."

아키호는 의아한 표정으로 다카히로의 태도를 살핀다.

"〈넘버 18〉을 아프로디테에 기증해주십시오. 이게 분석 결과를 알려드리는 조건입니다."

아키호가 눈을 부릅떴다.

"역시 가치가 있군요. 그렇죠? 아버지가 동생을 향해 내민 손, 거기에 뭔가 대단한 게 숨겨져 있을 줄 알았어요. 그걸 내가 알게 될까 봐 아버지는 돌아가시기 전에 그림을 태우려고……."

"아니에요, 아키호 씨. 전혀 그렇지 않아요."

말을 가로막은 나오미는 노기를 띤 채 입을 다문 친구에게 다시 한번 "아니에요" 하고 힘주어 말했다.

"그 반 입체 소재는 형상기억합금이었어요. 태우면 열에 의해 변형돼 아버지의 마음이 나타나요. 아키호 씨가 아버지와 동생에 대한 분노로 그걸 태워버렸을 때 그 마음이 전해지도록 설계돼 있었던 거예요. 하지만 죽음을 앞두고 다스크 씨는 본인의 눈으로도 확인하고 싶어져서……."

"아, 답답해. 알았어. 〈넘버 18〉은 미의 여신에게 바칠게. 어차피 이제 돈도 필요 없어질 테니까. 설령 값어치가 크다고 해도 이제 다 상관없어. 그러니까 얼른 알려줘."

나오미는 다카히로에게 시선을 던졌다. 그가 고개를 끄덕이자 나오미는 음성으로 명령했다.

"므네모시네, 접속 개시. 요시무라 다스크의 〈보이지 않는 달 넘버 18〉에 숨겨진 조각상 시뮬레이션 영상을 송신해줘."

"조각상?"

얼굴을 찡그린 것도 잠시, 아키호는 놀라서 입을 하 벌렸다.

다카히로의 사무실 벽면에도 므네모시네가 출력한 영상이 나타났다. 울퉁불퉁한 입체 조형이었다. 변형된 그물망 구조가 간신히 알아볼 수 있을 정도의 형태를 띠고 있다.

그것은 군상이었다. 네 명의 인물이 몸을 의지하고 있다. 가운데는 다정한 분위기의 남자. 그의 품 안에는 올림머리를 한 중년 여성과 십 대 소녀, 그리고 머리를 짧게 자른 젊은 여자가 있다. 세 여자는 나란히 남자를 올려다보고, 남자는 고개를 기울여 세 여자를 바라보고 있다.

할 말을 잃은 채 멍하니 있는 아키호에게 나오미가 말을 건넸다.

"아키호 씨의 가족이에요. 포즈만으로도 행복함이 느껴져요. 분명 이런 시절이 있었겠죠. 이런 걸 숨겨 놓고 떠나다니, 예술가 요시무라 다스크도 참 끝까지 서툰 아버지였네요. 그런데 굳이 왜 숨겼을까요? 이걸 제대로 된 조각으로 만들어 보여줬다면 어땠을까요? 이미 비뚤어져버린 아키호 씨 마음에 와닿았을까요? 어머니도 동생도 떠났고 둘 사이도 어색한데, 이런 걸 당당하게 장식한다? 나라면 굉장히 불쾌할 것 같아요. 안 그래요, 아키호 씨?"

아키호는 눈을 부릅뜬 채 아무 말도 없었다.

"하지만 다스크 씨는 어떻게든 만들고 싶었어요. 만들어서 가즈호 씨가 지금도 살아 숨 쉬는 파스텔 컬러의 달이 걸린 세계에 나란히 배치하고 싶었어요."

"그림 속에…… 같은 차원에……."

"그래요. 다스크 씨는 완성하고 일단은 만족했지만, 역시 수중에 두고 싶어서 되찾았어요. 그리고 하염없이 바라봤어요. 조각상이 숨겨진 그림 앞에서 어쩌면 작은딸만 편애했던 지난날을 참회했을지도 몰라요. 어쩌면 후배 예술가인 아키호 씨에게 어떤 태도를 취해야 할지 고민했을지도 몰라요. 그래도 다스크 씨의 마음은 항상 보고 있었어요. 부드러운 달과, 행복한 가족을."

사랑하는 딸의 죽음을 부드러운 색의 달로 승화시킴으로써 '업이 깊은 화가'라고 불린 요시무라 다스크. 그가 아프로디테로 이주한 것은 딸을 데려간 달을 보고 싶지 않아서가 아니라, 기억 속에 있는 가장 아름다운 달을 계속 간직하고 싶었기 때문이 아니었을까, 하고 미와코는 말했다. 그는 가족의 끈끈한 인연을 '있지만 보이지 않는' 것으로 만듦으로써 가장 아름다웠던 시절을 끊임없이 되새기고 싶었던 걸지도 모른다.

아키호는 여전히 입을 꼭 다물고 있었다. 그녀의 마음

속에서는 다양한 감정이 오가고 있을 것이다.

겐은 상상한다. 아버지란, 자매간의 질투란, 편애란, 동족 혐오란. 다이크가 흩뿌리고 있던 무수한 감정의 파편들. 거울로 된 그 파편들은 거짓과 진실을 쉴 새 없이 반전시킨다. 애증은 어떻게 구별하는가. 희로애락의 감정은 표현해야 하는가, 숨겨야 하는가. 해석은 자유롭다.

단 하나의 진실은, 정말로 소중한 것은 꼭꼭 숨기는 인간의 습성 안에……

요시무라 다스크가 숨겨뒀던 게 가족의 형상이라는 사실을 알았을 때, 무한의 루트는 하나의 가닥으로 수렴됐다. 그 간절한 마음은 죽음을 눈앞에 뒀을 때 그 형상을 보기 위해 그림을 태우려고 했을 만큼 강하고 확실한 흐름을 띠었다.

아키호의 입술이 아주 조금 움직였다.

"……안 울어."

그 말을 듣고 나오미가 쿡 웃었다.

"삐딱한 게, 누가 봐도 그 아버지에 그 딸이네요."

"잿더미 속에서 이걸 발견하고 내가 어떻게 반응할까 궁금했겠지, 그 바보 같은 아버지는."

"정말 붕어빵이네."

꽃무늬 원피스에 작은 물방울이 떨어졌다.

자작극으로 벌인 공갈과 납치도 남을 속인 엄연한 범죄다. 도널드는 실제로 나오미의 목을 졸랐기 때문에 죄가 가장 무겁지만, 누군가의 도움을 받아 지금도 도주 중이다. 조력자는 아마 삼촌일 것이라고 젠은 확신하고 있었다.

젠과 삼촌의 사정을 알고 있을 나오미는 삼촌의 이름도, 도널드에게 목을 졸린 일도 함구했다. 〈넘버 18〉의 소유권이 아프로디테로 넘어온 대신, 일련의 소동을 조용하게 덮어버리기로 했기 때문이다. 굳이 따지자면 최대의 피해자는 미카엘로, 조사 과정에서 여죄가 속속 드러나는 바람에 VWA 본부에 있는 유치장에 그대로 수감돼 있다.

이틀, 아니 하루 반의 휴가가 순식간에 지나간 오후에 젠은 VWA 본부 앞에서 나오미와 딱 마주쳤다. 요시무라 아키호와 관련된 일로 어제부터 부지런히 뛰어다니고 있다는 이야기는 들었다.

평소처럼 딱딱한 정장 차림의 나오미는 젠을 보자마자 힐을 또각거리며 다가와 대뜸 노려봤다.

"내 앞에서 할머니 얘기 꺼내면 그 자리에서 날려버릴 줄 알아."

"오우, 그건 폭행죄에 해당하는데. 됐고, 걱정하지 마. 말 안 해. 그러니까 너도……."

"나도 안 해. 신사협정."

"찬성. 저마다 다 복잡한 사정이 있는 거니까, 괜한 소리는 안 하는 게 현명하지."

나오미의 표정이 그제야 누그러졌다. 검지로 자신의 관자놀이를 두드리며 화제를 바꾼다.

"디케는 어때? 달라진 게 있는 것 같아?"

"흥미로웠대. 가이아로부터 배울 점도 많았고. 뭘 얼마나 배웠는지 전전긍긍하네. 뭐, 뒤에 있는 사람이 미와코 씨니까."

"어머, 그렇게 태연하게 떠들 수 있는 건 장점이야."

"막상 그러면 욕하면서."

나오미는 대답 대신에 이를 드러내고 으르렁거렸다.

겐은 난감해하며 슬며시 쓴웃음을 지었다. 키가 작고 눈이 큰 나오미가 하릴없이 작은 짐승처럼 보였다. 왠지 먹이를 주고 싶어진다.

설마 있는 그대로 말할 리는 없겠지만, 언젠가 자신은 뭔가 다른 이유를 핑계 삼아 그녀를 식사에 초대할지도 모른다. 가능하면 지갑도 마음도 가득 채워서. 그때는 저

녁이 좋겠지.

보이지 않는 마음을 공유하는 것은, 아프로디테가 아름
다운 연보랏빛으로 물드는 시간에.

옮긴이 ː 정경진

일본어 번역가. 15년째 번역 중. 언어의 질과 양을 확장하기 위해 부단히 노력하고 있다. 스가 히로에의 '박물관 행성' 시리즈, 우에노 지즈코의 『불혹의 페미니즘』, 슌노 마사유키의 『가위남』, 기타무라 가오루의 『하늘을 나는 말』, 우타노 쇼고의 『절망노트』 등 다수의 책을 우리말로 옮겼다.

박물관 행성 2 : 보이지 않는 달

1판 1쇄 인쇄 2023년 11월 7일
1판 1쇄 발행 2023년 11월 16일

지은이 스가 히로에
옮긴이 정경진
펴낸이 김기옥

문학팀 김세화 | 마케팅 김주현
경영지원 고광현, 김형식, 임민진

표지디자인 곰곰사무소 | 본문디자인 고은주
인쇄·제본 (주)민언프린텍

펴낸곳 한스미디어(한즈미디어(주))
주소 (04037) 서울시 마포구 양화로 11길 13(서교동, 강원빌딩 5층)
전화 02-707-0337 | 팩스 02-707-0198 | 홈페이지 www.hansmedia.com
출판신고번호 제313-2003-227호 | 신고일자 2003년 6월 25일

ISBN 979-11-6007-979-1 04830
      979-11-6007-975-3 04830(세트)

한스미디어 소설 카페 http://cafe.naver.com/ragno | 트위터 @hans_media
페이스북 www.facebook.com/hansmediabooks | 인스타그램 @hansmystery